KB013223

신이 없는
— 환색에도력
달

幻色江戸ごよみ

옮긴이 이규원

한국외국어대학교에서 일본어를 전공했다. 문학, 인문, 역사, 과학 등 여러 분야의 책을 기획하고 번역했으며 현재 전문 번역가로 활동 중이다. 옮긴 책으로 미야베 미유키의 『이유』, 『얼간이』, 『하루살이』, 『미인』, 『진상』, 『피리술사』, 『괴수전』, 덴도 아라타의 『가족 사냥』, 다치바나 다카시의 『천황과 도쿄대』, 쓰네카와 고타로의 『야시』, 『천둥의 계절』, 사토 다카코의 『한순간 바람이 되어라』, 『슬로모션』, 슈카와 미나토의 『도시전설 세피아』, 『새빨간 사랑』, 마쓰모토 세이초의 『마쓰모토 세이초 걸작 단편 컬렉션』, 『10만 분의 1의 우연』, 『범죄자의 탄생』, 우부카타 도우의 『천지 명찰』, 구마가이 다쓰야의 『어느 포수 이야기』, 모리 히로시의 『작가의 수지』, 하세 사토시의 『당신을 위한 소설』 등이 있다.

GENSHOKU EDOGOYOMI
by MIYABE Miyuki
Copyright © 1994 MIYABE Miyuki
All rights reserved.
Originally published in Japan.
Korean translation rights arranged with RACCOON AGENCY INC., Japan
through THE SAKAI AGENCY and SHINWON AGENCY.

이 책의 한국어판 저작권은 THE SAKAI AGENCY와 신원 에이전시를 통해
MIYABE Miyuki와의 독점계약으로 도서출판 북스피어에 있습니다.
저작권법에 의해 한국 내에서 보호를 받는 저작물이므로 무단전재와 무단복제를 금합니다.

＊ 이 도서의 국립중앙도서관 출판예정도서목록(CIP)은 서지정보유통지원시스템 홈페이지(http://seoji.nl.go.kr)와 국가자료공동목록시스템(http://www.nl.go.kr/kolisnet)에서 이용하실 수 있습니다. (CIP제어번호 : CIP2017017775)

＊ 표지에 쓰인 작품
  ― 우타가와 히로시게, 2대(歌川広重, 2代) 〈諸国名所百景 東都青山百人町星燈籠〉

미야베 월드 제2막

幻色江戸ごよみ

宮部みゆき

신이 없는 란

—환색에 도력

미야베 미유키 지음 | 이규원 옮김

북스토

차
례

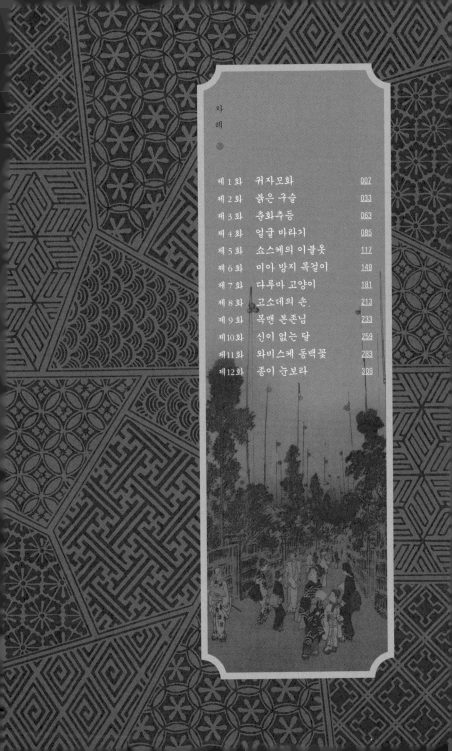

제 1 화

자화

鬼子母火

귀모

❖ 귀자모신

아이를 잡아먹던 귀자모신(鬼子母神)은 석가의 인도로 개심한 뒤 불교에 귀의했다. 출산과 육아의 신으로 신봉되고 있으며 아이를 데리고 있는 부인의 모습으로 묘사된다. 이 단편의 제목은 아이들을 보살피는 신인 귀자모신의 이름을 살짝 비튼 것이다.

1

불이 난 때는 섣달 스무여드렛날 밤, 이타미야 사람들이 모두 깊은 잠에 들었을 즈음이었다. 공교롭게도 그날 밤은 북풍이 강하게 분 데다 지난 열흘간 비가 한 방울도 오지 않았다. 불이 시작된 신단방신단을 두는 방과 가까운 방에서 기숙하는 지배인 도베에가 선잠 체질을 지녔기에 망정이지, 만약 연기 냄새에 얼른 깨어나지 않았더라면 이타미야 사람들은 새해를 사흘 앞둔 그 추운 날 모두 길바닥에 나앉았을 판이었다.

오토요는 부엌 바로 뒤, 창고 옆에 증축한 직원용 방에서 오카쓰와 베개를 나란히 하고 자고 있었다. 불이야! 하는 벼락같은 목소리에 오토요는 잠자리에서 발딱 일어났지만 오카쓰는 마구 흔들어 깨워도 여전히 잠에 취한 얼굴을 하고 있었다. 시골 고향집을 떠나 혼자 에도로 올라와 지난달부터 점원으로 일한 참이고 이제 겨우 열두 살밖에 안 되었지만, 그래도 매사 눈치라고는 요만큼도 없는 이 여자애한테 어지간히 짜증이 나 있던 오토요는 저도 모르게,

"타 죽든지 말든지 나도 몰라!"

라며 악을 쓰고 복도로 달려 나갔다.

입던 옷 몇 가지를 싼 꾸러미 하나를 메고 에도로 올라와 일한 지 삼십 년, 오토요는 지금까지 큰불을 여러 번 겪었다. 불티를 뒤집어쓰기도 여러 번이었다. 하지만 그 화재들은 모두 비상종 난타로 시작되었다. 그러니까 다른 데서 시작된 불이 옮겨왔다는 말이다. 이타미야 점원 중 일한 지 오래되기로는 오토요 다음이고, 평소 그녀가 가장 의지하는 도베에가 다급한 목소리로 불이야!를 외친다는 것. 그러니까 이 이타미야에서 화재가 시작되었다는 것은 오토요로서는 꿈에도 생각지 못한 사태였다.

화재의 무서움보다 그쪽이 오토요를 공포에 빠뜨렸다. 이게 무슨 일이야, 우리 이타미야가 불을 내다니, 무슨 낯으로 부처님을 뵌단 말인가.

뛰어나가는 제 힘에 겨워 좌우 벽에 쿵쿵 부딪히면서 오토요는 도베에의 목소리가 들리는 쪽으로 달렸다. 다른 점원들도 급하게 뛰어나왔다. 그리고 오토요는 신단방에 당도한 사람들 머리 너머로 탁탁탁 불티 소리를 내며 타고 있는 그것을 보았을 때 턱이 뚝 떨어지도록 놀랐다. 거기서 있을 수 없는 일이 벌어지고 있었다.

신단이 불타고 있었던 것이다.

이타미야는 신카와 운하 일대에 모인 술 도매상 중에서는 그리 내력이 오래된 가게가 아니다. 가미가타上方교토·오사카와 그 인근 지역을 말한다의 구다리자케下り酒'위에서 내려온 술'이란 뜻으로, 가미가타에서 주조되어 에도로 운송된 술가 바닷길을 통해 에도로 실려와 니혼바시 운하와 오카와 강 사

이에 있는 이 운하 주변에 부려지게 된 것은 오토요 같은 이에게는 까마득한 옛날, 그러니까 메이레키 대화재_{1657년 에도에서 발생하여 십만 명 이상이 사망한 대화재} 시절부터라고 하며, 당시만 해도 훗날 이타미야를 일으키게 된 조상들은 아직 에도 땅을 밟아 보지 못하고, 멀리 이타미 땅_{오사카 인근의 효고 현에 위치} 어딘가에서 밭을 일구고 있었다. 이타미야가 이 자리에 당당하게 점포를 내고 큰 창고를 지은 뒤 겨우 사십 년 정도밖에 지나지 않았다.

다르게 말하자면 이타미야가 고작 사십 년 동안 그만큼 많은 동업자를 추월하며 성장해 왔다는 뜻이기도 하다. 술 도매상 조합은 결속력이 강하여, 겐로쿠_{1688~1704} 때부터 연대하여 독자적 서열과 질서를 만들며 상부상조해 왔다. 그런 조합에 근본 없는 상인이 끼어들려면 죽었다 생각하고 갖은 고생과 따돌림을 감수해야 한다. 번듯한 상가 속에 섞여 있는 채소가게나 생선가게처럼 그저 물건만 잘 팔면 되는 일이 아니다. 기바_{木場목재 창고가 몰려 있던 지역}의 짐꾼이 폭이 한 뼘밖에 안 되는 각재 위를 경중경중 뛰어다니며 목재를 나르는 것처럼 절묘한 기술과 밝은 눈, 주변 동향을 정확히 가늠하는 민감한 저울 같은 감각이 필요하다.

이타미야는 그런 고생과 설움을 거듭하며 규모를 늘려 왔다. 그리고 오토요는 그 여정의 상당 부분을 함께 걸어왔다. 철없는 아이였을 때 하녀로 들어온 날부터 최고참으로서 어린 하녀들을 부리게 된 오늘날까지 늘 이타미야 안에서 살아왔다. 매년 연말이 다가오면 신카와 운하를 거슬러 온 거룻배에서 남자들이 나다

현 고베 시의 일부나 이타미에서 구다리자케가 도착했음을 힘차게 고하는 목소리가 들려온다. 오토요는 술 도매상에서 일하면서, 한시라도 빨리 술을 수송하려고 경쟁하는 그들의 목소리를 매년 자랑스러운 마음으로 들을 수 있다는 사실 하나에 기쁨을 느끼며 지내 왔다가미가타의 술은 배를 통해 에도에 수송되었는데, 그해 처음 주조된 술을 누가 먼저 에도에 수송하느냐에 선원의 명예가 달려 선원 간의 경쟁이 치열했고 이름난 볼거리였다.

그 이타미야가 화재를 낸다면 그간의 고생이 물거품으로 돌아간다. 술 도매상 조합의 장로들은 신카와 일대의 창고에 무수히 쟁여 둔 후지미자케'후지산을 본 술'이란 뜻. 가미가타를 출발한 '구다리자케' 수송선이 에도에 도착하기 전 후지산을 보며 항해했다는 데서 붙은 이름으로, '구다리자케'를 멋스럽게 이르는 말를 매캐한 연기에 그을리게 한 이타미야를 영원히 용서하지 않을 것이다. 그러므로 불이 시작된 곳이 신단이고, 신단방 천장만 조금 탔을 때 끌 수 있었던 것은 더할 나위 없이 다행한 일이었다.

"물론 나도 끔찍한 사태가 벌어지지 않아 다행이라고 생각하기는 하는데……."

도베에가 개운치 않게 말끝을 흐리며 깡마른 팔로 팔짱을 꼈다. 활수 좋은 태도와 화통한 모습을 자랑하려는 점원들과 달리 도베에는 주판 하나로 이 자리까지 오른 사람이다. 스물 몇 명이나 소속된 큰살림을 꾸리고 힘쓰는 일도 마다하지 않는 오토요가 그 굵직한 팔로 툭 치기라도 하면 저만치 날아가 버릴 듯이 체구가 빈약했다.

"생각하는데, 그래서요?"

그 소동이 있고 나서 이튿날 아침, 조반을 먹고 설거지를 마쳤을 때 도베에가 뭔가 할 말이 있는 얼굴을 하고 찾아와 오토요를 우물가로 불러냈다. 그러고는 차마 말하기가 힘든 양 우물거리는 것이었다.

이 지배인하고는 오랜 세월을 함께해 왔다. 이렇게 나올 때는 뭔가 중요한 이야기, 그것도 오토요한테가 아니면 하기 힘든 이야기를 꺼내려 한다는 것을 알고 있다.

삼십 년 전, 낡은 옷 꾸러미 하나만 메고 이타미야를 찾아온 오토요와 마찬가지로 도베에도 맨몸뚱이 하나만 가진 수습 점원으로 시작하여 선대 주인 밑에서 일해 왔다. 오 년 전 선대 주인이 죽고 그 선대와 매사 마음이 맞지 않던 아들이 가게를 물려받았을 때는 도베에가 가게를 떠날 거라는 소문이 파다했지만, 그는 아무 일도 없었다는 듯 여태까지 무탈하게 일해 왔다.

이 사람도 나와 마찬가지로 이타미야의 기둥이지, 하고 오토요는 생각했다. 주인이 바뀌어도, 낯선 여자가 시집와서 안주인이 되어도 전혀 상관없다. 우리는 이 이타미야를 위해 일하는 사람들이니까.

"실은 어제 불난 자리를 정리하다가 이상한 걸 찾았는데."

도베에는 따라오라고 손짓한 뒤 우물가 앞쪽에 있는, 장작을 비롯한 땔감을 쌓아 둔 뒤뜰로 갔다. 장작 더미 옆에 몸을 웅크리더니 품에서 종이에 싼 가늘고 긴 물건을 꺼냈다.

오토요도 종이 밖으로 나온 꼬리 같은 것을 보고 무엇인지 금방 알아차렸다. 금줄이었다.

"타다 남은 건가요?"

"반쯤 타다 남았어. 얼른 물을 끼얹었으니까."

도베에는 종이를 펴서 오토요에게 보여 주었다. 전체적으로 검게 그을리고 물에 젖은 금줄 토막이 나왔다. 끝자락이 느슨해져서 당장이라도 풀릴 것 같았다.

"마님이 불길하니까 신사에 가져가 소각을 부탁하라고 하셨지만."

도베에처럼 바쁜 지배인에게 그런 일을 시키다니 역시 마님답구나, 하고 오토요는 생각했다. 귀하게 자란 안주인은 상가의 관습 같은 것을 전혀 모른 채 시집왔다. 시집온 지 삼 년이 되도록 자식이 없고 시어머니도 없는 처지라, 정월을 사흘 앞두었는데도 여전히 나들이옷 걱정밖에 할 줄 모르는 철부지 아가씨였다.

"여길 봐 봐."

도베에가 가리킨 곳은 금줄의 느슨한 끝부분이었다. 꼬였다가 풀어져 틈새가 벌어졌다.

그 금줄 속에 하얀 빔지종이를 꼬아 만든 끈 같은 것이 끼어 있었다.

"끄집어내서 살펴봐."

도베에가 이미 만져 보았는지 빔지 끝이 풀어져 있었다. 오토요는 손끝으로 만져 보다가 즉시 정체를 눈치채고 저도 모르게 소리를 질렀다.

"뭐예요, 이게? 오싹하네!"

금줄에 낀 빔지 속에 머리카락이 들어 있었던 것이다.

"이상하지?"

도베에는 미간에 주름을 모으고 오토요의 얼굴을 바라보았다.

"머리카락과 빔지를 함께 꼬고 그걸 금줄 속에 넣은 거야. 대체 누가 왜 이런 짓을 한 거지? 게다가 간밤의 그 화재도 그래."

"지배인님, 이 머리카락이 그 화재와 무슨 관계라도 있다는 건가요?"

오토요는 깜빡 잊고 신단의 등불을 끄지 않은 탓에 화재가 일어났다고 생각했다. 다른 이유는 떠올릴 수 없었다.

이타미야의 안살림을 꾸리는 것은 오토요의 일이지만 신단방 관리만은 안주인의 몫이다. 등불을 켜고 끄는 일도 그렇다. 그러므로 간밤의 화재도 마님이 평소처럼 등불 끄는 것을 깜빡했기 때문에 일어난 거라고 생각했다. 물론 대놓고 그렇게 말하지는 않았지만.

그런데 도베에는 고개를 저었다. "나도 신경이 쓰여서 마님께 확인해 봤어. 여러 번이나 집요하게. 그러자 마님은 간밤에 바람이 강해서 불단속에 특별히 신경을 썼다, 신단 등불도 분명히 껐다고 하시더군. 말씀하는 걸 보아 거짓말하시는 건 아닌 듯해."

"하지만 그렇다면 불씨도 없는 데서 화재가 일어났다는 말이 되잖아요?"

"그러니까 이 금줄이 수상하지 않은가 싶어서……."

도베에도 자기 말에 자신이 없는지 쓴웃음을 지었다.

"통 모르겠군. 하지만 이 머리카락, 무슨 사정이 있어 보이지 않아? 우리 이타미야를 무슨 저주로 해코지하려고 숨겨 둔 것처럼 보인단 말이지. 여기에서 도깨비불이 솔솔 나와서 신단을 태워 버린 건 아닐까."

오토요는 도베에를 이 세상에 주판으로 정리하지 못할 일은 없다고 생각하는 사람으로 보고 있었다. 그래서 뜻밖이었다. 어머, 지배인님에게 이런 면도 있네. 귀신을 무서워하는 꼬마처럼 이야기하다니.

"나는 그보다는 좀 더 온전한 생각을 해 봤어요."

"무슨 생각?"

"이 금줄을 사 온 것은 누구인지, 어디서 사 왔는지, 언제 누가 어떻게 장식했는지 같은 것을 알고 싶네요."

도베에가 한순간 얼굴을 굳히더니 대답했다. "내가 사 왔는데."

"어머나."

"주인님이 직접 시키셨어. 내년에 내가 도시오토코잖아가령 소띠 남자가 소의 해를 맞이한 경우를 말한다. 그런 남자는 신의 가호를 더 잘 받는다고 믿어서, 새해 행사나 공양물 구입, 새해 정한수 길어 오는 일 따위를 맡았다."

실제로 도베에는 환갑을 맞게 된다.

"공양물은 한 해 운수가 달린 물건이니 도시오토코가 사 오는 게 좋겠다고 하셨거든."

주인은 이제 겨우 삼십대에 접어들었으면서도 이런 일에서는 미신을 따른다.

"그래서 어제 오후에 사 왔지. 그러고는 바로 장식했어. 그믐날에 공양할 수는 없으니까_{새해에 각 가정을 방문하는 신령은 섣달그믐 새벽에 찾아온다고} _{해서 늦어도 섣달 28일까지는 공양물을 바쳤다.} 금줄 다는 일도 거들었어. 그러니 지금 당장 자네가 궁금해하는 것을 말해 줄 수 있네. 하지만, 그걸 알면 뭐가 어떻게 되는 거지? 누가 이 금줄에 머리카락을 숨겼는지 알 수 있다는 건가?"

"아뇨, 그건 아니고요." 오토요는 어깨를 들썩이며 웃었다. "그걸 알면 이타미야와 관계된 사람들 중 누구도 이 금줄에 머리카락을 숨길 수 없었다는 것이 밝혀질 테니까요."

도베에는 강바람에 말라 버린 입술을 침으로 적시고 물었다. "그럼 이 금줄이 이타미야에 온 것은."

"그냥 우연 때문이겠죠. 이런 괘씸한 짓을 한 자가 남자인지 여자인지는 모르겠지만, 아마 부업으로 공양물을 만드는 사람일 거예요. 무슨 목적이 있거나 그냥 장난을 친 거겠죠. 어쨌거나 여기서 화재만 일어나지 않았어도 이 금줄은 정월 동안 무사히 신단에 장식되었다가 때가 되면 치워졌을 것이고, 신사로 옮겨 불태워졌겠지요. 이 속에 머리카락이 숨겨져 있다는 사실은 아무도 몰랐을 거예요."

"그렇다면 그 화재는 역시 제대로 된 불씨가 있었기 때문에 일어난 건가?"

"불씨면 불씨지 제대로 된 불씨는 또 뭐예요" 하며 오토요는 웃었다. "도깨비불이란 것도 난 믿지 않아요, 지배인님."

"뭐, 이치상으로는 자네 말이 맞겠지만." 도베에는 얄팍한 어깨를 움츠렸다. "그런데 나는 영 불길한 느낌이 든단 말이지."

2

공양물 장사는 대개 도비_{토목건축 공사, 상하수도 공사 등에 종사하는 기술자}나 인부들이 연말에 잠깐 가건물을 세우고 하는 한철 장사다. 도베에가 올해 이타미야의 공양물 일식을 구입한 오카와 강변의 공양물 매점은 고아미초의 도비가 운영하는 임시 매점이었다.

오토요는 도베에와 함께 그 임시 매점을 찾아가기로 했다. 오카와 강변으로 가기 위해 여전히 경황없는 섣달의 신카와초를 지날 때 바쁘게 움직이는 사람들 속에서 처마 끝에 흔들리는 정월 금줄 장식만이 묘하게 차분해 보였다.

공양물을 파는 오두막은 바로 찾을 수 있었다. 상대방도 도베에를 기억했다. "이타미야 분이시죠?"라며 금방 알은척을 했다. 입가에 커다란 화상 자국이 있는 사십대 남자로, 체구는 작지만 민첩해 보이고 말소리는 낮지만 웃음소리는 가늘고 높았다.

남자는 금줄에 뭘 감추거나 수작을 부리는 짓은 적어도 이 매대에서는 절대로 일어날 수 없다고 단언했다.

"내가 여기서 두 눈을 똑바로 뜨고 있잖아요."

"이런 건 어디서 떼 오는 거요?"

"가깝게는 스나무라 근방에서도 만들고, 멀게는 사와라 쪽에서도 떼 옵니다. 겨울에는 어느 에도 근교 농촌에서나 다 이런 부업을 하니까."

"그런 부업을 하는 사람이, 복을 비는 데 쓰는 공양물에 그런 흉측한 짓을 해 놓는 일도 있소?"

도베의 물음에 도비 남자는 저물어 가는 맑은 하늘에 가볍게 울려 퍼지는 소리를 내며 웃었다. "그런 일도 있을지 모르지만, 그래서 그게 어쨌게요? 금줄은 신령님께 바치는 거잖아요. 신령님께 바치는 물건에 못된 장난을 하면 벌을 받는 쪽은 그런 짓을 한 놈이지 그 금줄을 사간 이타미야일 리가 없잖습니까."

딴은 그렇군, 이라고 도베가 작은 소리로 말하자 오토요는 웃기 시작했다.

"그러게요. 백번 지당한 말씀이시네."

둘은 이타미야에 돌아온 뒤 이번에는 가게 점원들의 이야기를 일일이 들어 보기로 했다. 함께 금줄을 친 자들, 금줄 칠 때 그 자리에 없었던 자들, 금줄 치기 전에 금줄이나 공양물이 방에 놓여 있는 모습을 본 자들.

사실 그믐을 앞둔 바쁜 날에 가게 일을 하는 틈틈이 그런 탐문을 하는 상황이었다. 느긋하게 할 수 있는 일이 아니다. 뜻밖에 허를 찌르는 자도 있다. 오카쓰도 그러했다.

오카쓰는 아직 혼자 놔두기 걱정스러운 어린아이라서 오토요와 한 방에서 기숙한다. 다른 하녀들에게서 은근히 시달림을 받지 않게 하기 위해서도 조금 더 야무진 일꾼으로 클 때까지 곁에 두는 것이 좋겠다고 오토요 스스로 생각했던 것이다. 그런 만큼 무슨 일에서나 오카쓰는 안중에 두지 않았다. 이번에도 그랬다. 밤에 방으로 돌아가 잠들기 전 잠깐 이야기를 들어 보면 된다. 어리바리한 아이 아닌가, 역시 어리바리한 대답밖에 못 하겠지—.

그 정도로 생각했으므로 그날 밤 오카쓰의 모습이 보이지 않는다, 아무래도 가게에서 도망친 것 같다는 말을 들었을 때 오토요는 한순간 말문이 막혀 버렸다.

그 어린 발로, 더구나 지리도 어두운 에도 밤거리를 걷는 것이다. 도저히 가망 없는 이야기였다. 도망치고 일각이 지나기 전에 기도반木戸番 서민들이 사는 구역의 단위인 마치(町) 입구마다 기도라는 나무 문이 설치되었고 밤 열 시경에는 기도를 닫아 야간 통행을 차단했다. 기도반은 기도 주변의 조그만 오두막에 기거하면서 기도 와 통행을 관리했다의 눈에 띄어 이타미야로 붙들려 돌아왔다. 오카쓰를 본 기도반은 처음에는 미아인 줄 알았다고 한다. 오카쓰는 그만 큼 체구가 작은 아이였다.

이번 화재와 금줄 건도 그렇지만 이런 종류의 소동은 언제나 도베에가 떠맡아 재량껏 해결하며 주인에게 보고하는 것은 최후의 수단이었다. 그런 점에서도 도베에는 가게 일만 하는 점원이 아니라 실로 이타미야 집안의 대들보와 같았다. 도베에는 붙들려 돌아온 오카쓰를 신단방 근처의 자기 방으로 데려가 화로 앞에 앉혀 몸을 따뜻하게 해 준 다음 여전히 눈물을 흘리는 오카쓰에게, 주인님도 마님도 네가 도망친 사실을 모르시니 이번 일로 가게에서 쫓겨나거나 벌을 받을까 걱정하지 않아도 된다는 말로 타이르기 시작했다. 오카쓰는 그동안에도 내내 늘키고 있었다.

오토요는 주먹밥을 작게 만들어 더운 물과 함께 오카쓰 앞에 내밀었다.

"배고프지? 먼저 먹으렴."

하지만 오카쓰는 주먹밥에 손을 대려고 하지 않는다.

"그래? 슬픔으로 가슴이 미어진다면 먼저 그걸 풀어내지 않는 한 안 되겠구나. 대체 왜 도망친 건지, 그 얘기부터 해 주지 않으련?"

도베에도 두 손을 품에 찌른 채 곤혹스러운 듯 눈썹을 들썩거리다가 이윽고 물었다.

"애야, 오카쓰, 네가 도망친 까닭은, 하필 오늘 도망친 까닭은 정월을 집에서, 어머니와 아버지랑 같이 지내고 싶었기 때문이냐?"

오카쓰는 끅끅거리며 울 뿐이었다.

"아니면 누가 괴롭혀서 무작정 뛰쳐나간 거니?"

오토요의 물음에 오카쓰는 눈물을 뚝뚝 흘리면서도 고개를 격하게 가로저었다.

오토요는 도베에의 얼굴을 보았다. 그는 오카쓰의 작은 손등에 떨어지는 눈물을 바라보고 있었다.

"애, 오카쓰." 오토요가 말했다. "그렇다면 말인데, 오늘 밤 네가 도망친 까닭은, 간밤의 화재 때문이니?"

오카쓰의 메마른 어깨가 굳어졌다. 몸의 떨림을 억누르려는지 무릎을 짚은 두 팔이 뻣뻣해져 있었다.

"더 자세히 말하면, 간밤의 화재 소동과 신단에 장식한 금줄 속에 숨겨져 있던 머리카락—그거 때문이니?"

오카쓰는 그 말을 듣자 봇물이 터진 듯 더욱 심하게 울기 시작했다. 아, 맞구나, 하고 생각하며 오토요와 도베에는 얼굴을 마주보았다.

"그렇게 심하게 울다가는 눈 짓무르겠다."

아직 사투리가 남아 있는 데다 울음 탓에 호흡이 불규칙한 오카쓰에게서 이야기를 듣는 것은 여간 힘든 일이 아니었다.

"그 금줄에 머리카락을 숨긴 사람은 너니?"

오카쓰는 몸을 떨면서 고개를 끄덕였다. "예."

"왜 그런 짓을 했지?"

오카쓰는 목울대를 울리며 오열을 삼키고 나서 속삭이듯이 대답했다. "공양이 될 것 같아서—."

"공양?" 도베에가 눈을 휘둥그레 떴다.

"그 머리카락은 누구 것이지?" 오토요가 물었다.

"엄마……. 우리 엄마 거예요."

3

오카쓰는 스이고의 미즈노미_{경작지가 없으므로 조세 의무가 없고 촌락 내 아무런 발}

_{언권도 없는 빈농} 집안에서 태어났다. 여섯 형제 중 막내. 끼니 잇기도 힘든 가난한 살림이라 오카쓰는 자칫 어디론가 팔려 가기 쉬운 처지였다. 그러므로 이타미야에 취직하기로 정해진 것은 정말로 다행한 일이었고, 따라서 가게에 해코지를 할 마음은 한 번도 품어본 적이 없다고 한다.

지금으로부터 채 두 달이 되기 전에, 오카쓰가 이타미야에 취직하기로 정해진 직후에 오카쓰의 어머니가 갑자기 병으로 쓰러졌다. 고열에 시달리고 내내 물만 찾고 기도가 막힌 것처럼 고통스러워하다가 앓은 지 열흘이 되기 전에 죽었다. 그런 무서운 돌림병이 그즈음 스이고 일대에서 기승을 부렸고 오카쓰의 어머니도 그 병마에 쓰러진 것이다.

사람이 줄줄이 죽어 나가도 관청은 미즈노미 집안들이 사는 마을 따윈 신경 쓰지도 않았다. 다만 이 병이 아무래도 사람에서 사람으로 옮는 것 같다는 소문이 돌기 시작하자 그제야 무거운 몸을 일으켜 관리를 몇 번 파견하고 마지못해 이것저것 조사하고 다니기도 했다.

그런 관리 중에 의원 하나가 섞여 있었다. 관청의 보호도 없는 상태에서 이 의원이 홀로 수많은 병자를 돌볼 수는 없었다. 하지만 병마의 공포에 떠는 주민들에게 몇 가지 도움이 되는 조언을 해 주었다.

병자와 그릇을 같이 써서 음식을 먹지 말 것. 물을 끓여서 마실 것. 그중에서도 가장 중요한 조언은 이 병으로 죽은 병자를 그냥 매장해서는 안 된다는 것이었다. 나가사키에서 유학할 때 얻은 지식인데, 이것만 지키면 돌림병도 언젠가는 수그러들 것이라고 했다.

주민들은 지푸라기라도 잡는 심정으로 이 조언을 따랐다. 주민 절반 가까이가 병으로 쓰러졌다. 주민들은 전멸을 피하려면 아무리 까다로운 조언이라도 따르자고 다짐했다. 오카쓰는 어머니가 아무런 처치도 받지 못한 채 죽었을 때 모친을 여읜 슬픔에다가 그 시신을 불에 태운다는 끔찍한 일을 감당해야 했던 것이다.

이 마을에는 시신을 화장하는 관습이 전혀 없었다. 오카쓰를 귀여워해 준 할머니도, 일곱 살 때 죽은 오빠도 모두 마을 변두리 묘지의 봉분 밑에 잠들어 있었다. 오빠가 죽었을 때, 오빠의 몸은 여기 땅 밑에 들어가 꽃을 피우고 풀을 키워서 오카쓰를 즐겁게 해 주고 오카쓰와 놀아 주고 있단다, 오빠는 아무 데도 가지 않고 계속 여기에 있는 거란다, 라고 일러준 사람은 다름 아닌 어머니였다.

그런 어머니를 어떻게 불에 태워 버릴 수 있단 말인가. 불에 태워 버리면 어머니는 땅속에서 잠들 수 없다. 그 자리에 꽃을 피울 수도 없다. 어머니를 태워 재로 만들어 버리면 나는 외로울 때 어디로 가서 어머니를 만나란 말인가. 그래서 오카쓰는 울면서 싫다고 했다.

하지만 아버지는 냉정하게 오카쓰를 타일렀다.

"엄마는 자기가 무슨 병에 걸렸는지 잘 알았단다. 죽으면 꼭 불에 태워서 자식들에게 옮지 않도록 해 달라고 아버지에게 신신당부했다."

그 말을 들으니 더는 어쩔 수 없었다. 오카쓰는 어머니 몸을 태우는 불길을 보았고 피어오르는 연기를 지켜보았다. 돈이 없어서 스님을 모셔서 독경도 해 드리지 못하는 장례였다.

엄마는 정말로 이런 서러운 일을 원했을까, 하고 오카쓰는 생각했다. 불에 태워 달라고 진심으로 바랐을까?

그런 의문이 있었기 때문일 것이다. 오카쓰는 시신을 태우기 전에 아버지 몰래 어머니의 머리카락을 잘라 빔지에 숨겨서 가지고 다녔다. 목깃 속에 넣어 꿰매어 두었으므로 어머니의 머리카락은 오카쓰에게서 한시도 떨어지지 않았다.

그리고 그대로 에도로 올라왔다.

"그랬구나"라고 오토요는 말했다. "하지만 얘, 그런 소중한 머리카락을 금줄 속에 감추는 것이 어째서 공양이 된다는 거지?"

"우리 집은 너무 가난한데다 졸지에 치른 초상이어서 엄마에게 제대로 독경도 못 해 드렸고 향도 태워 드릴 수 없었어요."

끅끅 늘키며 오카쓰는 말했다.

"그래서, 금줄을 보았을 때, 생각했어요. 이 속에 머리카락을 숨겨 두면 신단에 장식되고 여러 사람에게 절도 받을 거라고. 등불도 밝혀 줄 것이고 비쭈기나무에로부터 신성한 나무로 알려져 신사나 신단에 장식했다도 장식해 줄 것이고 떡도 공양받을 수 있고."

도베에가 으음 하고 소리를 냈다.

"정월이 지나고 금줄을 치울 때가 되면, 다시 몰래 머리카락을 빼내서 목깃 속에 넣어 두려고 했어요."

"그럼 지배인님이 금줄을 사 온 뒤 주인님과 사람들이 장식하는 와중에?"

오카쓰는 고개를 끄덕였다. 쉬운 일이었다고 했다. 그녀의 고향집에서는 겨울이 되면 종종 삯일로 공양물을 만들었던 것이다.

"네 마음은 잘 알았으니까 이제 그만 울거라." 이야기를 다 듣고 난 도베에가 그렇게 오카쓰를 위로했다. "자, 이제 주먹밥 먹어야지? 그래, 네 방으로 가져가 먹는 게 마음이 편하려나."

오카쓰는 빨개진 눈을 깜빡이고 있었다.

오토요는 무릎걸음으로 다가가 가만히 말했다. "근데 오카쓰, 네 어머니 머리카락과 그 금줄 말인데, 타다 남은 것이 있단다."

오카쓰는 눈을 휘둥그레 떴다. 작은 오른손이 움찔 움직였다. 남은 머리카락을 당장이라도 돌려받고 싶다고 그 손이 말하고 있었다.

하지만 오토요는 천천히 고개를 저었다. "잘 들어, 오카쓰, 간밤의 화재는 왜 일어난 것 같니?"

오카쓰보다 도베에가 먼저 말했다. "하지만 자네는 그런 거 믿지 않는다고 했잖아?"

오토요는 도베에의 말을 무시하고 오카쓰의 얼굴만 쳐다보며 말했다. "그 화재의 불씨는, 금줄 속의 네 어머니 머리카락이야. 그래, 틀림없어. 달리 불씨가 없었거든."

"신단 앞 등불이⋯⋯." 오카쓰가 주저주저 말했다.

"아니, 그렇지 않아. 등불은 분명히 껐어. 달리 불씨가 될 것도 없었고. 네 어머니 머리카락에 불이 붙어서 금줄이 타고 신단이 탔어. 그게 분명해. 그럼 왜 머리카락이 불에 탔는지 알겠니? 아니, 누가 머리카락을 불태운 건지 알겠니?"

오카쓰는 대답이 없었다.

"그건 말이야, 네 어머니란다. 어머니의 혼이 그 머리카락을 태운 거야."

오토요는 몸을 숙여 오카쓰의 작은 얼굴을 들여다보았다.

"어머니는 뭐든 조금이라도 남으면 그것 때문에 어여쁜 너에게 병이 옮을지 모른다고 걱정해서 시신을 남김없이 불에 태워 달라고 하셨다지? 하지만 너는 머리카락을 잘라서 네가 입은 옷 속에 숨겼어. 어머니는 그걸 정말 기뻐하셨을까? 생각해 봐, 오카쓰."

오카쓰의 눈가에서 새로 눈물이 솟아났다.

"어머니는 네 옷 목깃 속에서 얼마나 애를 태우셨을까. 어서 태워야 할 텐데, 하시면서. 하지만 딸을 다치게 하실 수는 없었겠지. 옷 목깃 속에 있는 동안은 불에 타실 수 없었겠지."

"해서 신단에 장식되자 불을 낸 건가⋯⋯." 도베에가 혼잣말처럼 말했다.

오토요는 고개를 끄덕였다. "그러니까 오카쓰, 그 머리카락은 역시 불에 태워 드리자꾸나. 내일 뒤뜰에서 지배인님이랑 나랑 너랑 함께 사람들 몰래 태우자. 염불을 외면서 태워 드리자. 염불은 내가 가르쳐 줄 테니까."

오카쓰는 눈물을 뚝뚝 흘리며 고개를 끄덕이고 있었다.

오카쓰가 방을 나가자 도베에가 불쑥 말했다. "내가 불씨는 금줄이 아니냐고 했을 때는 들은 척도 하지 않더니."

오토요는 빙긋이 웃었다. "그건 지금도 안 믿어요."

도베에는 흠칫 놀랐다. "뭐라고? 그럼 오카쓰한테 한 말은 전부 거짓말이었나?"

"그렇게라도 말해 주지 않으면 그 아이가 불쌍하잖아요. 게다가 그런 사정을 들었으니 그 머리카락은 반드시 태워야만 하겠고."

오토요는 옷자락을 탁 털며 자리에서 일어섰다. "그럼 이제 금줄 건은 끝났네요. 그 화재의 불씨는 역시 등불이었다고 생각해요. 오늘 밤부터는 내가 잠자기 전에 신단방 불단속을 할게요."

방을 나가려고 할 때 도베에가 혼자 뭐라고 중얼거리는 소리가 등 뒤에서 들렸다. "하여간 생각은 깊다니까……"라고 말한 것처럼 들렸지만 오토요는 뒤돌아보지 않았다.

4

이튿날인 섣달그믐의 이른 아침, 오토요는 약속한 대로 뒤뜰에 불을 피웠고 오카쓰 어머니의 머리카락에 공양을 했다. 오카쓰의 작은 양손을 합장시킨 뒤 염불도 가르쳤다. 도베에도 어긋난 박자로 나무아미타불을 함께 외고 그날 하루는 종일 얌전한 얼굴로 지냈다.

금줄만으로는 불길이 살아나지 않으므로 장작도 함께 태웠다. 불길은 부족하지 않았을 것이다. 타고 남은 재는 다 모아서 뒤뜰 한구석에 잘 묻었다. 묻은 자리 위에 둥근 돌을 놓아 표시로 삼았다. 오토요는 봄이 오면 주변 여기저기에 노랗고 어여쁜 꽃이 피어난다는 것을 알고 있었다. 그러니까 오카쓰, 네가 여기 있어도 어머니는 계속 너랑 함께 계시는 거란다, 라고 말해 주자 오카쓰는 비로소 방긋 웃었다.

다만 한 가지 이상한 일이 일어났다.

그렇게 마무리를 했는데 어찌된 일인지 오토요의 코에 그을린 듯한 냄새가 들러붙어 가시질 않았다. 머리카락에서도 타는 냄새가 나는 것 같았다. 목욕을 하고 옷을 갈아입어도 그 냄새는 없어지지 않았다.

마치 연기가 따라다니는 듯한 기분이었다. 하지만 다른 이에게 물어보면 아무 냄새도 나지 않는다고 했다.

'이상한 일도 다 있지' 하고 오토요는 생각했다. '화재 소동으로

너무 놀란 탓인지도 몰라.'

신경 쓰지 않기로 작정하고 그날 하루를 바쁘게 지냈다. 하지만 마침내 새해 맞을 준비도 끝나고 이제 곧 제야의 종소리도 들려오겠다 싶었을 즈음에 오토요는 제 눈을 의심할 만한 것을 보았다.

정월 요리 준비가 끝나서 부엌에서 설거지를 하고 있을 때였다. 변함없이 연기 냄새가 코에서 가시지 않았다. 혹시 타다 남은 뭔가가 있어서 화덕에서 연기를 피우고 있는 것은 아닌가 싶어 고개를 돌렸을 때—보았던 것이다. 자신의 소매 옆에 붙어 작은 새끼 새처럼 쭈뼛거리며 지시에 따라 일하는 오카쓰의 주위를 희미한 연기 같은 것이 감돌고 있는 모습을.

부엌의 희미한 불빛 아래에서 뚝 멈춰선 오토요는 시선을 모아 연기를 쳐다보았다.

접시를 닦는 오카쓰. 하코젠그릇을 담아 두는 상자로, 일인용 밥상으로 쓰기도 한다을 치우는 오카쓰. 아이가 무슨 일을 하든 연기도 함께 가뿐히 움직였다. 오카쓰를 꼭 안아 주듯이. 오카쓰에게 손을 내미는 듯이.

알아채기 매우 힘든 그 희미한 연기는 오토요가 지켜보는 가운데 한순간이지만 분명히 작은 소녀의 모습을 이루었다.

이 일만은 도베에게 말할 수 없었다. 오토요는 이리저리 궁리하고 머리를 싸매고 고민하다가 마침내 마음을 정하고 늦은 밤에 홀로 뒤뜰로 나섰다.

뒤뜰에는 모닥불을 피운 자리와, 그 재를 묻은 자리에 놓은 작고 동그란 돌이 있었다. 오토요는 호흡을 가다듬었다.

"저어, 오카쓰 어머니."

한밤의 어둠을 향해 오토요는 입을 열었다. 입김이 하얗게 얼었다.

"걱정이 많으시겠죠. 하지만 오카쓰 일이라면 걱정하지 마세요."

자신이 땅바닥 위에 두 발로 굳게 버티고 서서 두 팔을 옆구리에 꼭 붙인 채 주먹을 꽉 쥐고 있음을 알아챘다. 나는 겁을 먹은 걸까.

"오카쓰는 내가 잘 보살필 테니까요. 맡겨 주세요. 내 숨이 붙어 있는 동안은 그 아이를 확실히 보살펴 줄 겁니다."

이 말이 전해졌는지 아닌지 알 수 없다. 애초에 이런 엉뚱한 생각을 떠올리다니, 나답지 않아. 오카쓰 어머니의 영혼이 이승에 머물러 있다니, 어떻게 그런 생각을 했을까.

그래도 오토요는 계속 말했다.

"그 아이가 어엿한 일꾼으로 커서 제힘으로 벌어먹을 수 있을 때까지 내가 책임질 테니까요."

자식을 둔다는 것은 어떤 것일까, 하고 오토요는 생각했다. 한시도 잊는 일이 없을 만큼 걱정스럽고 사랑스러운 존재.

내가 이타미야를 생각하며 살아가는 것과 같은 것일까. 나는 여기에서 삶의 보람을 찾으며 살아와서 만약 이타미야를 떠난다면 너무나 괴로울 것이다. 그것과 같은 것일까.

쉴 새 없이 일만 하고 한눈팔지 않고 살아오느라 결국 자식을 가질 기회도 없었던 오토요는 생각했다. 오카쓰 어머니 심정을 내가 알 수 있을까.

"약속할게요, 정말입니다."

어둠을 향해 그 말만 되뇌고 있었다.

오토요의 말이 통했는지 어땠는지 바람은 대답해 주지 않았다. 하지만 그렇게 한동안 손발이 꽁꽁 얼도록 서 있다가, 멀리 하늘 건너편에서 제야의 종 첫 번째 타종 소리가 들려와 퍼뜩 정신을 차렸을 때 코끝이나 몸 주위에서 매캐한 연기 냄새가 사라졌음을 깨달았다.

새해가 밝은 것이다. 오토요는 천천히 뒤뜰을 떠났다.

제 2 화

은 슬

붉 구

1

"올해에도 결국 오지 이나리 신사의 하쓰우마 축제에 가지 못했네요711년 음력 이월 첫 오일(午日)에 농업의 신이 이나리 산에 강림했다는 전설에서 유래한 축일. 일본 전역의 수많은 이나리 신사에서 풍작, 사업 번성 등을 비는 의식이 행해진다."오미요가 이 부자리에 누운 채 그렇게 중얼거렸다.

"하쓰우마 축제 때만 되면 늘 자리에 누워 있었으니까. 그때마다 내년에는 꼭, 내년에는 꼭, 하며 다짐만 하고."

사키치는 등 뒤의 그 목소리를 듣자 손에 든 송곳을 옆에 내려놓고 웃음을 만들어 붙인 다음 돌아다보았다.

"그래, 내년이 있잖아. 오지 이나리 신사가 어디로 도망가거나 숨는 것도 아니니까."

오미요는 미소로 응했다. 하지만 "맞아요"라고 맞장구치지는 않았다. 그 대신 베개에서 머리를 조금 쳐들고 사키치의 손맡을 멀찍이 살펴보는 시늉을 했다.

"그건 뭐예요? 고우가이머리카락을 모아 올리는 데 쓰는 비녀 같은 막대기. 머리에 꽂아 장식하기도 한다인가요?"

"응, 맞아. 마무리 손질을 하는 중이야. 칙칙한 은색이라 눈에 잘 띄지 않아서 세공에 공을 좀 들일 생각이야."

"관리인님도 당신 실력이 일류라고 하셨어요." 오미요는 소녀처럼 밝은 목소리로 자랑스레 말했다. "방물 만드는 솜씨라면 오카와 강 이쪽에서는 당신이 최고래요."

"그건 그렇지." 사키치는 익살맞은 투로 말하고 가슴을 폈다. 오미요가 쿡쿡 웃는다.

거의 누워서 지내다시피 하는 생활이라 머리를 틀어 올릴 일도 없어져 버린 오미요는 긴 머리를 어깨 부근에서 하나로 묶고 그 다발을 가슴에 안고 누워 있다. 몸이 수척한 것은 원래부터 그랬지만, 요즘은 아무래도 머리카락이 가늘어졌는지 머리 다발이 얄팍해진 것 같다. 새삼 이를 의식하자 사키치는 가슴이 철렁했다.

오미요와 살림을 차린 뒤 올해로 세 번째 봄을 맞았다. 그 세월 중 그녀가 그나마 건강하게 일하고 더러는 사키치의 작업도 도우며 생활할 수 있었던 기간은 처음 반년 정도뿐이었다. 그 이후로 지금까지 오미요의 건강은 물크러지듯이 나빠져만 갔다. 사키치는 그런 아내를 속수무책으로 지켜보기만 하는 생활이었던 것 같다고 생각했다.

한번은 병을 잘 고친다고 소문난 의원을 찾아 네즈까지 오미요를 데려간 적이 있다. 그 치료비를 마련하느라 당시 사키치는 오미요 모르게 하루 걸러 밥을 굶었다. 그 탓에 의원을 찾아갔을 때는 둘 다 병자로 비치고 말았다.

사키치는 낙담했다. 얼마나 평판이 좋은지는 모르겠지만, 밥을 굶어서 수척한 것인지 병 때문에 밥을 못 먹어서 수척해진 것인지도 분간하지 못하는 의원이라면 모처럼 고생해서 아내를 데려 온 보람이 없지 않은가…….

의원은 오미요를 진찰하고 노해결핵가 아닌 것은 분명하지만 어디가 어떻게 나쁜지 정확히 모르겠다는 식으로 말했다. 수족이 늘 차고 얼굴이 창백하고 오래 걷거나 서 있으면 상태가 나빠져서 주저앉거나 쓰러지기도 한다. 공동주택 쪽방 중에서도 면적이 가장 좁아 봉당을 합쳐도 다다미 다섯 장밖에 안 되는 집이지만 비질을 하려고 하면 숨이 차고 안색이 하얘진다. 몹시 추위를 타고 한여름에도 두꺼운 잠옷을 입지 않으면 잠들지 못한다. 그런데 찬바람이 부는 한겨울 아침 눈을 떠 보면 이불이 식은땀으로 푹 젖어 있다. 오미요가 일일이 설명하는 그런 증상들을 듣고도 의원은 떨떠름한 얼굴을 한 채 팔짱만 끼고 있었다.

"당신이 잘나가는 상점의 안주인이라면," 다분히 비아냥거리는 투로 말했다. "그냥 우울증이고 마음의 병이고 권태에 빠진 거라고 진단했을 거야. 하지만 당신들은 아무리 봐도 그렇게 넉넉해 보이지 않으니. 타고난 약골인 게야. 무리하지 말고 누워서 쉬고 영양가 있는 것을 먹어야 해."

의원은 오미요에게 그렇게 일러 둔 뒤 나중에 사키치만 따로 곁으로 불러서 나지막이 덧붙였다. "부인은 심장이 약한 것 같아. 이런 건 아무 대책이 없어. 나가사키 쪽에 가면 실력 좋은 난방의나가사키 데지마 섬에 배치된 네덜란드 의사가 전파한 서양 의학으로 진료했던 의원가 있을지 모르겠지만, 그런 의원한테 치료를 받으려면 막대한 돈이 들어. 아무래도 힘들겠지."

의원은 사키치가 걸친 겉옷의 해진 소매나, 쓰던 수건을 덧댄 목깃 따위를 쳐다보며 말했다.

"아무튼 부인을 하루라도 오래 살게 하려면 아까 말한 대로 해 줘. 잘 자고 잘 먹게 해 주고 병 때문에 마음고생 시키지 말고. 구해 먹일 수만 있다면 달인 인삼은 좋은 보약이 될 텐데."

사키치는 어떻게든 해 보지요, 라며 고개를 숙인 뒤 더는 아무 말도 하지 못했다. 인삼이라고? 대체 밥을 얼마나 굶어야 그걸 살 수 있을까. 난방의라니, 사키치가 두 번쯤 환생해서 먹지도 마시지도 않고 애오라지 일만 해서 한 재산 쌓지 않는 한 진찰을 받을 가망이 없었다.

돌아올 때는 솜을 둔 한텐기장이 짧은 겉옷으로 일하는 사람들이 많이 입었다으로 오미요의 어깨를 덮어 주고 이시와라초에 있는 집으로 고개를 숙인 채 터벅터벅 걸었다. 해는 벌써 지고 있었다. 사키치는 오미요만이라도 가마에 태워 주고 싶었지만, 진료비가 생각보다 많이 나와서 그의 품에는 글자 그대로 땡전 한 푼 남아 있지 않았다. 둘 다 아침부터 아무것도 먹지 못했고 의원에서는 한참을 기다려야 해서 몸이 식을 대로 식고 녹초가 되어 있었다.

흘러오는 국수 국물 냄새, 노점에서 초밥이나 튀김을 집어먹는 직공 같은 남자들, 심부름을 나선 꼬마가 찬가게의 콩조림을 주발 가득 사서 돌아가는 모습—그 모든 것을 외면하고 그저 걷기만 했다. 솜옷을 입고 추위에 달달 떨면서 곁을 걷고 있는 오미요도 그런 모습을 다 보고 자신과 똑같이 느낄 게 분명한데도 배고 프다는 소리를 한 마디도 하지 않자 사키치는 울어 버리고 싶을 만큼 비참했다.

"집에 돌아가면 오늘 저녁은 간만에 내가 뭐든 만들어 볼게요."

어렵게 미나미와리 배수로 근처까지 돌아왔을 때 오미요가 불쑥 말했다.

"의원에게 진찰받은 덕분에 기분이 한결 나아진 것 같아요. 난 병에 걸린 게 아니잖아요. 그저 몸이 허약할 뿐이지. 무리만 하지 않으면 앞으로도 계속 당신을 보살피고 밥도 지을 수 있어요. 건강해지면 부업도 할 수 있을 테고."

그러고는 겉옷의 목깃을 그러모으며 미소를 지었다.

"그러다 보면 아이도 생기겠죠."

사키치는 미소를 지었다. "그래"라고 대답했다. 볼이 굳어 버린 까닭은 석양의 찬바람 탓이라고 스스로를 타이르면서.

그 뒤로 의원을 찾아간 적은 한 번도 없었다. 하지만 네즈의 의원이 일러 준 조언은 충실히 따랐다. 사키치는 열심히 일하고 집안일도 최대한 해냈다. 그래도 오미요는 전혀 건강해지지 않았다. 건강해지기는커녕 점점 힘이 빠져 가는 것 같았다.

돈이 간절했다. 돈만 있으면 이 에도 땅에서는 어떤 생활도 가능하다. 공동주택일지라도 볕이 제일 잘 드는 쪽방으로 옮길 수 있다. 오미요에게 하루 두 번 흰쌀밥이나 부드러운 죽을 먹일 수도 있다. 계란이나 닭고기, 이제 다가올 철에는 삼치도 좋다. 참

돔 회를 사 주면 어떨까. 제철 요리나 맏물은 행운을 가져다줄 뿐
아니라 정말로 영양분이 좋아서 몸에 좋다고 하지 않던가.

조금 더 벌 수 있다면. 돈만 있다면 뭐든지 구해 줄 텐데.

'오지 이나리 신사의 하쓰우마 축제에도 데려갈 수 있을 텐데.
돈만 있으면 오미요의 몸이 좋아지지 않더라도 데려가 줄 수 있
다. 가마를 사고 따뜻한 옷을 입히고 신사 앞에 숙소를 잡고 맛난
것을 먹이고 느긋하게 유람을 시켜 주는 거다—.'

언젠가 오지 이나리 신사의 하쓰우마 축제에 가자는 것은 두
사람이 살림을 날 때부터 나눈 약속이었다. 이나리 신사는 어디
에나 있고, 어느 신사에서나 하쓰우마 축제는 성황이지만 오미요
는 꼭 오지에 있는 이나리 신사에 가고 싶다고 했다.

"그곳에는 '오지 일곱 폭포'라는 멋진 폭포가 일곱 개나 있잖아
요. 신사도 웅장하고 춤과 음악도 멋지대요. 다른 어느 이나리 신
사보다 훌륭하다는 거예요."

살림을 차리기 전에 오미요는 하녀로 일한 적이 있다. 그때부
터 몸이 건강한 편은 아니어서 오래 일하지 못하고 본가로 돌려
보내지고 말았지만, 당시 같이 일하던 동료 중에 오지 출신이 있
어서 오지 이나리 신사의 하쓰우마 축제가 얼마나 대단한지 오미
요에게 자주 들려준 것 같다. 오미요는 그 동료가 부러웠던 모양
이다.

그래서 살림을 차리기 전부터 언젠가 꼭 둘이서 가 보자고 다
짐했는데 여전히 실현하지 못하고 있는 것이다.

오미요의 집안은 에도 근교의 가난한 농가였는데 오미요가 철들기 전에 야반도주를 하다시피 해서 에도로 올라왔다. 아버지와 어머니는 매일 닥치는 대로 날품팔이며 삯일을 해서 오미요를 비롯한 네 자식을 키워 냈다.

사키치는 도제로 일하던 공방에서 오미요가 일감을 받아 일하던 때 그녀를 알게 되었다. 오미요가 하던 일은 비녀에 붙이는 구슬을 동그랗게 다듬는 것이었다.

값비싼 구슬은 그렇게 다듬지 않지만, 저울로 달아서 사 오는 종류는 둥근 자갈을 가득 채운 소쿠리에 넣은 뒤 그 소쿠리를 며칠 동안이나 흔들면 자갈 속에서 이리저리 깎여서 점점 동그래진다. 그것이 전부인 일이었다. 사키치도 어릴 적 공방에 도제로 들어온 뒤 일 년이고 이 년이고 그 일만 했다.

그러므로 끈기로 하는 일임을 이해하고 있었고 힘을 많이 써야 한다는 사실도 알고 있었다. 자갈을 채운 묵직한 소쿠리를 진종일 움직여야 하는 것이다. 처음 얼마 동안은 성인 남자도 어깨가 결리고 녹초가 된다. 그런 일을 척 보기에도 체구가 빈약한 오미요가 하고 있음을 안 사키치는 놀란 동시에 가슴이 아팠다. 실제로 오미요는 구슬을 돌려주거나 재료를 받아가기 위해 공방에 들를 때마다 늘 상태가 좋지 않거나 얼굴이 지쳐 있었다. 그래도 항상 밝은 웃음을 잃지 않았지만.

사키치는 그 다기진 모습에 끌렸다. 조금은 동정이 섞였는지도 모르지만 그것이 전부는 아니라고 믿었다. 다행히 오미요도 사키치를 좋아해 주었다.

살림 차리는 것을 계기로 공방을 떠나 독립하는 상황이라 처음 얼마간은 아주 궁핍할지 모른다고 솔직하게 밝혔을 때도 오미요는 평소처럼 밝게 웃으며 제 가슴을 두드려 보였다.

"나한테 맡겨요. 가난한 살림을 꾸리는 거라면 사키치 씨보다 내가 더 잘 알아요."

처음에는 그런 식이었다. 오미요의 몸이 약한 점도 그때는 커다란 장애가 될 거라고 생각하지 않았다.

내가 오미요를 지켜 줘야지―. 사키치는 속으로 맹세했다. 제대로 된 지붕과 따뜻한 밥과 호화롭지 않지만 깨끗한 옷. 건강이 조금 나빠질 때마다 식구들 눈치를 보고 자리에 눕고 싶어도 꾹 참고 일하고, 일하지 못할 때는 미안한 마음에 밥을 줄이는, 그런 생활에서 오미요를 구해 주고 싶다. 오미요는 늘 그 웃음을, 진심에서 우러난 웃음을 보여 주게 될 것이다. 내가 그렇게 만들 거다, 하고 다짐했다. 실력을 연마하고 고객을 늘리고 착실히 벌어서 언젠가는 쪽방 생활에서 벗어나 아무리 작더라도 내 집을 마련하자고 생각했다.

그리고 사키치가 힘차게 노력하는 한 그 꿈은 결코 못 이룰 것은 아니었다.

'세상이 이렇게 되지만 않았어도…….'

덴포天保 12년1841년, 사키치와 오미요가 살림을 난 해였다. 로주쇼군 밑에서 정사를 감독한 직책 미즈노의 개혁이 시작되었다. 그와 함께 분수에 넘치는 사치를 금한다고 하여 '사치 금지령'이 떨어졌다. 호화로운 비녀나 머리빗, 고우가이, 담뱃대, 담배쌈지 등을 만들거나 파는 일은 처벌을 받게 되었다. 사키치처럼 상인층을 상대로 벌어먹고 사는 직인에게는 글자 그대로 숨통을 끊어 놓는 것이나 다름없는 정책이었다.

수익을 기대할 수 있을 만한 가격이 붙는 물건은 주문이 뚝 끊겼다. 사키치가 물건을 납품하는 니혼바시의 방물가게는 내력이 오래된 가게인데 그곳에서도, 아니, 그렇게 이름 난 가게이기에 더욱 엄하게 단속을 받아서 함부로 팔 수 없다고 했다. 결국 주문이 들어오는 것은 값싸고 세공이 쉬운 것들뿐이었고 따라서 이문이 박했다. 더구나 이것도 금지, 저것도 금지라고 하니 세상이 전체적으로 활기를 잃었는지 도매상의 전체 매출이 뚝 떨어졌다. 그러므로 이문이 박한 싸구려 물품을 많이 팔아서 버티기도 어려웠다.

일을 하면, 열심히 기량을 닦으면 돈을 벌어 편안하게 살 수 있다. 그렇게 믿었던 삶이 뿌리째 뒤집힌 것이다. 물론 사키치의 기술은 일류가 되었지만 지금은 그 일류 기술을 써먹을 데가 없었고, 기술만 있으면 오미요를 지켜 줄 수 있다고 믿었는데 그녀가 끼니도 거르게 될 만큼 궁핍해져 버렸다. 차라리 날품팔이 일이라도 찾아볼까 진지하게 고민하기도 했지만 오미요가 그것만은 안 된다고 울면서 말렸다. 막일을 하다가 손가락이나 팔이라도 다치면 직인으로서는 끝나는 것이다. 나중에 사치 금지령이 풀려서 자유롭게 일할 수 있게 되면 아무리 후회해도 소용없지 않는가, 하고.

"금지령이 풀릴 날이 오기는 오나"라고 사키치가 말할 때마다 오미요는 늘 특유의 밝은 목소리로 말했다.

"오고말고요. 그때까지만 견디면 돼요."

하지만 개혁이 시작되고 나서 벌써 이 년. 금지령은 전혀 풀릴 기미가 없었다. 풀리기는커녕 재작년 말 가이 태수 도리이가 마치부교시중의 행정과 사법 작용을 맡은 직책로 부임하고부터는 사치품을 단속하는 관리의 눈초리가 더 엄해졌다.

이 부교는 막부의 명을 금과옥조처럼 받드는 사람이라 절대로 적당히 넘기는 경우가 없었다. 주인이 짖으라고 시키면 냉큼 달려들어 짖어 대는 개처럼 금지령을 곧이곧대로 실행하려고 했다. 자신이 다스리는 에도의 조닌町人도시에 살며 활동하는 상인과 직인 계층을 가리킨다. 무사와 농민과 구별된다들을 무슨 통나무쯤으로 아는지 그 단속 양상도 무자비하다기보다는 차라리 무관심한 냉철함으로 가득한 것이었다. 파리들을 쫓아버리라고 하니까 시키는 대로 할 뿐이라는 식이다.

조닌에게만이 아니라 고케닌만 석 이하를 받은 쇼군 직속 무사로, 쇼군을 직접 알현할 수는 없었다 층에게도 그런 자세와 발상으로 대하는 모양인지 그들이 가이 태수 도리이를 증오하면서 실각하기를 바란다는 소문도 들렸다. 하지만 그런 소문과 관계없이 지금 가이 태수의 지위는 안정적이었고 당분간 흔들릴 것 같지도 않았다. 오히려 도처에서 불티처럼 튀어 오르는 그런 반발의 목소리를 틀어막기 위해서라도 단속과 억압을 더 가혹하게 하는 것처럼 보이기도 했다.

최근에는 사키치의 동종업자 중에서도 처벌을 받은 자, 생계를 유지할 수 없어서 일을 접은 자들이 나왔다. 매우 신중하게 몸을 낮추고 장사를 해 온 사람들인데도.

출구는 어디에도 보이지 않았다. 지금 사키치가 만드는 중인 고우가이만 해도 팔 데가 없었고, 그저 기술이 무뎌지지 않게 하려고 만들고 있을 뿐이었다. 만들고 나면 감춰 둔다. 금지령이 풀릴 때를 대비해서. 아니면 만에 하나—.

'은밀히 사러 오는 손님이 나타날 때를 대비해서라도.'

사실 그런 일은 있을 것 같지 않았다. 사치 금지령을 어긴 벌은 엄해서, 가령 큰 도매상의 주인이라도 용서가 없었다. 재산을 몰수당하고 에도에서 추방될 수도 있다. 손님을 불러 주연을 베푼 것만으로도. 혹은 딸의 혼례를 위해 금실, 은실을 넉넉히 사용한 우치카케신분 높은 여성이 겉옷으로 걸치는 옷이었으나 에도 시대 후기부터 혼례복으로도 입었다를 지은 것만으로도. 누가 굳이 값비싼 비녀 하나, 머리빗 하나 때문에 그런 위험을 무릅쓰려고 하겠는가.

그런데 사키치에게 그 '만에 하나'가 일어났던 것이다.

2

그 손님은 갑자기 겨울이 돌아온 듯이 가랑눈이 흩날리는 날에 찾아왔다.

상대의 신분은 무사였다. 사키치 집에서는 전무후무한 사건이었다.

"이리 뒤늦게 눈이라니, 노인들이 고달프겠군."

그렇게 말하며 고급 모피 하오리短은 겉옷를 벗어 눈을 털고 두건을 벗었다. 반백을 틀어 올린 작은 상투. 눈썹은 많이 성겼으나 조금 처진 눈초리가 온화한 인상을 풍겼고, 입가에 깊이 팬 주름이 노인의 얼굴을 어딘지 사려 깊어 보이게 했다.

"무사 나리께서 저 같은 놈을 무슨 일로 찾으십니까."

사키치가 머리를 조아리며 묻자 노인은 한 손을 쳐들어 사키치의 말을 막더니 출입구인 장지문을 한 번 돌아보고 나서 목소리를 낮췄다.

"이러쿵저러쿵 어려운 얘기 할 것 없다. 사실은 조금 내밀하게 부탁할 게 있어서 왔다."

말투로 보건대 무사와 아무 인연 없이 생활하는 사키치도 이 노인이 각별히 지위가 높은 무사는 아닌 것 같다고 짐작했다. 어느 무가 저택의 가신쯤 되는 것 같았다.

"무슨 일이신지요?"

노인은 품에서 보라색 비단보를 꺼냈다. 소중한 물건인지 양손으로 감싸듯이 해서 내민다.

"이것 좀 봐 주지 않겠나?"

비단보를 펼쳤다. 그러자 눈깔사탕만 한 훌륭한 붉은 산호 구슬이 나왔다. 진홍빛에 가까운 깊은 붉은색으로, 정확한 구형을 띠는 것을 보면 한 번 가공한 적 있는 게 분명했다. 비녀에 붙은 것을 떼어 내서 가져왔는지도 모른다.

"이걸 사용해서 은비녀를 하나 만들어 주었으면 하는데."

사키치는 노인의 얼굴을 쳐다본 뒤,

"잠시 실례하겠습니다"라고 말하고 노인 손에서 비단보와 함께 그 붉은 산호 구슬을 받아들었다. 손에 구슬의 동그란 형태가 느껴졌다.

색조로 보나 상처가 없는 매끈한 표면으로 보나 붉은 산호 중에서도 최고급품이라고 해도 좋은 물건이었다. 이 색채를 살려 이 구슬에 빠지지 않는 비녀를 만드는 일이라면 한두 냥짜리 일감이 아니다.

"무사님."

사키치는 천천히 고개를 들고 노인을 불렀다. 장지 너머에서는 오미요가 오늘도 이부자리에 누운 채 둘의 대화에 귀를 바짝 세우고 있을 것이다. 공연한 걱정을 안겨 줄 수는 없다.

"무사님도 요즘 세상이 어떻게 돌아가는지 잘 아시겠지요. 이렇게 훌륭한 보석으로 방물을 만들어 팔다가는 제가 오라를 받게 됩니다요."

노인은 얼굴을 온통 우그러뜨리며 웃었다. "그러니까 내가 이렇게 목소리를 낮춰서 부탁하고 있잖아."

다시 출입구 쪽을 힐끔 살피는 시늉을 보인다.

"사치 금지령은 판 사람이나 산 사람이나 똑같이 처벌하지. 그정도는 나도 잘 알아. 그래서 나도 아예 이름을 밝히지 않았고 자네 이름도 모르는 것으로 하고 있네. 그리고 자네 실력이 좋다는얘기를 누구한테 들었는지도 전혀 말하지 않았잖아."

다시 한 번 품에 손을 넣더니 이번에는 하얀 종이로 싼 물건을 꺼냈다.

"여기 열 닷 냥이네."

사키치는 저도 모르게 숨을 삼켰다.

"이 가운데 닷 냥은 재료값이야. 내가 원하는 건 은비녀인데, 세공에 관해 주문이 몇 가지 있네. 이 구슬 외에도 작은 마노 구슬이나 비취 구슬도 곁들였으면 좋겠어. 그러자면 이것저것 돈이들겠지. 세공비와, 위험을 무릅써야 하는 일이니, 그렇지, 위험수당으로 자네 몫은 열 냥이면 어떤가?"

"요즘은 들어 본 적도 없는, 큰돈이 걸린 일감이네요."

사키치는 자기 목소리가 갈라져 나오는 것을 알아차렸다. 그런모습이 재미있는지 앞의 노인이 눈웃음을 짓고 있다는 것도.

"죄송합니다요. 너무 놀라서 그만."

저도 모르게 웃음을 흘리자 노인도 클클클 웃었다.

"이런 말을 하는 나도 조마조마하네. 이거 하나만 부탁하는데,

아무한테도 말하지 말게. 난 자네가 실력도 일류이거니와 입도 무겁다고 해서 부탁하기로 한 거니까."

사키치는 그야 물론입죠, 라고 말하려다가 흠칫하며 입을 다물었다. 기분 좋게 욕탕에 들어가 두 발을 뻗은 순간 발끝에 차가운 물이 닿은 때처럼 기쁨으로 풀어지던 마음이 갑자기 오그라들었던 것이다.

"왜 그러나?" 노인이 의아하다는 표정을 지었다.

사키치는 손안의 붉은 산호 구슬에 말없이 시선을 떨어뜨리고 있었다.

문득 스친 생각은 '미끼'였다. 사키치 같은 직인에게 이렇게 달콤한 제안을 던져 놓고, 이쪽이 혹해서 금지령에 반하는 거래를 하려는 순간 '꼼짝 마라!' 하고 나오는 것이다. 조사관이 그렇게 '미끼' 역할을 하는 자를 수십 명이나 거느리고 불운한 직인들을 샅샅이 잡아들이고 있다는 사실을 떠올렸다.

전에 공방에서 도제로 함께 일하던 동료 가운데 하나도 그렇게 당했다. 불과 세 달쯤 전에 일어난 일이다. 듣기로는 두어 냥짜리 일감이었다는데, 처벌이 혹독해서 한 달간 쇠고랑을 찬 데다_{양손에} _{무쇠 수정을 채워 자택에 근신케 하는 형벌} 작업에 쓰는 연장을 전부 압수당했다고 한다.

사키치는 그 이야기를 들었을 때 정말로 두려움에 떨었다. 만약 그런 일이 자기에게 일어난다면—수정을 차고 있느라 엽전 한 닢 벌지 못하고 봄을 보내야 한다면 대체 어떤 일이 벌어질까.

자신은 그래도 상관없다. 하지만 오미요는 어떻게 되지? 온기 없는 방에 있으면서 음식도 먹지 못할 테니 사흘도 버티지 못하고 죽을 것이다.

이 일은 이렇게나 큰돈을 벌 수 있는 기회다. 처벌도 그만큼 무거워질 것이 틀림없다. 가령 수용소에도 앞바다에 있던 이시카와지마 섬에 설치된 수용소로, 수감자들은 이곳에서 노동을 했다에 갇혀서 오래도록 오미요를 보살필 수 없게 된다면—.

"내가 한마디 하자면,"

노인의 목소리에 사키치는 흠칫 정신을 차렸다.

노인은 사키치의 눈을 똑바로 응시하고 있었다. 노인의 왼눈에 희미하기는 하지만 하얀 막이 끼기 시작했다는 것을 비로소 깨달았다. 생각보다 더 노령인지도 모른다.

"나는 요즘 실시되는 정책에 반대하네." 노인은 천천히 말했다. "사치를 없애려는 정책이라지만 공연히 사람들만 괴롭힐 뿐이지. 무사들은 소속 번藩제후인 다이묘가 다스리는 영지 혹은 그 통치 기구의 쪼들리는 재정 때문에 궁핍하게 살고 있어서 상인이나 자네처럼 일한 만큼 소득을 거두며 살아가는 자들을 아주 미워하고 있네. 무사는 사흘을 굶어도 이쑤시개를 물고 다니지만, 무사도 배가 고프면 서럽고 옷이 얇으면 추위를 느끼지. 안 그래?"

그러고는 사키치에게 웃음을 지어 보였다.

"내 이름이나 신분은 밝히지 못하지만 이 붉은 산호의 출처와, 이것을 단 비싼 비녀를 만들어 달라고 주문하게 된 사정이라면 기꺼이 설명해 주지. 이 구슬은 사실 죽은 아내가 시집올 때 가져온 거라네. 나 같은 하급 무사에게 시집오는 형편이니 값비싼 혼수품은 하나도 없었지만 이것만은 집안 대대로 내려온 거라면서 친정 부모가 물려준 것이었지."

"그건 비녀에 붙어 있던 건가요?"

"아니야. 처음부터 이렇게 구슬뿐이었네. 아내는 시집올 때 친정어머니에게서 이런 말을 들었다고 하더군. 언젠가 이 붉은 산호가 어울리는 훌륭한 비녀를 장만할 수 있도록 남편을 출세시켜야 한다고. 그러려면 몸이 가루가 되도록 일해라, 이렇게 훌륭한 보석을 치장하고 남 앞에 나서는 신분이 될 수 있도록 남편을 내조해서 성실히 일하게 하고 너도 노력해야 한다고 말이야."

노인은 주름 많은 얼굴로 환하게 웃으며 아내가 그리운 듯 눈을 가늘게 떴다.

"유감스럽게도 나는 주변머리가 없어서 아내가 살아 있을 때 비녀를 만들어 줄 수 없었네. 하지만 이번에 딸을 시집보내게 되었는데, 문득 구슬 생각이 났지. 딸에게는 훌륭한 비녀를 만들어 줘야겠다. 어려서 어미를 여의고 외롭게 큰 딸에게 최소한 그 정도는 쥐여 주고 보내야겠다. 자네 말대로 금지령 때문에 화려한 혼수는 해 줄 수 없네. 그래도 최소한 비녀만큼은 몰래 쥐여 주고 싶은 것이지."

그러니 나는 절대로 단속하러 다니는 자가 아니다, 그 점은 안심하라고 노인은 사키치의 얼굴을 똑바로 쳐다보며 말했다.

"그 증거로 돈을 미리 주겠네. 만약 나를 믿지 못하겠으면 이 자리에서 나를 묶어서 부교쇼부교가 공무를 보는 곳에 신고하고 이 구슬과 돈을 증거품으로 내놓게. 그러면 가이 태수 도리이 나리가 무슨 포상을 줄지도 모르지."

노인은 씁쓸한 말투로 그렇게 말했다. 사키치도 그제야 마음을 굳혔다.

"제가 만들어 드리죠. 세공에 관한 요구를 자세히 말씀해 주십시오."

둘은 약 삼십 분 동안 이야기를 나누었다. 노인은 자리에서 일어나 가랑눈을 맞으며 돌아갔고 사키치는 자리에서 일어나 장지 너머로 얼굴을 들이밀었다.

오미요는 누운 채 눈을 또랑또랑 뜨고 있었다. 얼굴에 환한 웃음이 떠올랐다.

3

노인에게서 한 달을 받았다.

세공 작업은 일단 시작하면 그렇게 오래 걸리지 않는다. 하지만 주문에 충실히 따르면서도 스스로 납득이 가고 내심 자랑할 만한 작품을 만들기 위해 여유를 두고 구상할 수 있기를 원했던 것이다.

노인의 주문은 이 붉은 산호 구슬을 꽈리 열매로 삼아, 주위에 은세공으로 잎을 만들어 붙이고 이슬도 몇 방울 맺힌 듯 보이게 해 달라는 것이었다. 그리고 꽈리 열매가 되는 산호 구슬에 노인 집안의 가문家紋인 등꽃 문양을 새겨 달라고 했다.

"따님의 남편 되실 분의 가문이 아니어도 괜찮습니까?"라고 사키치가 묻자 노인은 힘주어 고개를 가로저었다.

"아니, 괜찮네. 우리 집안의 가문이면 돼. 몰래 줘 보낼 거니까."

사키치는 많은 궁리를 했다. 비녀를 구상할 때는 머리에 꽂혀 있을 때 어떻게 보이는지를 제일 먼저 고려한다. 이번 경우처럼 공공연하게 머리에 꽂는 일이 없을 비녀라 해도 그 점은 다르지 않다.

밑그림을 이렇게 저렇게 그려 보면서 마침내 형태를 결정할 때까지 열흘쯤 걸리고 말았다. 잎맥까지 도드라지게 보이는 은세공 잎. 붉은 꽈리 열매. 그리고 잎 여기저기에 맺힌 이슬방울은 작은 비취 구슬로 표현한다. 잎 끝에 맺힌 이슬방울은 눈물 모양으로 세공하자.

사키치가 의욕적으로 일하는 것이 오미요의 눈에도 보기 좋았던 듯하다. 몸 상태는 전혀 나아지지 않았지만 표정이 한결 밝아졌다.

"작업이 끝나면 오지 이나리 신사에 참배하러 가자"라고 사키치는 약속했다. "하쓰우마 축제는 끝나 버렸지만 일곱 폭포를 보러 가자고. 힘들게 걸을 필요 없어. 가마를 타고 가자. 신사에 도착하면 참배하는 동안 내가 업어 주면 되니까. 그곳에서 맛난 것도 실컷 사 먹고 살이 쪄서 돌아오는 거야."

열에 들뜬 듯 그렇게 말하는 사키치를 오미요는 기쁜 얼굴로 지켜보았다.

이렇게 작업을 계속해서 마침내 비녀가 완성된 때는 노인에게 물건을 넘기겠다고 약속한 날의 전날 밤이었다.

오래간만에 오미요도 자리에서 일어나 사키치가 완성한 비녀를 손에 들고 마치 하늘에서 내려온 선물이라도 되는 양 눈물을 글썽이며 한참을 들여다보았다.

사키치도 자랑스러웠다. 오랜만에, 정말 몇 년 만에 직인의 기량과 재능이 가늠되는 일감을 맡았다. 돈 문제조차 아무려나 상관없을 만큼 만족감을 느꼈다. 만약 오미요가 없었다면, 자기 먹을 것만 걱정하는 처지였다면 아마 노인에게 돈은 필요 없다고 했을 것 같았다. 재료비만 있으면 됩니다. 덕분에 좋은 공부를 했습니다, 라고 하면서.

그런 흥분된 심정이 작업 끝판에 사키치의 마음을 쑤석여 손을 움직이게 했다.

"이 비녀에 작아도 좋으니 내 이름을 새겼으면 하는데, 어떻게 생각해?"

오미요에게 물어보니 그녀도 고개를 크게 끄덕였다.

"도검 장인도 자기 이름을 새겨 넣잖아요. 그렇게 해요. 그 무사님도 화를 내시진 않을 것 같아요."

오미요의 말은 사실이었다. 노인은 화를 내지 않았다. 훌륭한 물건을 만들었다고 지극한 말로 사키치의 실력을 칭송할 뿐이었다.

"자기 이름에 자부심을 갖는 것은 훌륭한 거야."

사키치의 고양된 마음에 덩달아 흔들렸는지 노인도 아직 성한 한쪽 눈알을 반짝이며 말했다.

"어떤 것에도 굴하지 않는 줏대라는 것이 누구에게나 있는 법이지. 이런 세상에 당당하게 자기 이름을 남기겠다니, 비록 조닌이지만 우러러볼 만한 태도 아닌가."

"이런 어리석은 금지령은 언젠가 사라져 버릴 테니까요." 사키치도 말했다.

"제 작품은 남을 겁니다."

아무렴, 이라고 말하며 고개를 끄덕인 노인은 금화 다섯 냥을 더 내놓은 뒤 놀란 사키치를 본체만체하고 돌아갔다.

"너무 행복해서 꿈을 꾸고 있는 것 같아요."

오미요는 넋 나간 얼굴을 하며 중얼거렸다. 사키치는 웃으며 오미요를 자리에 눕히고 그날 저녁에는 여러 가게에 들렀다. 쌀을 사고 된장을 사고 계란과 닭고기와 생선회도 샀다. 오미요의 몸에 좋을 만한 거라면 뭐든지 사 주자—.

4

그리고 이틀 후.

"복수극이오! 복수극이 일어났소!"

요미우리거리를 돌아다니며 사건·사고 소식을 인쇄한 종이인 가와라방을 선전하고 판매한 이가 요란하게 외치는 소리가 거리를 달려 지나간다. 자리에 누운 오미요와 숫돌에 연장을 갈던 사키치도 멀리서 들려오는 그 소리를 들었다.

"복수극이라니, 별일이네요."

"기골 있는 무사가 아직 남아 있었나 보네."

사키치는 그렇게 말하면서 얼핏 그 노인의 얼굴을 떠올렸다.

하지만 그것을 끝으로 요미우리를 잊어버렸다. 사키치나 오미요나 평소 그런 사건에 크게 흥미를 느끼는 부류가 아니었다.

하지만 세간에서는 이 복수극이 커다란 화제가 되었는지 공동주택 주민들은 서로 얼굴만 보면 그 소문에 대해 떠들어 댔다. 그래서 사키치도 이 복수극이 부모님 원수를 갚은 사건이라는 점, 더구나 스무 살도 안 된 젊은 처녀가 벌인 사건이라는 점을 알게 되었다.

"그 아가씨의 아버지는 원래 고케닌이었대. 신분이 그리 높은 무사는 아니었다는데, 무슨 사소한 일로 뇌물을 받았다는 혐의를 받자 억울함을 증명하려고 할복을 해 버렸다는 거야. 그러자 그 아가씨는 아버지를 모략에 빠뜨려 할복하게 만든 자들을 언젠가

피눈물 흘리게 만들어 주겠다고 다짐하고, 이날만 기다리며 가난하게 살아왔다는 거야. 정말 대단한 아가씨 아냐?"

조림을 만들어 봤다며 들고 온 이웃 아주머니가 자기 일처럼 볼을 상기시키며 이야기했다.

"그런 사정이라서 물론 복수 허가증을 받지 않았고 조력자도 없었다더군에도 시대에는 정해진 규칙 하에 복수할 수 있는 제도가 있었다. 그런 규칙 가운데 하나는 관청에 신고해서 복수 허가증을 받는 것이었다. 조력자가 동행하여 돕는 것도 인정되었다. 그 아가씨에게 가족이라고는 은퇴한 할아버지뿐이었대. 처녀의 가녀린 몸으로 덩치 커다란 남정네를 해치웠으니 얼마나 대단해. 원래 단도의 명수로 소문난 아가씨였다고는 하지만."

그러고는 말이 나온 김에 이야기한다는 듯이 덧붙였다.

"그 아가씨는 물론 소복을 입고 복수를 했는데, 머리에는 훌륭한 은비녀를 꽂고 있었대."

저런, 저런, 하며 건성으로 듣고 있던 사키치는 흠칫하면서 고개를 들었다.

"비녀요?"

"그래. 아주 새것으로 보이는 은 세공품이라니까 사치 금지령에 걸리는 물건이겠지. 그 비녀에는 값비싼 붉은 산호 구슬이 달렸고 그 아가씨네 가문이 새겨져 있더래. 대체 얼마나 비싼 비녀이기에—왜 그래, 사키치 씨?"

차갑고 무거운 뭔가가 머리로 쿵 떨어진 기분이었다.

가문을 새긴 붉은 산호 구슬.

그런 물건이 이 세상에 두 개 있을 리 없다. 사키치가 만든 비녀인 것이다.

그렇다면 그 노인이 한 이야기는 다 거짓인가? 혼인이 아니었다. 복수였다—.

그 산호 구슬이 부모의 유품이라는 이야기는 아마 사실일 것이다. 그것만은 사실일 것이다.

'은퇴한 할아버지뿐.'

아버지와 딸이 아니라 할아버지와 손녀였다. 그리고 복수.

그 비녀에는 내 이름이 새겨져 있다.

관이 개입하게 되는 사건이다. 설사 복수를 감행한 아가씨가 지닌 물건일지라도 아주 새것으로 보이는 값비싼 은비녀의 출처를 추궁하지 않고 넘어갈 리가 없다. 관에서는 반드시 밝혀낼 것이다.

사키치는 어느새 덜덜 떨리는 손으로 이마를 짚었다. 이웃집 아주머니는 복수극 이야기를 계속했다. 등을 돌리고 있어서 보이지는 않지만 오미요는 지금 어떤 얼굴을 하고 있을까.

한마디 말이 사키치의 마음속에서 빙글빙글 돌고 있었다. 그 노인의 얼굴과 함께.

왜 사실을 말해 주지 않았는가.

복수가 진짜 목적이라는 것을 누구도 알아서는 안 되었기 때문일까? 수소문 끝에 알아낸 원수가 눈치를 채고 도망치면 안 된다. 때가 될 때까지는 어떤 사소한 허점이나 실수도 있어서는 안 되므로 주위에는 계속 거짓말을 한다. 그러고 나서 뜻을 이루었을 때 비로소 공개하여 갈채를 받는다ㅡ.

'하지만 당신은 알고 있었지, 다 알고 있었던 거야.'

머릿속 노인을 향해 사키치는 주먹을 휘둘렀다. 당신은 알고 있었어. 알고 있었으면 내가 이름을 새겼을 때 그러지 않는 게 좋겠다고 한마디 해 줄 수 있었잖아.

왜 그리 말해 주지 않았지? 사람을 뭘로 보는 거야.

아무것도 모르는 이웃 아주머니가 고소하다는 듯이 말했다. "그런데 말이야, 이번에 변을 당한 자가 아무래도 그 가이 태수 도리이 나리 쪽 사람인 것 같다던데. 동료인지 부하인지 모르겠지만 아무튼 그 인정머리 없는 놈에게 아부하는 자겠지."

사키치는 그 말을 들은 순간 글자 그대로 꽁꽁 얼어 버렸다. 마음속에서 휘두르던 주먹이 문득 힘을 잃었다.

"ㅡ그럼 그 아가씨의 죽은 아버지도 그 가이 태수에게서 처벌을 받았던 건가요? 이 복수극의 진짜 표적도 가이 태수였던 건가요?"

사키치가 떨리는 목소리로 그렇게 묻자 아주머니는 낯을 찡그리며 고개를 끄덕였다.

"그렇겠지. 음험한 놈이라잖아, 그 부교 나리는. 그러고 보면 아가씨가 아주 잘한 짓이라고 해야겠지."

그때 사키치의 귓가에 그 노인의 새된 목소리가 되살아났다.

'나는 요즘 실시되는 정책에 반대하네.'

그렇겠지. 그리고 사키치를 설득한 것도 그 말이었다.

'어떤 것에도 굴하지 않는 줏대라는 것이 누구에게나 있는 법이지. 이런 세상에 당당하게 자기 이름을 남기겠다니, 비록 조닌이지만 우러러볼 만한 태도 아닌가.'

그것이 당신의, 당신과 손녀딸의 대의인가? 줏대인가? 그래, 훌륭해, 훌륭하군. 하지만—.

사키치는 무릎 위에서 주먹을 꽉 쥐며 고개를 급하게 가로젓기 시작했다.

아니야, 아니야, 아니야.

나는 그런 생각은 전혀 없었어. 그런 태도에 감탄할 수 있는 것은 당신 같은 무사들이지. 나는 무사와 다르다고.

내게는 돌봐야 하는 아내가 있어. 나도 먹고살아야지. 하던 일도 하고 싶고. 나는 그냥 그거면 되는 거였어. 그게 전부였다고.

나한테 대의 같은 건 없어.

"저기, 사키치 씨."

이웃집 아주머니가 부르는 소리에 사키치는 눈길을 들었다. 열심히 이야기하던 아주머니 얼굴에 어느새 소나기 퍼붓기 직전의 하늘처럼 그늘이 드리워져 있었다.

"밖에 관리인님이 오셨어. 사키치 씨한테 무슨 중요한 볼일이 있대."

출입구 장지문이 한 자쯤 열려 있었다. 그 틈새로 관리인의 굳은 얼굴이 보인다.

그럼, 벌써 찾아온 건가? 감시관이란 자들, 정말 대단하지 않은가.

이웃 아주머니가 얼른 물러갔다. 그리고 관리인이 들어섰다. 그제야 사키치도 관리인이 혼자 온 것이 아니라 누군가를 데려왔다는 사실을 깨달았다.

사키치는 상체를 천천히 흔들며 일어섰다. 돌아다보니 얼굴에서 핏기가 사라진 채 매달리듯이 자기를 올려다보는 오미요의 휘둥그런 눈과 마주쳤다.

이봐, 오미요. 사키치는 마음속으로 말을 건넸다. 내가 붙잡혀 있는 동안 당신에게 무슨 일이 생기면 그 복수는 대체 누가 해 주는 거지?

도망칠 곳은 어디에도 없었다.

제 3 화

화 등

춘 추

春花秋燈

1

실례합니다만 사방등을 찾으신다던데……. 고맙습니다. 자, 이
쪽으로 더 가까이 오시지요. 여기 방석이 있습니다. 죄송하게도
다다미가 오래돼서 다리가 조금 배길 겁니다. 뭐, 이렇게 작은 가
게라서 매상이라야 저희 내외가 그럭저럭 먹고살 만큼밖에 안 됩
니다요. 아주 힘드네요. 다다미와 마누라는 새것일수록 좋다던데
저한테는 꿈같은 얘기지요.

하지만 이런 물건을 파는 가게이니 매장을 흰 목재로 꾸미면
도리어 어울리지 않을지도 모르지요. 고물점이라는 데를 둘러보
면 어디나 가게 자체를 매물로 내놔도 될 만큼 연륜이 상당한 건
물에서 장사를 하지요. 그래야 더 편안하거든요. 내가 아는 사람
중에 입바른 소리 잘하는 사람이 있는데, 그 사람 말을 빌리면 고
물점 하는 사람의 집이나 점포가 지저분한 것은 파는 물건을 조
금이라도 더 귀하고 훌륭하게 보이게 하려는 수작이라는 겁니다.

글쎄, 어떨까요. 하지만 그런 목적을 위해서라면, 저라면 밤에
만 가게를 열 거예요. 어두운 데서 볼수록, 멀리서 볼수록 유리하
다는 말은 꼭 여자들에게만 들어맞는 게 아니거든요. 사방등 불
빛으로 보면 어떤 물건이라도 대체로 일 할쯤 더 고급스러워 보

이게 마련이죠. 그래서 우리는 물건을 매입하러 갈 때는 반드시 한낮에 갑니다. 햇빛이라는 건 정말 잔인할 정도로 솔직하고 정확하거든요.

아 참, 사방등을 구한다고 하셨죠. 쓸데없는 소리만 늘어놔서 죄송합니다요. 마쓰사부로한테 듣기로는 값이 조금 나가는 물건이라도 상관없다고 하셨다면서요.

네? 아, 마쓰사부로는 방금까지 손님을 모셨던 젊은이로 우리 가게에서 일하고 있습니다. 뭘요, 주인 대리니 뭐니 하는 정식 직책은 없습니다. 보시다시피 요만한 가게라 저 하나면 충분하니까요. 그 아이는 혼조 쪽에서 김을 파는 도매상의 셋째아들인데, 어릴 적부터 고물 만지는 걸 아주 좋아했다는 별난 아이입니다. 셋째아들이니 가게 물려받을 일도 없고, 집안도 작은 도매상이라지만 땅까지 소유한 알부자 집이니까 먹고살 걱정이 없는 아이죠. 해서 거반 재미삼아 우리 가게에서 수습 점원으로 일하고 있습니다. 아직은 마쓰사부로 혼자 가게를 지키게 하지 않는데 오늘은 제가 모임이 있어서 외출을 했거든요. 마누라요? 마누라는 고물에 대해 요만큼도 모릅니다. 그저 돈 계산 좋아하고 똑 부러져서 회계를 맡기고 있지요. 내 나이쯤 되면 마누라가 지갑을 차고 앉아도 갑갑하니 서운하니 생각할 일이 없거든요. 번거로운 일은 마누라한테 맡기는 게 편하지요.

오, 손님, 잠깐만요—살짝 돌아 보세요. 이런, 벚꽃 꽃잎이네요. 목깃 뒤에 벚꽃 꽃잎이 붙어 있었어요. 이거, 풍류네요. 게다가 손님처럼 젊은 호남한테 들러붙다니, 이 벚나무도 끼를 부릴 줄 아네. 하긴 지금은 봄이 절정이니까요.

손님, 가정은 꾸리셨습니까? 아뇨, 뭘 조사하려는 건 아닙니다요. 손님처럼 성실해 뵈는 분이라면 여자들이 그냥 놔두지 않으니까요. 옷차림도 좋으시고. 어느 도매상에서라도 일하시나요? 아니면 직접 무슨 장사라도? 오, 웃으시네. 너무 캐물으면 곤란하시겠죠?

그런데 다시 사방등 말씀인데, 마쓰사부로가 뭘 보여 드리던가요? 하하……, 그렇다면 저희 가게에 있는 것들은 대강 둘러보신 셈입니다. 그런데 마음에 드시는 것이 없었다는 거네요. 그거 유감이군요. 허나 이렇게 화창한 봄날에 사방등을 찾다니 멋있으세요. 저 같은 평범한 것들은 긴긴 가을밤에 사방등 밝히고 권커니 잣거니 할 생각만 하고 볕이 따뜻한 철에는 사방등 따위 망가져도 무슨 상관이랴, 고 여기거든요.

아, 다른 분에게 부탁받으신 거라고요? 아아, 그러셨습니까.

그렇다면 값이 꽤 나가는 물건을 찾으시나요? 실례입니다만 어느 정도나—호오, 그렇게나. 정말 손이 크시군요.

하지만 손님, 괜한 참견인지 모르지만 돈을 그만큼 쓰실 생각이면 아예 새것을 사시는 게 어떻습니까. 주문 제작이라도 그만한 돈이면 충분합니다. 부탁하신 분에게 그렇게 말씀해 보시는 게 어떻겠습니까?

아, 예……, 그러시군요. 반가운 말씀이네요. 물론 말씀하신 대로 도구라는 건 쓸 만큼 써 줘야 제맛이 나는 법이죠. 옷장이든 장지든 새 물건이 환영받을 때는 혼수품 장만할 때뿐입니다. 오동나무 옷장 같은 것도 그렇습니다. 보통 십 년을 쓰기 전에는 제맛이 나질 않으니까요. 한 번 대패질이나 윤내는 작업을 맡겼을 즈음이 가장 좋지요. 그 전까지는 수습 옷장이라고나 할까요. 우리 마쓰사부로나 마찬가지죠.

하지만 사방등이라면 매물이 좀 드뭅니다. 대체로 잘 망가지는 물건이니까요. 불에 타는 점이야 불길하니까 제쳐 놓고, 애초에 그리 튼튼하게 만들지 않거든요.

방에서 사용하는 좌등이 좋을까요? 가게에서 쓰는 초롱 같은 걸 찾으시는 건 아니겠지요. 그렇죠, 초롱이라면 손님이 생각하는 값으로 쉰 개는 사실 수 있으니까요.

그럼……, 어떡한다? 곤란하네.

아뇨, 혼자 해 본 소리입니다. 다음에 다시 오겠다는 말씀은 하지 마세요. 성미도 급하시지. 일단 앉으세요, 곧 차라도 내드릴 테니까. 어이, 오콘, 차 좀 내와! 그래, 두 잔. 그리고 이세야 만주가 있었지? 그것도 좀 내와. 손님 오셨어.

오콘은 마누라 이름입니다요. 염색집 딸이죠. 아니, 딸이었죠. 아주 오래전 얘기예요. 저 사람 집엔 자식이 넷 있는데 다 딸입니다. 장인도 이것저것 따지기 번거로웠는지 딸들 이름을 모두 염료 이름으로 지어 버렸어요오콘(お紺)은 감색이라는 뜻. 오시마의 진흙 염색가고시마 현의 오시마에는 다정큼나무 껍질을 삶은 즙에 비단을 담근 뒤 철분이 많은 진흙을 묻히는

독특한 염색법이 있다을 하는 집이 아닌 게 천만다행이죠. 오도로진흙라는 이름을 받았으면 평생 시집도 못 가고 늙었을 텐데. 해서 우리 마누라는 오콘이 되었는데, 콘, 콘, 하고 불러서 그런지'콘콘'은 여우 울음소리의 의성어로 쓰인다 여우처럼 눈꼬리가 올라갔어요. 돈 계산을 좋아해서 그런지 이름과 얼굴이 장부 숫자 맞듯이 딱딱 맞는 여자랍니다. 나중에 얼굴 좀 보세요. 다만 웃으시면 곤란합니다요.

아, 차 나왔네요. 여기 손님께 드려. 뜨겁게 내왔겠지? 찻잔을 만질 수 없을 만큼 차가 뜨겁지 않으면 저는 싫더라고요. 가난한 집에서 자랐으니까요고급차일수록 뜨겁지 않은 온수로 천천히 내려서 마시고 저렴한 차일수록 뜨거운 물로 내린다. 고관대작 가문과는 다르죠. 손님도 그러십니까? 그렇군요.

자, 드시죠. 만주도 드시고요.

그건 그렇고.

그런데 손님, 제가 오늘 말이 좀 많은데, 그것도 다 까닭이 있습니다. 저도 여러 가지를 생각하고 있거든요.

손님이 원하시는 사방등 말인데, 실은 있습니다요. 아뇨, 여기에 내놓지 않았고, 창고에 있습니다. 저희 가게에도 작은 창고가 있어요. 창고 역시 아주 오래된 건물입니다만. 여기는 제 아버지가 고물점을 시작할 때—제가 2대입니다—모든 설비와 함께 사들인 가게입니다. 창고도 그때 같이 산 겁니다. 창고는 이 가게 건물보다 훨씬 오래되어서, 아버지는 메이레키 대화재 때도 끄떡없던 명물이라고 들었다고 하시더라고요. 저는 설마 그렇게까지 오래된 건물일지 긴가민가합니다만.

그 창고에 고급 사방등 두 개가 있습니다. 하나는 상아로 만든 건데 정교하게 상감되어 있죠. 제가 보기에는 종이를 발라서 사용하는 물건이 아니라 기야만^{다이아몬드를 뜻하는 네덜란드어 '디아망트(diamant)'에서 유래한 말. 유리를 뜻한다}을 끼워 사용하는 것이 아닌가 싶습니다. 희귀품이에요. 아버지 대부터 헤아리면 저희는 벌써 약 오십 년간 이 장사를 하고 있는데 저도 그런 물건은 처음 보았습니다.

또 하나는 평범하게 옻칠을 한 물건인데 기둥에서 받침대까지 승천하는 용 조각이 빙 두르고 있습니다. 흑단으로 만든, 정말이지 당당한 자태를 보여 주는 사방등이죠.

그래서요, 손님, 그 두 개를 보여 드릴 수 있습니다. 당연히 훌륭한 물건들이거든요. 뭐 하나 빠지는 게 없지요. 다만…….

오, 눈치가 빠르시군요. 그렇습니다. 이 두 사방등은 다 사연이 있는 물건들입니다. 저로서는 입 꾹 다물고 손님에게 팔아 치우기가 조금 켕겨서, 그래서 망설이고 있는 겁니다.

물론 사연이 있는 물건임을 알았을 때 스님에게 공양을 부탁해서 부정을 없애 두었습니다. 그러니까 사용한다고 해서 무슨 문제가 생기는 것은 아닙니다. 다만 아무래도 기분이 그렇다는 거죠.

괜찮으시겠습니까? 그래도 구경하고 싶으세요? 그러시다면 이리 내오겠습니다. 하나하나에 얽힌 사연을 말씀드리죠.

2

먼저 이것은 상아로 만든 겁니다. 어떻습니까……. 훌륭하죠? 바다 너머에서 건너온 물건이라고 합니다. 이 당초 문양 같은 무늬도 이국적이죠? 그리고 여기 이 틀을 보세요. 종이도 발라 사용할 수 있게 세공해 놓았지만, 이건 나중에 그렇게 손본 거겠죠. 본래는 이 틀에 기야만을 끼워서 사용했을 겁니다. 기야만은 크기가 작은 구슬만 한 것이라도 빛이 깨끗하게 통과되거든요. 그러니 이 틀 안에 불을 켜 놓으면 얼마나 아름답겠습니까. 장사를 하다 보면 가끔, 정말 아주 가끔이지만, 사쓰마기리코에도 시대 후기에 사쓰마 번에서 외국 기술을 참고하여 만든 유리 공예품 주전자 따위와 마주칠 때가 있는데, 그것 역시 사용하기 아까울 만큼 아름다운 물건이거든요.

이런 것을 사들일 수 있다면 상당한 부자임에 틀림없습니다. 이 물건의 첫 번째 주인은 어느 커다란 가게의 주인이었습니다. 가게 상호나 그분의 성함은 말씀드리기 곤란합니다만. 기타마에부네혼슈 서쪽 연안 지방들과 오사카 간의 항로를 오간 대형 화물선으로, 운송만이 아니라 상품 무역도 행하여 막대한 이익을 올렸다를 여러 척이나 거느리고 돈을 긁어모으던 상선업자입니다. 원래는 그 주인도 기타마에부네를 타던 선원이었다는데, 자수성가해서 막대한 재산을 모았죠. 남만동남아시아, 혹은 그곳에 식민지를 둔 스페인, 포르투갈, 네덜란드에서 건너온 물건을 좋아한 까닭도 평생 바다 너머 세상을 동경했기 때문이라고 합니다. 나중에 들은 이야기입니다만.

그 사람이 죽은 지 벌써…… 삼 년 정도 되나요. 실은 아편 중독으로 죽었습니다. 아뇨, 제가 잘못 말한 것도 아니고 잘못 들으신 것도 아닙니다. 아편이 맞습니다. 곰방대로 피우는 그 묘한 약 말입니다. 양귀비꽃에서 채취한다고 합니다만.

그 상선업자는요, 손님, 역시 저희 같은 것들과는 그릇이 달랐는지도 모릅니다. 왜 아편에 중독되었느냐 하면, 아마 말씀드려도 얼른 믿기시지 않을 겁니다.

처음에는 자꾸 속이 불편했던 모양입니다. 근데 그게 심상치 않았대요. 위 부근이 하루 종일 뜨끔뜨끔 아프고 뭘 먹으면 게워 내서 금세 몸이 홀쭉하게 말랐습니다. 게다가 배를 만져 보면 울퉁불퉁하고 딱딱한 무언가가 있는 게 느껴졌다는 겁니다.

호걸 소리를 듣는 사람들이 흔히 그렇지만 이 상선업자도 의원이나 약을 몹시 싫어해서 몸이 나빠져도 이리저리 핑계를 대고 진찰을 받지 않았다고 합니다. 하지만 상태가 나빠지고 세 달쯤 지나자 너무 괴로워서 결국 어느 의원을 찾아가 진찰을 받았다는군요.

이 의원은 부친이 전의쇼군이나 제후 가문의 직속 의사였고 집안도 명문이라 나가사키에 유학해서 난방 의학을 착실하게 배워 온 인물입니다. 그야말로 큰돈을 내지 않으면 진찰을 받을 수 없는 선생이죠.

한데 그 선생의 진단에 따르면 배 속에 아주 고약한 혹이 생겼다는 겁니다. 더구나 만져 봐도 알 수 있을 만큼 커져 버렸어요. 그 혹이 주먹만 했다고 하니까요. 이렇게 되니 이미 손쓸 도리가 없었죠. 이럴 때 서양에서는 배를 갈라 혹을 떼어내는 수술이란 것을 할 수 있다지만 이 나라에는 아직 그만한 기술도 없고 지식도 없죠. 안타깝지만 수명이 반년밖에 남지 않았다고 했답니다.

그런 말을 들으면 보통 사람은 정신이 이상해져 버릴 겁니다. 하지만 상선업자는 대단했어요. 사정이 그렇다면 나는 더 이상 아등바등하지 않겠다. 선생이 앞으로 수명이 반년밖에 남지 않았다고 하니 그 말이 맞을 거라고 하며 태연하게 지냈다고 합니다. 대단하지 않습니까?

그런데 중요한 얘기는 지금부터입니다.

몸이 빠르게 약해지자 약 한 달 사이에 사업을 정리해서 물려줄 것은 물려주고 맡길 것은 맡긴 뒤, 이제는 죽을 때까지 조용히 정양할—정양이라고 말하기도 이상하지만—일만 남았을 때 이 상선업자는 병을 진단한 의원을 다시 찾아갔습니다. 그리고 호소했다는 겁니다.

선생, 나에게 아편을 팔아 주시오, 라고 말이죠.

그 사람은 이렇게 말했다고 합니다. 나는 젊었을 때부터 아편이라는 것에 아주 흥미가 많았다. 그걸 피우면 다른 세상에 왔구나 싶을 만큼 기분이 좋아져서 극락이 이승으로 내려왔다고 착각할 정도라는 소문을 동료 선원들한테서 들었다. 하지만 아편을 피우면 조만간 반드시 중독된다. 그래서 마지막에는 뼈와 가죽만 남을 정도로 수척해지고 일어서지도 못하게 되어서 죽는다. 나는 그 점도 알고 있고 실제로 그런 사람도 보았다. 그래서 장래가 창창한 나는 절대로 아편에 손을 대면 안 된다고 다짐해 왔다.

하지만 이제는 사정이 완전히 달라졌다. 나는 자수성가해서 재산을 모았고 내 뜻대로 상인의 길을 걸어서 이제는 더 바라는 것도 없다. 더구나 앞으로 반년밖에 안 남은 목숨이다. 돈이라면 그 반년간 다 쓸 수도 없을 만큼 가지고 있다. 그렇다면 젊은 시절에 참았던 것을 시도해 보자는 생각이 들었다—고 말이죠.

그 상선업자는 젊은 의원을 끈질기게 설득했다고 합니다. 아편은 통증을 멎게 하는 효과도 갖고 있다지만 나는 통증이 고통스러워서 아편을 하려는 것이 아니다. 어디까지나 이제 곧 죽을 몸이므로 젊은 시절부터 품어 온 호기심을 풀어 보려는 것뿐이다. 지금도 죽고 싶은 마음은 전혀 없다. 살아날 가망성이 있다면 이런 호기심으로 아편에 손대지 않을 거다—라고.

그 심정도 이해가 가지만, 그래도 정말 대담한 사람 아닙니까?

의원은 그 부탁을 들어주었다고 합니다. 설득당한 거죠. 아편 값도 충분히 받을 수 있으니까요.

다만 의원이 아편을 판다는 것은 누구한테도 말하지 않기로, 둘만의 비밀로 해 두었다고 합니다. 그야 당연히 그렇게 해야겠지요. 해서 모든 일이 순조롭게 진행되었습니다.

그런데 날짜가 지남에 따라 난처한 상황이 벌어졌습니다. 그 상선업자에게가 아니라 의원에게 말이죠.

죽질 않는 겁니다. 그 사람이.

의원이 여명으로 고한 반년이 다 지나도록 죽을 기미가 전혀 보이지 않았어요. 배 속에는 여전히 울퉁불퉁 딱딱한 혹이 남아 있었지만 아편 덕분에 통증도 없었고 그는 점점 건강해지는 것처럼 보였다는 겁니다. 실제로 가족이나 점원들은 어쩌면 이대로 나아서 좋아지지 않을까 기대하기 시작했다더군요.

그런데 더욱 난처한 일은 의원도 마찬가지로 생각하기 시작했다는 겁니다. 그러니까 나을 가망이 없는 고약한 혹이다, 여명은 앞으로 반년이다, 라고 진단했는데 혹시 오진이 아니었을까 하고 말이죠.

정말 그렇다면 의원에게는 부끄러운 일이지만 상선업자에게는 반가운 일이죠. 그런데 이 경우에는 그렇게 볼 수도 없었습니다. 왜냐하면 상선업자는 아무도 모르게 확실한 아편 중독자가 되어 버렸거든요.

상선업자는 통증이 없고 원기가 살아난 듯이 보이는 점을 아편 덕분이라고 믿었습니다. 즉, 병은 낫지 않았다고 생각한 것이죠. 의원은 진실을 알고 있었습니다. 아편에 혹을 없애는 효용이 있을 리 없으니 몸이 좋아지는 까닭은 병이 나았기 때문이라고. 하지만 상선업자는 아편에 푹 빠져 있어서 돌이킬 수가 없었어요.

이제 와서 오진한 바람에 당신을 아편 중독자로 만들어 버렸다고 고백할 수 없었겠지요.

그렇지만 결국 그 상선업자는 처음 병을 앓고 나서 일 년 정도 지났을 즈음에 죽었습니다. 벚꽃이 만개하여 봄이 한창이었을 때였다고 합니다. 배 속의 울퉁불퉁한 혹은 그대로였지만, 해골처럼 바짝 말라서 죽은 건 그 혹 때문이 아니었습니다. 아시겠지요?

그래서 말이죠, 손님, 이 사방등은 그 주인이 늘 곁에 두고 썼던 겁니다. 죽을 때 유언으로 그동안 신세를 진 의원에게 이 사방등을 주라고 했다면서 유족이 의원에게 이걸 가져갔지요. 의원은 필요 없다고 거절하기도 어려웠을 겁니다.

저는요, 이것을 암호라고 생각했습니다. 아편에 대해 알고 있는 사람은 나와 선생과 내 방에 늘 켜져 있던 이 사방등뿐입니다, 라는 암호.

상선업자가 오진을 알고 있었는지 어땠는지는 알 수 없습니다. 부처님의 가호 덕분에 의원이 처음에 고한 기한보다 반년이나 더 살 수 있었다고 가족한테 말했다니까 본인은 임종 때까지 의원의 진단을 믿고 있었는지도 모릅니다.

그래서요, 손님, 제가 이 사방등을 그 젊은 의원에게서 구입한 겁니다. 돈은 필요 없으니 그냥 가지라고 했지만, 저도 공짜로 받을 수는 없었지요. 그럴 수 없다고 하니까 의원이 저간의 사정을 이야기해 준 거예요.

의원이 집에서 사방등에 불을 넣자 어디선지 모르게 방 안으로 아편 냄새가 가득 흘러들어 왔다고 합니다. 몇 번을 해 봐도 늘 똑같았다더군요. 그리고 왠지 벚꽃이 활짝 핀 숲속에 있는 꿈을 꾸었다고 합니다. 꽃잎이 눈보라처럼 날리는 가운데 상선업자가 의원에게 "어서 오세요, 어서" 하면서 손짓을 하더라는 겁니다.

의원은 저에게 이 사방등을 판 직후에 세상을 떴습니다. 젊은 사람이 딱하게 되었지요.

네? 왜 죽었냐고요? 배 속에 고약한 혹이 생겼다더군요. 이번에는 오진이 아니었습니다.

3

두 번째 사방등은 승천하는 용을 새긴 이겁니다. 이것도 훌륭하지요? 본래 두 개가 짝을 이룬 건데, 지금 저에게는 이것밖에 없습니다.

저에게 이걸 판 사람은 어느 관리인인데, 이름은 일단 우베에라고 해 둘까요. 흔한 이름이니까. 이 사방등에 얽힌 이야기 자체는 우베에 씨하고는 아무 관계 없지만, 우베에 씨는 그 이야기를 캐낼 때 여기저기에 돈을 꽤 쓰고 위험도 무릅쓴 것 같으니까 이름이 알려지면 곤란해질지도 모르거든요.

우베에 씨는 딸 혼수품으로 쓰려고 이 사방등을 구입했다고 합니다. 꽤 씀씀이가 컸던 셈이지만, 관리인이란 요령만 좋으면 돈을 꽤 만지는 자리 같으니까요. 어느 고물점에서—이 가게의 옥호도 덮어 주도록 하지요—짝을 이룬 사방등 두 개를 사서 시집가는 딸에게 들려 보낸 겁니다.

딸의 이름은 오키쿠. 용띠였답니다. 해서 승천하는 용 조각이 마음에 들었는지도 모르지요. 오키쿠가 시집간 집안은 커다란 요릿집으로, 그쪽도 부자였답니다. 그런 장사를 하는 곳은 용을 행운을 가져다주는 영물로 아니까 그쪽에서도 반겼다고 합니다.

그런데 혼인하고 두 달쯤 지났을 때 오키쿠가 기력을 잃고 자리에 드러눕고 말았다고 합니다. 커다란 요릿집의 며느리가 되었으니 몸이 여의치 않다고 드러누워서 푹 쉴 수 없었겠지요. 해서 본인도 꽤 참고 참다가 결국 쓰러지고 만 겁니다.

결국 오키쿠는 소식을 듣고 놀란 부모 곁으로 돌아오고 말았습니다. 건강이 좋아질 때까지 친정에 가 있으라는 명목이었지만, 우베에 씨는 혹시 이대로 이혼당하는 것은 아닌가 싶어 몹시 불안했다고 합니다.

돌아온 오키쿠는 창백하고 바짝 여위어서, 뭔가 하고 싶은 말이 있는 듯, 혹은 뭔가 털어놓고 싶다는 듯한 얼굴을 하고 있었습니다. 우베에 씨는 금방 짐작했대요. 딸은 뭔가 고민이 있어서 이렇게 되고 말았구나, 병에 걸린 게 아니구나, 하고 말이죠. 그래도 우베에 씨가 사정을 알기까지는 시간이 한참 걸렸습니다. 더구나 오키쿠에게서 직접 이야기를 들은 사람은 우베에 씨가 아니라 부인, 그러니까 오키쿠의 어머니였습니다.

그 어머니를, 그래요, 오마사라고 해 둘까요? 어머니의 직감이란 무섭잖아요. 오마사 씨도 딸에게 깊은 고민이 있다는 것, 이를 좀처럼 털어놓지 못하고 있다는 것을 금세 눈치챘겠지요. 딸의 상태를 살피다가 건강을 조금 되찾았다 싶었을 때 넌지시 떠보았다고 합니다. 그러자 오키쿠는 눈물을 글썽이며 이야기를 꺼냈는데, 처음에는 부끄러워서 말 못 하겠다면서 한참을 우물쭈물 말꼬리를 흐렸다고 합니다.

듣고 보니 그도 그럴 것이, 어지간해서는 새색시 입으로 말하기 힘든 이야기였습니다.

그 사방등, 승천하는 용이 조각된 이 사방등이죠. 이게요, 손님, 오키쿠 부부가 매일 밤 잠자리에 들면 저절로 쓰윽 켜졌다는 겁니다.

웃을 일이 아닙니다. 아, 물론 저도 웃기는 했습니다만. 하지만 당사자에게는 웃을 일이 아니지요.

물론 사방등은 자기 전에 틀림없이 껐다고 합니다. 분명히 껐단 말이죠. 그런데 오키쿠 부부가 잠자리에만 들면 반짝 하고 켜지는 겁니다. 아, 더 솔직히 말하자면 부부가 그냥 쿨쿨 잘 때는 얌전히 있었답니다. 그런데 몸을 섞으려고 하면 갑자기 확 켜지는 거예요. 게다가 평범한 등불이라고 생각할 수 없을 만큼 밝게, 대낮이 된 것처럼 밝게 켜진다고 하니 귀신이 곡할 노릇이지요.

기름을 없애 보면 어떠냐고요? 물론 그렇게도 해 보았다고 합니다. 하지만 기름이 없어도 불이 켜지더랍니다. 오키쿠 부부가 그……, 그 짓을 하기만 하면 말입니다. 기름값 들지 않아서 좋겠다고요? 그런 말씀 마세요. 웃을 일이 아니라니까요, 손님.

오키쿠는 섬뜩해서 한낮에도 사방등에 가까이 가기 싫어졌대요. 하지만 평범한 사방등도 아니고 행운을 준다는 승천하는 용이 새겨진 물건인데다 혼수품으로 가져간 것이니 가령 바깥에 내

놓거나 다른 사방등으로 교체할 수도 없었다고 합니다. 시부모도 이 사방등을 소중하게 쓰라고 했다더군요. 더구나 이제 막 시집 온 처지이니 이러지도 저러지도 못했던 겁니다.

그럼 또 다른 당사자인 오키쿠의 남편은 어땠느냐고요? 이 신랑이란 자가, 오키쿠에게는 딱한 일이지만 소심하기 짝이 없는 자였나 봅니다. 아내를 품으려고 하면 엿보려고 불을 밝히다니 엉큼한 사방등이라고, 처음에 신랑은 그렇게 말했다는데, 아직 처녀티를 벗지 못한 오키쿠는 사방등 때문에 대낮처럼 환한 데서 관계하는 건 부끄럽다며 싫어했겠지요. 아내가 번번이 외면하니 남편은 짜증을 내게 되었답니다. 그야 새신랑으로서는 그럴 수 있을지도 모르겠지만, 그 후의 행동이 고약했어요. 짜증이 심해진 탓인지 모르지만, 이 사방등은 네가 가져온 거다, 누가 준 거냐, 전에 사귀던 남자냐, 라면서 오키쿠를 괴롭혔다는 겁니다. 그 때문에 부부 사이가 망가져 오키쿠는 살이 쏙 빠지고 말았다는 이야기입니다.

그 이야기를 들은 우베에 씨는 아까도 말했듯이 온갖 수단을 동원하고 많은 돈을 써서 그 사방등의 출처를 알아냈습니다. 그렇게 알아낸 사연을, 이걸 팔러 왔을 때 저에게 들려주었죠.

알고 보니 이 사방등은 어느 하타모토^{만 석 이하를 받은 무사로, 쇼군을 알현할 수 있었다}의 측실―쉬운 말로 첩이지요―이 특별히 만들게 해서 사용하던 것이라고 합니다. 한 쌍으로 말이지요. 승천하는 용을 조각한 까닭은 그 무사의 집안이 대대로 수신水神 신앙을 가지고 있었기 때문이라더군요. 용은 수신의 화신이니까요. 측실이 남자의 환심을 사려고 한 건지도 모르지요.

그런데 이 첩이 다른 남자와 눈이 맞아 버린 겁니다. 상대 남자도 무사라는데, 우베에 씨도 끝내 자세히는 밝혀내지 못했다지만 소문으로는 그 하타모토의 친족이라고 합니다. 첩이 간통한 사실을 알고 불같이 화가 난 하타모토가 첩과 정부가 잠든 방으로 쳐들어가 그 자리에서 둘을 베어 죽였다는 이야기로 보더라도 정부가 친족이라는 소문은 사실인 것 같습니다.

이 사방등이 그 현장에 있었던 거냐고요? 당연히 있었겠지요. 첩과 정부는 집에서 몰래 만나곤 했다니까요. 하타모토가 여자에게 마련해 준 집이었대요. 그 사달이 있고 나서 한동안 빈집으로 남았다고 합니다만.

그렇죠. 그래서 이 사방등은 처분되었고 우베에 씨가 그걸 사들인 겁니다.

내력은 알았지만, 아니나 다를까 오키쿠는 곧 이혼당했습니다. 하지만 일 년쯤 지났을 때 다른 곳으로 시집가서 잘 살았답니다.

혼수품을 돌려받았을 때만 해도 우베에 씨는 이 사방등을 태워 버리려고 했는데, 혹시 그랬다가 무슨 이상한 재앙이 내리면 어떡하나 걱정이 돼서 저를 찾아와 상의를 한 겁니다. 저는 이런 사연 있는 물건을 많이 다루어 왔으니까요.

아, 그렇지, 깜빡하고 말씀을 못 드렸군요. 우베에 씨가 구입해서 딸의 혼수품으로 보낸 사방등은 두 개였지만, 그중에 하나만

색을 밝히는 엉큼한 짓을 했다는 겁니다. 이 사방등이 바로 그겁니다. 해서 다른 하나는 금방 팔렸지요.

첩과 정부의 동침을 지켜보던 사방등은 두 개였습니다. 그런데 묘하게 해코지를 한 것은 그 가운데 하나뿐이었다니 참 재미있지 않습니까? 해코지를 한 것은 첩일까요, 정부일까요.

손님은 어느 쪽인 것 같습니까?

그런 내력입니다.

이렇게 저희 매물이 지닌 내력이란 것을 하나도 숨기지 않고 다 말씀드렸습니다. 양쪽 모두에 아주 귀한 이야기가 얽혀 있지요? 물론 처음에도 말씀드렸다시피 부정은 씻어 두었습니다.

그런데 이 사방등 두 개를 놓고 늘 이런 생각을 합니다. 우리가 내 욕심이나 이기심, 미움이나 질투 등 온갖 잡스러운 것을 생각하거나 말하는 때는 대개 밤 시간이지요. 해가 없는 어두컴컴한 곳에서 우리는 그런 것들을 마음속 깊은 곳에서 꺼내 보고 만지작거립니다.

사방등이라는 것은 그런 우리 모습을 가까이서 다 보고 있지요. 아무도 없는 것이 아니라 사방등이 지켜보고 있는 겁니다. 시도 때도 없이 꿍꿍이셈을 하고, 취소하기도 하고, 실행에 옮기고, 실패하는 온갖 떳떳지 못한 모습을 말입니다. 장지문은 바깥 풍경도 볼 수 있지만 사방등은 집 안의 어두운 곳에만 있으니까요.

아, 돌아가시게요? 역시 기분이 언짢아지셨군요. 뭐, 하는 수 없죠. 입 꾹 다물고 모르는 척 팔아 버릴 수 없어서 말씀드린 거니까요. 뭐 괜찮습니다.

다음에 또 필요하신 게 있으면 저희 가게로 와 주십시오. 고맙습니다.

오, 마쓰사부로, 거기 있었구나. 방금 그 손님, 보고 있었냐? 어떠냐?

태도가 어딘지 애매모호하지? 저런 손님을 잘 분간할 줄 알아야 한다. 옷도 제대로 차려입은 것을 보면 어느 큰 상점에서 일하는 사람일 거다. 주인 내외의 눈에 들어 장차 데릴사위로 들어가 가게를 물려받는 유형이지.

저 손님은 사방등을 사러 온 게 아니야. 우연히 내 이야기가 사방등으로 흘러가니까 장단을 맞춰 주었을 뿐이지. 너는 처음에 응대했을 때 못 느꼈니?

저 손님에게는 뭔가 팔고 싶은 것이 있을 거다. 그것도 사연 있는 물건을. 꼬치꼬치 캐지 않고 척척 사 줄 것 같은 고물점 주인을 찾고 있겠지. 그래서 우리 가게 분위기를 살피러 온 거야. 오늘 내 얘기를 듣고 내가 사연 있는 물건이라도 사 주는 사람이라는 것을 알았으니까 조만간 진짜 용건을 들고 찾아올지도 모르겠구나. 기대되네.

내 호기심이 유난하다고? 암, 사람들의 욕심과 손때로 범벅이 된 물건을 다루는 장사꾼 아니냐. 내 물건에 온갖 사연이 깃드는 게 당연하지. 그런 사연을 기분 나빠한다면 그 물건한테 미안하지 않겠느냐? 나는 그것이 고물점 주인의 근성이라고 생각한다.

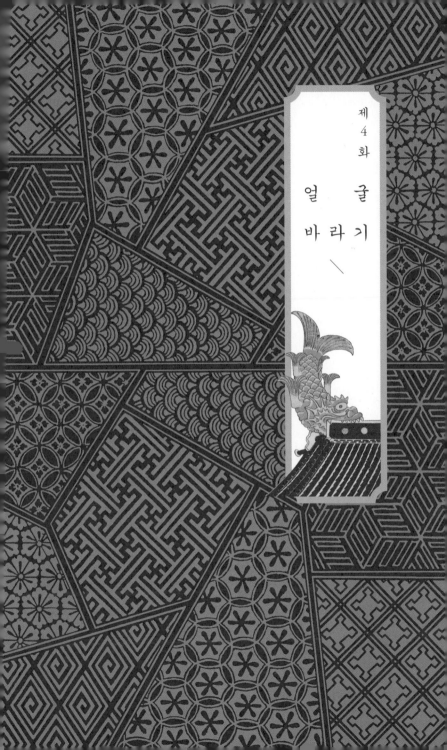

제 4 화

굴기

얼 라
바

1

오노부는 자신을 놀리는 거라고 생각했다. 볼이 뜨겁게 달아오르고 머리가 어지러울 만큼 화가 치밀자 오히려 입이 얼른 떨어지지 않았다.

"나를? 내 얼굴이 마음에 들어 결혼하고 싶다는 거예요?"

오노부가 어금니를 꽉 깨물다시피 하고 간신히 그렇게 말하자 중매인이 목을 움츠렸다.

"그렇다니까. 오노부, 그렇게 붉으락푸르락할 일이 아니야. 좀 침착해."

이게 침착하게 듣고 있을 얘기인가.

"이보세요, 아줌마. 나 지금 모레까지 끝내야 할 바느질감 때문에 바빠요. 그렇게 사람 놀리는 얘기 듣고 있을 시간이 없다고요. 당장 돌아가세요."

콧김을 씩씩거리며 벌떡 일어서려는 오노부의 손을 중매인이 잡아 꾹 눌렀다.

"자, 자, 흥 깨는 소리 그만하고. 화를 내더라도 얘기나 다 듣고 나서 화를 내든지 말든지 해야지. 안 그래요, 도키치 씨?"

중매인 가카는 오노부의 아버지에게 얼굴을 돌리고 달래는 투로 말했다. 하루 장사를 마치고 돌아와 막 입을 헹구고 손을 씻은 참이라 한창 시장하던 도키치는 난데없이 튀어나온 외동딸의 혼담에 깜짝 놀란 기색이었다.

"아, 그건 그렇지만."

도키치는 말을 잇지 못하고 잔뜩 흥분한 딸의 얼굴을 올려다보았다.

"들어볼 것도 없어요, 아버지. 내 얼굴이 마음에 든다고? 흥!"

오노부는 쿵쿵 소리가 나도록 발을 굴렀다. 안 그래도 날림으로 지은 쪽방 천장에서 삐걱거리는 소리가 났다. 오노부의 키는 다섯 척하고도 여덟 치. 거구인 것이다.

도키치는 얼굴 앞으로 둥둥 날아 내려오는 솜먼지를 팔로 휙 치우며 혼잣말처럼 얘기했다.

"얘가 화를 내는 것도 당연하지. 나는 아무 할 말이……."

"아저씨도 내 얘기를 듣지 않았잖아요. 그러니 할 말이 없을 수밖에."

중매인 가카도 결국 발끈했는지 입을 삐죽거리며 말했다. 오노부는 또 울컥했다.

"사람 골탕 먹이려는 거 같은데, 안 넘어가요. 어디 말해 봐요. 대체 누구 부탁으로 나를 놀리러 온 거예요? 말해 보라고요."

중매인 가카도 목청을 높였다. "이거 봐, 오노부, 너 같은 박색을 찾아와서 누가 얼굴에 반해 색시로 맞고 싶어 하더라는 얘기를 전하면 무슨 일이 벌어질지 나도 다 짐작하고 온 거야."

오노부는 양 옆구리 부근에서 두 주먹을 불끈 쥐었다. 키에 걸맞게 손도 큼지막했다.

"박색?"

"그래, 박, 색!"

중매인 가카는 입을 삐죽이면서도 엷은 미소를 짓는 곡예까지 보여 주었다. 오노부가 뺨을 치려고 한 걸음 내딛으려 했을 때 아버지 도키치가 얼른 끼어들었다.

"오노부, 일단 너도 좀 앉는 게 어떠냐. 이렇게 펄펄 뛰다가 방바닥 꺼질라."

"아버지까지 그딴 식으로 말할 거예요!"

오노부가 다시 발을 쿵쿵 굴렀다.

"내가 이런 덩치로 태어난 것도 다 아버지 탓이잖아요!"

딸의 팔꿈치에 강하게 얻어맞은 도키치는 삐걱거리는 방바닥에 엎드려 항변했다. "왜 나한테 그래. 널 낳은 건 네 엄마잖아."

"암, 도키치 씨는 덩치도 이렇게 작은데." 중매인 가카가 또 기름 붓는 소리를 했다. "묘지에서 네 엄마를 불러내서 왜 이런 꼴로 낳았느냐고 따져 봐. 그럼 어머니도 미안해서 혹시—."

오노부가 두 주먹을 홱 치켜들었다.

"에잇, 다들 왜 이래! 속 터져!"

도키치와 오노부가 사는 방 열 개짜리 공동주택의 주민들은 이런 소동에 익숙했다. 오노부의 감정이 진정될 때까지 기다리다가는 태풍이 쓸고 지나간 자리처럼 천장은 깨지고 바닥이 꺼져 있기가 십상—이라고 하면 허풍이지만, 아무튼 일손 드는 사태가 벌어질 판이라 이웃들은 적당한 틈을 노려 일그러진 장지문을 드르륵 열고 뛰어들어 왔다.

"아유, 참아, 오노부, 참으라니까."

사태가 진정되기까지 오노부는 사람 머리 두 개쯤을 호되게 후려친 것 같았지만 잘 기억나지 않았다. 마침내 관리인이 끼어들어서 일단 중매인 가카의 이야기를 끝까지 들어 보는 게 어떠냐고 중재해 줄 때까지 오노부는 거반 실성한 듯이 난동을 부렸다.

오노부는 꽃도 무색하다는 열여덟 살 처녀. 하지만 덩치가 크고 힘도 장사였다. 그리고 중매인 가카의 말대로 사실 오노부는 조금도 예쁘지 않았다.

어릴 적 동네 골목대장에게, 비 오는 날 나가서 빗방울에 잔물결 이는 웅덩이에 얼굴을 비춰 봐, 그럼 조금은 볼만할 거다, 라고 놀림을 당한 적이 있다. 오노부는 그 아이를 붙잡아 우물에 처박아 버렸다. 어른들은 이제 조금은 속이 후련해졌을 테니 그만 용서해 주라고 했고, 또 그렇게 하는 수밖에 없었지만, 마음 깊은 곳에는 낫에 베인 듯한 상처가 남았다. 그런 상처들은 자라면서 희미해지게 마련이지만 오노부의 상처는 아가씨로 성장해 갈수록 점점 커지고 깊어졌다. 그 상처에는 혈관이 살아 있었다. 그러므로 거기에서 흘러나오는 붉은 피는 오노부의 온몸을 돌고 있는 생생한 피였다.

그래도 체념하기는 했다. 어쩔 수 없다. 얼굴이라는 것은 나중에 고칠 수도 없는 것이니까.

거짓도 아니고 겸손도 아니다. 누구나 똑같은 말을 하니까. 정직한 사람에게 신의 가호가 깃든다는 말이 있지 않은가. 그래서 오노부는 스스로도 인정했다.

나는 박색이다. 덩치만 큰 여자다.

그런데 중매인 가카가 가져온 혼담은 후카가와 기타모리시타초에 있는 나막신 가게 '기야'의 외아들 시게타로가 그런 오노부의 '외모가 마음에 들어서' 색시로 삼고 싶어 한다는 이야기였다. 오노부에게 첫눈에 반했다, 못 잊겠다고 말했다는 것이다.

더구나 나막신 가게의 시게타로는 후카가와 근방에서 이름난 미남이다. 남편도 있는 속요 사범부터 우물가에서 남편 훈도시를 빨래하는 아주머니들까지 배우처럼 잘생겼다고 화제로 삼을 만큼 잘생긴 남자였다. 그러니 젊은 아가씨들은 어떤지 더 말할 것도 없었다.

그 시게타로가 오노부를 아내로 삼고 싶어 한다는 것이다.

"어떻게 그런 일이?"

얼빠진 소리를 지른 구경꾼을 관리인이 무서운 얼굴로 노려보았지만 다른 누구보다 오노부가 그렇게 소리치고 싶은 심정이었다. 이런 어처구니없는 이야기가 어디 있을까.

중매인 가카는 "기야 주인 내외도 아들이 바라는 대로 하자고 하니 걱정할 거 아무것도 없다니까"라는 말을 거듭했다. 하지만 혼담을 가져온 중매인 스스로도 속으로는 이 무슨 황당한 이야기냐, 아무리 본인만 좋으면 그만이라지만 에도 성 해자에서 백 관 짜리 메기가 물 위로 떠올라 사람들에게 손짓을 하더라도 이번처럼 놀라지는 않을 거라고 생각한다는 사실을 그 말투에서 엿볼 수 있었다.

게다가 이야기를 들은 관리인도, 공동주택 주민들도, 심지어 아버지 도키치조차 흐음 하고 신음 소리나 낼 뿐이었다. 오노부는 분노로 몸을 떨었고, 그 시게타로라는 놈을 붙잡아 우물에 처박기 위해 집을 뛰쳐나가고 싶었지만 간신히 참았다.

중매인 가카가 물러갔을 때는 이미 해가 저문 뒤였다. 오노부는 도키치와 단둘이 소박한 저녁밥을 먹은 뒤—실은 속이 끓어 거의 아무것도 넘기지 못했지만—훌쩍 밖으로 나갔다.

어디에 가겠다고 정한 것도 아니었다. 그냥 바람을 쐬고 싶었다. 다행히 아가씨 혼자 돌아다녀도 오노부라면 위험할 일이 없었다.

'이렇게 억울하게 살 거면 기야의 시게타로가 아니라 차라리 이 몸을 붙들어 강물에 처박아 버리자. 오카와 강이라면 풍덩 빠져도 물이 넘치지 않을 테고.'

그렇게 생각하며 발길을 오카와 강 쪽으로 향했을 때 뒤에서 누가 부르는 소리가 들렸다.

"오노부 씨."

돌아다보니 바로 그 시게타로가 서 있었다.

오노부의 머릿속에 태풍이 몰아쳤다. 다리는 막 뛰어가려고 하는데 몸이 움직이질 않았다. 게다가 뛰어가려고 움찔거리는 다리도 강물 쪽으로 향할지 시게타로에게 덤벼들지, 아니면 몸을 돌려 도망칠지를 얼른 결정하지 못하고 역시 덜덜 떨고만 있었다. 오노부가 그렇게 지장보살처럼 버티고 서 있는데 시게타로가 주저하는 기색도 없이 가까이 다가왔다.

"중매인 얘기 들었어?" 그가 말했다. "너무 초조해서 하루 종일 이 근방에서 서성거렸어. 오노부 씨, 나, 진지해. 맹세코 거짓이나 무슨 꿍꿍이 같은 거 없어. 정말이야."

애타게 말하는 시게타로의 눈동자에 달님이 비쳐서 반짝 빛났다. 달님까지 왜 이러시는 거야. 오노부는 소매로 얼굴을 가렸다.

그러고는 시게타로의 뺨을 치는 대신 와락 울음을 터뜨렸던 것이다.

2

후유키초의 오노부가 기야의 시게타로에게 시집을 간다더라.

이 소문이 후카가와 일대에 태풍 같은 속도로 퍼졌다. 쓸고 지나간 뒤에 사람들을 "억!" 하고 소리 지르게 만드는 점도 태풍과 똑같았다.

그러나 이 혼담에 가장 놀란 사람은 시집을 가는 오노부 본인이었다. 대체 무슨 인연으로 내가 시게타로의 신부가 되는 걸까.

시게타로의 열의에 넘어갔다고 해도 틀린 말은 아니다. 그것이 사실이지만 오노부는 자신과 그의 모습을 견줄 때마다, 아니야, 이건 아니야, 하고 생각하고 만다.

둘의 태도가 정반대라면 그나마 이해할 수 있겠다. 잘생긴 남자가 오노부의 집요한 사랑에 넘어간 경우라면 말이다. 그러나 현실에서 일어나는 일은 정반대였다.

도키치는 "뭐 어떠냐. 네 성격에 반한 거겠지"라고 말해 주었고 오노부도 결국 스스로를 그렇게 타일러 납득하는 수밖에 없었다. 시게타로는 외모만이 아니라 머릿속도 매우 아름다운 남자였고 그런 남자가 반했다니까 오노부도 기분이 나쁠 리가 없었다.

혼담이 정해지자 기야는 가게를 이어받을 아들의 혼인을 기뻐했고 요즘 물가도 많이 올라서 여러 가지를 준비하자면 부담스러울 거라면서 준비금으로 열 냥을 보내 주었다. 니혼바시도리초에 있는 큰 상점이나 지방의 지주 집안에게 열 냥 정도는 쥐꼬리만한 금액이고, 오십 냥, 백 냥을 들여서 호화롭게 준비하겠지만, 도키치와 오노부 부녀에게는 비명과 함께 자빠질 만한 거금이었다. 도키치는 날듯이 기뻐하며 딸에게 누가 봐도 아름다운 옷을 입혀주려고 장사는 제쳐 놓고 옷가게를 돌아다니기 시작했다. 도키치는 채소 행상이라 진종일 걸어 다니는 것은 일도 아니었다. 한편 오노부는 아버지의 좋아하는 모습에 아랑곳하지 않고 외동딸이 출가한 뒤 혼자 생활하는 데 불편함이 없도록 이것저것 마련하느라 애썼다.

주위의 구경꾼들, 특히 시집이 될 기야의 주변 사람들은, 기분이 좋아 한 치쯤 붕 떠서 생활하는 것처럼 보이는 도키치와, 그리 행복해 보이지 않는 얼굴을 한 채 묵묵히 아버지를 시중드는 오노부를 비교하며 이런저런 소문을 퍼 날랐다. 천하의 시게타로가, 장차 가게를 이어받을 스무 살 장남인데다 그림처럼 잘생겨 신붓감이라면 마음대로 골라잡을 수 있는 시게타로가, 뭐가 아쉬워서 후유키초의 오노부를 데려가려는 거지?

그 덩치 큰 여자를.

그 박색을.

애교라고는 눈 씻고 찾아봐도 없는 여자를.

그 사나운 여자를.

"기야의 장남이 무슨 원령에라도 씌었나?"

이 말은 고정 거래처로서 기야에 드나드는 쌀집 주인이 한 말이다.

세간의 그런 차가운 시선을 받으며 마침내 혼인식을 올린 날에는 아침부터 저녁까지 장대비가 퍼부었고 밤에는 싸라기눈까지 덤으로 쏟아져서 입방아 찧기 좋아하는 사람들을 더욱 신나게 만들었다.

하지만 그런 뒷말이 있든 말든 시게타로를 비롯해 시부모인 기야의 주인 내외도, 시게타로의 두 누이동생도 다들 싱글벙글 환하게 웃고 있었다. 새하얀 우치카케 때문에 키가 더욱 커 보이고, 입술연지도 백분도 어울리지 않는 커다랗고 넙데데한 오노부의 얼굴을 보았을 때도 서로 눈짓을 나누며 킥킥거리는 일 없이—구경꾼이나 하객으로 온 친척 중에는 그걸 기대하는 자가 적지 않았지만—내내 싱글벙글 웃으며 상냥하게 맞아 주었다. 그들은 모두 손을 내밀어 신부 오노부를 따뜻하게 맞아 준 것이다.

혼인 서약의 헌배와 피로연도 모두 막힘없이 차분히 진행되었다. 구경꾼들에게 '꿔다 놓은 보릿자루'라기보다는 '벽이 하나 서 있는 것 같다'는 험담을 들을 만큼 조용히 앉아 있던 오노부는 너무 긴장한 탓에 꿈이라도 꾸는 듯이 멍해져서 시간이 흐르는 것도 몰랐지만, 밤이 깊어 피로연도 끝나고 마침내 시게타로와 단둘이 남게 되는 시간이 다가오자 문득 불안해지기 시작했다.

역시 이상해.

흥분과 축하주에 얼굴이 발갛게 달아오른 잘생긴 신랑을 곁눈으로 볼 때마다 그런 의구심이 점점 강해졌다. 대체 왜 일이 이렇게 되었을까. 내가 뭔가 사악한 것에 속아 넘어간 게 아닐까.

속으로 이리저리 의심하던 것들이, 신혼부부를 위해 마련된 방으로 물러가 새 잠옷으로 갈아입은 순간 한꺼번에 쏟아져 나왔다. 비 내리는 밤이기는 했지만 계절이 계절인지라 벌써 모기장을 쳐 놓았다. 그 속에서 하얗게 빛나는 잠자리에 들기 전, 오노부는 쿵 소리가 나도록 다다미에 무릎을 꿇고 앉아 막 남편이 된 시게타로의 목에 비수라도 들이댈 기세로 추궁하기 시작했다.

"이봐요, 시게타로 씨."

오노부의 차가운 말투에 시게타로는 흠칫 놀란 듯이 "네"라고 대답했다.

"당신, 잘 생각하고 대답해요. 나를 아내로 맞아서 나중에 정말 후회하지 않을 자신 있어요?"

시게타로는 뺨이라도 맞은 양 낯을 찡그렸다.

"오노부 씨, 또 그런 소리를 하네. 내 말을 그대로 믿어 주지 않는군."

그렇게 말하고 하얀 이를 드러내며 씩 웃었다. 오노부는 머리가 아찔했다.

"그쪽처럼 잘생긴 남자가 왜 나 같은 걸 아내로 맞은 거죠? 나처럼 못생긴 여자를."

그러자 시게타로가 깜짝 놀란 표정을 지었다. "못생긴 여자? 오노부 씨가?"

"그래요." 오노부는 고개를 끄덕였다.

"오노부 씨가 못생겼다니? 누가 그런 소리를 하지?"

"다들 그래요."

시게타로는 아하하, 하고 웃었다. "그런 소리는 흘려들으면 돼. 질투 때문에 하는 소리니까."

"질투?"

"그럼. 나를 보고 잘생긴 남자라는 하는 것도 다 놀리는 말이고."

"그렇지 않아요. 다들 야단이에요. 후카가와의 아가씨란 아가씨는 다들 당신을 사모한단 말예요."

"그건 그냥 하는 소리일 뿐이야."

"연애편지 같은 거 받은 적 없어요?"

시게타로는 문득 무릎을 디밀며 다가와 오노부의 얼굴을 들여다보았다. 그러고는 행복에 겨운 얼굴을 하며 말했다. "와, 지금 질투하는 거야?"

정말 말귀를 못 알아듣네―하고 오노부는 생각했다.

게다가 시게타로는 놀라운 소리를 했다. "오노부 씨는 굉장한 미인이야."

오노부는 눈을 휘둥그레 떴다. "당신, 제정신이에요?"

"제정신이고말고. 자, 이리 와."

이렇게 해서 오노부는 그럭저럭 무사히 첫날밤을 보냈다. 명실상부하게 시게타로의 아내가 된 것이다.

그러나 의문은 남았다. 아니, 더 깊어질 뿐이었다. 시게타로가 잠에 빠지자 오노부는 막 교체한 새 다다미의 풋내를 맡으며 곰곰이 생각했다.

이상해.

중매인 가카의 주선으로 시집오기 전에 기야 주인 내외와는 몇 번 만났지만 두 시누이와는 오늘 혼례식에서 처음 얼굴을 마주했다. 첫째 시누이 오스즈는 열네 살, 둘째 시누이 오린은 열두 살. 둘 다 꽃봉오리 터지듯 아가씨티가 나려는 시기를 맞았지만, 무슨 까닭인지 한 해 전부터 마음의 병 비슷한 것에 걸려서 바깥출입도 마다하고 방 안에 틀어박혀 지낸다고 한다. 음식도 싫어하고 심할 때는 머리 다듬는 것도 귀찮아해서 주위 사람들이 걱정했다. 여기저기 의원을 찾아다녀도 좋아질 기미가 전혀 없었다. 그래서 차라리 잠시 에도를 떠나 있는 게 어떠냐, 라는 말이 나와 하코네 쪽에 있는 친척 집에서 반년 정도 휴양을 하다가 오빠의 혼인 날짜에 맞춰 오래간만에 후카가와로 돌아온 것이다.

오노부에게는 시부모님 못지않게 어려운 시누이들이다. 어떤 아가씨들일까 하고 내심 상당히 긴장했다. 오늘 절을 하며 첫인사를 나눌 때 둘 다 귀여운 목소리로 축하해 주었고 오노부를 새언니로 맞아서 기쁘다고 했을 때는 한없이 마음이 놓였다.

그런데 문득 고개를 들어 오스즈와 오린의 얼굴을 보았을 때는 숨이 멎는 줄 알았다. 시게타로의 외모를 보면 능히 그럴 만했지만 둘 다 놀랄 정도로 예뻤다. 그런데도 입을 모아 새언니처럼 예쁜 신부를 만났으니 오라버니는 행복하겠네요, 라고 말했던 것이다.

비아냥거리는 것이 아니었다. 아무래도 진심으로 말하는 듯했다. 방금 시게타로가 오노부를 끌어당기며 "미인이야"라고 말할 때처럼 진지하고 솔직한 표정이었다.

여기 집안사람들은 모두 어떻게 된 걸까. 어쩐지 무서울 정도로 이상한 데가 있다. 오노부는 한숨도 자지 못했다.

3

기묘한 의문, 풀리지 않는 수수께끼는 남아 있지만, 기야의 새 댁으로 살아가는 오노부의 생활은 걱정했던 것보다 한결 편하고 보람찼다. 본래 열심히 일하는 것을 싫어하는 성격이 아니어서 더욱 수월했다.

기야는 나막신 가게이지만 완성품만 파는 것이 아니라 수선도 하고 굽이나 끈도 교체해 준다. 좋은 물건을 만드는 작업은 원재료를 선별하는 일에서부터 시작된다. 본래는 시게타로의 부친 시치베에가 공구함 하나 둘러메고 나막신 굽을 갈아 주는 행상을 하며 시작한 장사다. 그러다가 이렇게 큰 가게를 키워 낸 만큼 그는 지금도 구석구석까지 눈이 미치도록 매일 빠릿빠릿하게 일했다. 시어머니 오몬도 며느리를 구박하는 사람이 아니었고 남편과 함께 가게를 꾸려나가는 것을 좋아하는 부지런한 인물이었다.

오노부는 그런 시아버지와 시어머니가 마음에 들었다. 시치베에의 눈에 들어 채용된 직공들, 시치베에가 가르치는 도제들, 오몬의 관리 아래 단련되어 지금은 가게 안살림을 책임지는 하녀 오키치도 모두 마음에 들었다. 그리고 오노부가 그렇게 대하자 주위에서도 오노부를 좋게 생각해 주었다. 서로 알아주고 다들 성실하다면 장사하는 집안에서는 모든 일이 잘되게 마련이다.

물론 시게타로는 변함없이 오노부에게 푹 빠져서 오노부가 종종 제 살을 꼬집어 보고 싶어질 만큼 잘 대해 준다. 어디 하나 흠

잡을 데가 없는 남편이다. 다만 공교롭게도 그는 아버지와 달리 손끝이 무뎌서 나막신 직인으로 성공할 것 같지 않았다. 반면에 장부와 계산에 밝아 그쪽 방면에서 가게를 이끌어 나갈 수 있을 듯했다.

두 시누이 오스즈와 오린도 오노부를 잘 따라서 원래부터 세 자매였던 것처럼 보일 정도였다. 오노부는 종종 두 시누이의 예쁘고 귀여운 모습에 까닭 없이 가슴이 아파서 눈시울을 적시곤 했다. 그런 오노부를 보면 오스즈와 오린도 딱할 정도로 걱정을 해 주었고, 그 모습이 또 오노부 눈에는 뭐라 표현하기 힘들 만큼 사랑스러웠다.

다만 한 가지 걱정거리는 이 귀여운 시누이들의 '마음의 병'이 전혀 나아질 기미가 없는 점이었다. 어머니 오몬도 애가 타서, 부동명왕님께 기도하러 갈까, 가부키를 보러 갈까, 고소데_{소매가 통으}_{로 된 평상복}를 새로 맞춰 줄까 하면서 기분을 살려 주려고 이것저것 권해 보았지만, 딸들은 어머니의 그런 배려를 고맙게 느끼면서도 행복해하는 것 같지는 않았다. 이는 오노부에게도 수수께끼 중의 수수께끼여서, 도무지 대책이 보이지 않았다.

그러는 사이에 칠월 칠일, 칠석 밤이 찾아왔다. 기야에서도 커다란 조릿대를 사다가 뜰 한쪽에 세우고 툇마루에는 공양물을 죽 늘어놓았다. 다행히 비가 내리지 않았고 구름도 없어서 높은 곳의 은하수가 마치 천녀의 옷자락처럼 아름답게 나부끼는 것이 보였다.

공동주택의 쪽방에서 자란 오노부는 그때까지 이렇게 풍류를 즐기며 칠석 밤을 보낸 적이 없었다. 달빛 밝은 뜰로 나와 행복을 곱씹는 한편, 아아, 아버지는 혼자 어찌 지내실까 싶어 조금 서러운 기분도 들었다. 가만히 한숨을 쉬는데 똑같이 주변 시선을 저어하면서 가만히 한숨짓는 소리가 귀 뒤쪽에서 난 듯했다.

살짝 고개를 돌려 보니 색색가지 단자쿠시 따위를 적어 넣는 가늘고 긴 종이로. 칠석 때 여기에 소원을 적어 조릿대에 매다는 풍습이 있다가 매달린 조릿대 옆에서 오스즈가 고개를 숙이고 서 있었다. 아무래도 우는 듯했다.

오노부가 가까이 가서 시누이의 작은 어깨를 안아 주었다. "왜 그래요, 오스즈 아가씨?"

오스즈는 오노부의 듬직한 어깨에 머리를 기댔다.

"너무 슬퍼서요."

"왜 그렇게 슬퍼해요?" 오노부는 미소를 지었다. "오스즈처럼 예쁜 아가씨에게는 슬플 일이 전혀 없을 것 같은데."

"아뇨, 저는 조금도 예쁘지 않아요." 오스즈는 떼쓰는 아이처럼 도리질을 했다. "이렇게 얼굴이 못난걸요. 아무리 기다려도 내 앞에는 견우 같은 사내가 나타나지 않을 거예요."

일상에 묻혀 있던 의문이 불쑥 고개를 쳐들었다. 오노부는 손가락으로 시누이의 얄팍한 턱을 받쳐 그 아름다운 얼굴을 들게 한 뒤 눈을 들여다보며 물었다.

"오스즈 아가씨와 오린 아가씨는 왜 그렇게 자신을 못생겼다고 생각하죠? 거울을 보세요. 물웅덩이라도 좋아요. 아가씨들처럼 어여쁜 처녀는 온 에도를 뒤져 봐도 쉽게 찾기 힘들어요.”

오스즈는 손등으로 눈물을 훔치고 쓸쓸하게 웃었다. “고마워요. 새언니는 마음이 고우니까 그렇게 말해 주네요. 하지만 저나 오린은 잘 알고 있어요. 우리가 가련하도록 못났다는 거.”

오스즈는 손을 들어 조릿대에 묶어 놓은 단자쿠를 만졌다. “조금이라도 예뻐지게 해 달라고 오늘도 이렇게 소원을 적어서 묶어 놓았지만, 그게 꿈같은 이야기라는 것도 잘 알아요. 어쩔 수 없는 일이에요. 얼굴은 고칠 방법이 없으니까요.”

오노부가 숨을 죽이고 물었다. “오스즈 아가씨, 아가씨와 오린 아가씨의 마음의 병은 그런 생각에서 온 것일까요?”

오스즈는 대답하지 않았다. 하지만 오노부는 그게 틀림없다고 생각했다. 이 시누이들은 이렇게 예쁘게 태어났는데 자신의 아름다움을 아름다움으로 받아들이지 못하는 것이다. 값비싼 비단옷을 입고서도 넝마를 걸치고 있다고 믿는 사람처럼.

아니, 믿는 것이 아니라 이 아가씨들 눈에는 정말로 그렇게 비치는지도 모른다. 오노부는 등이 오싹해졌다.

어쩌면 시게타로도 그런 게 아닐까? 그 사람은 그렇게 미남으로 태어났음에도 자신은 그렇게 생각할 수 없는 것이 아닐까?

그러고 보니 오늘 칠석 밤에도 툇마루에 물거울물을 채워 거울로 삼는 나무통. 칠석 밤에 내놓은 물거울에 견우성과 직녀성이 비칠 때 나무통을 살짝 흔들면 두 별이 가까워지는 것처럼 보인다. 이때 견우와 직녀가 상봉하기를 기원하면서 소원을 빌기도 한다을 내놓고 별을 비춰 보는 놀이를 즐기지 않았다. 다른 것은 풍습대로 전부 갖추어 두었는데.

"오스즈 아가씨, 오늘 밤 툇마루에 물거울을 내놓지 않은 것도 그 때문인가요?"

오스즈는 서글픈 듯이 고개를 끄덕였다. "네. 제 얼굴이 보이면 괴로우니까. 우리는 거울 보는 것도 싫어해요."

"어머님, 아버님도 그렇게 생각하실까요?"

오노부의 물음에 오스즈는 역시 고개를 끄덕였다. "다만 아버지는 조만간 얼굴이 아니라 너희 마음을 사랑해 줄 사람이 나타날 거라고 위로해 주시긴 해요."

그 일이 있고 나서 오노부는 기회를 엿보다가 시누이와 시어머니의 방으로 몰래 들어가 그들이 사용하는 손거울을 살펴보았다.

생각대로 어느 청동 거울이나 다 희끄무레했다. 부엌 살림을 맡은 오키치에게 살짝 물어보니 벌써 몇 년 동안이나 거울 닦는 사람을 부르지 않았다고 한다.

"이상하네. 여자가 셋이나 있는 집인데. 오키치, 그렇게 생각하지 않니?"

그러자 오키치는 고개를 살랑살랑 젓고 이렇게 대답했다. "작은 마님처럼 예쁜 분과는 달리 저나 큰마님이나 아가씨들은 거울 같은 거 보고 싶어 하지 않아요."

어? 이 아가씨까지? 오노부는 그야말로 여우에 홀린 듯한 기분이 들었다.

하녀 오키치 또한 오스즈나 오린 정도는 아니더라도 제법 볼만

한 외모를 가진 아가씨다. 시어머니 오몬도 그만한 딸들과 아들을 낳은 부인이다. 박색일 리가 없다. 지금도 여전히 아름다우니 젊었을 때는 그야말로 미모가 빛났으리라 짐작되는 미녀이다. 시아버지 시치베에의 얼굴도 꽤 단정하다.

그런 사람들이 모두, 두말할 나위 없이 추녀인 자기를 보고 예쁘다고 말하고, 정작 본인들은 손거울은커녕 물통조차 멀리할 정도로 추하다고 믿고 있다. 특히 오스즈와 오린은 이대로 놔두면 마음의 병이 깊어져 비구니로 출가하거나 자칫 목숨마저 끊어 버리기 쉽겠다 싶을 만큼 주눅이 들어 있다.

이는 어떤 저주 같은 것 때문이 아닐까?

오노부는 이 집에 시집왔을 때 느꼈던 직감이 틀리지 않았다고 생각했다. 역시 뭔가에 속고 있는 것이다. 무엇인가가 이 집안사람들에게 들러붙어서 불합리한 고통 속에 빠뜨린 것이다.

그리고—.

오노부가 매일 밤낮없이 그 생각에 몰두해 있자 마침내 그 소식이, 인간에게 들러붙는 존재들을 관장하는 귀신의 귀에까지 들어갔는지도 모른다. 그 수수께끼에 대한 답은 저쪽에서 제 발로 오노부를 찾아왔다.

초가을 바람이 불기 시작한 칠월의 어느 해 질 녘. 힘쓰는 일이라면 자신이 있다며 오키치 대신에 물을 길어다 욕조에 붓고 있을 때 물통 수면에 비친 얼굴 옆에 문득 젊은 여자의 얼굴이 나타났다.

돌아다보니 아무도 없었다. 하지만 물통 수면에는 분명히 비친다. 낯선 젊은 여자의 얼굴이 웃고 있다. 오노부는 바로 이거였구나, 하고 생각했다.

"당신이, 우리 집안사람들을 저주하는 거죠?"

오노부가 소리친 순간 여자는 사라졌다.

4

하지만 그날 밤 오노부는 꿈을 꾸었다.

물통 수면에 비친 젊은 여자가 오노부의 꿈에 나타났다. 손거울을 들고 고개를 살짝 숙인 모습으로. 주위는 온통 어두운데 여자의 얼굴만 뽀얗게 떠올랐다. 숱 적은 머리카락을 작게 틀어 올렸고 아래턱은 튀어나왔다. 피부도 탁하여 볼품이 없다. 오노부는 내심 나랑 같은 부류구나, 하고 생각했다. 그래서 내 앞에 나타난 걸까?

"그래, 맞아." 그때 여자 유령이 입을 열었다.

"넌 내가 무섭지 않니?"

"조금 섬뜩하지만." 오노부는 솔직하게 대답했다. "내 꿈자리에 나타나 저승으로 데려가려는 건가요?"

"그런 거 아냐." 젊은 여자 유령은 입가를 살짝 휘어 올리며 웃었다. "너라면 내 이야기를 들어 줄 것 같아서야."

여자 유령은 오쿠메라고 이름을 밝혔다.

"나는 실은 오몬의 연적이었어."

오쿠메는 스물두 해 전, 나막신 굽 가는 일을 하던 시치베에와 오몬이 사랑에 빠져 살림을 차릴 때까지 시치베에게 푹 빠져 있던 조닌 출신의 볼품없는 아가씨였다고 한다.

"우리 집안은 작은 잡곡 도매상이었어. 말하기는 그렇지만 그때는 오몬네보다 훨씬 넉넉하게 살았지."

하지만 시치베에는 애절하게 연정을 고백하며 눈물짓는 오쿠메보다 오몬을 선택했다.

"오몬이 더 예쁘다고 하면서." 오쿠메는 힘없이 말했다. "시치베에 씨는 오몬의 얼굴을 볼 때마다 이 여자를 위해서라면 어떤 고생도 마다하지 않겠다는 마음이 든대. 하지만 나한테는 그렇지 않다는 거야. 나 같은 건 시치베에 씨의 안중에도 없었어. 논밭에 서 있는 허수아비처럼 곁에 멀거니 서 있었을 뿐이지. 얼굴이 웃기게 생긴 허수아비라면 사람들이 쳐다보며 웃어 주기라도 하니까 나보다 나을지도 모르겠네."

"하긴 시어머니와 당신은 차이가 나도 너무 나네요" 하고 오노부가 말했다. 그리고 그때 오쿠메가 들고 있는 손거울이 마치 십 년 동안 닦아본 적이 없는 것처럼 탁하다는 사실을 알았다.

오쿠메는 토라진 얼굴을 했다. "너한테까지 그런 소리 듣고 싶진 않아. 너나 나나 비슷한 처지잖아."

오노부는 웃음을 터뜨렸다. "그러네요."

웃으면서도 오쿠메의 가슴속 상처를 생각하니 잊고 있던 슬픔이 되살아났다. 몹시 시큼한 것을 깨물 때처럼 목구멍이 꽉 멘다. 내 의지로는 도저히 어쩔 수 없는 외모를 운운하면 앞으로 걸어야 할 길이 캄캄해지는 것 같다. 더구나 그 길은 가도 가도 진창길처럼 보인다. 여자의 그런 심정은 같은 고민을 해 본 사람이 아니면 알기 힘들다.

결국은 오쿠메도 미모만 밝히는 세상에서 밀려난 사람이었다. 오쿠메는 시치베에게 외면당하자 깊은 상처를 입고 한동안 슬피 울면서 살았다고 한다.

"거울 보기가 괴로웠어."

그러다가 불행하게도 식중독으로 죽었다. 몸이 허약해져서 의원도 손쓸 방법이 없었다고 한다.

"그렇게 죽지만 않았으면 시치베에 씨보다 좋은 남편을 만났을지도 모르는데."

그건 그렇다. 하지만 또 하나 안타까운 점은 조금 더 살았다면 시치베에가 "오몬을 위해서라면 어떤 고생도 마다하지 않겠다"라고 말한 이유가 오직 오몬의 외모 때문이었을까—라는 의문도 풀수 있었을 거라는 점이다.

물론 오쿠메 말처럼 외모가 뛰어난 여자는 득을 본다. 하지만 사랑에 결실을 주는 것은 그것만이 아니다. 남자의 마음을 움직이는 것은 그것만이 아니다. 다른 무엇이 오몬에게는 있었고 오쿠메에게는 없었기 때문에, 혹은 단순히 시치베에와 잘 맞지 않아서였을 수도 있다. 기야에서 행복한 생활에 젖어 살다 보니 오노부도 그런 생각을 할 수 있게 되었다.

"그런저런 일 때문에 너무 억울해서 저주를 걸었어"라고 오쿠메는 말했다. 그 말을 할 때 눈에 날카로운 빛이 스쳤다. "시치베에 씨와 오몬, 둘이 낳은 자식들이, 잘생긴 얼굴을 잘생긴 얼굴로 보지 못하고 너처럼 못생긴 얼굴을 예쁜 얼굴로 보도록 말이야."

오노부는 어이가 없었다. "당신도 심각하게 못된 짓을 저지른 사람이네요."

어언 이십 년 동안이나 그런 저주를 걸었다는 것이다.

"이제 속이 후련해지지 않았나요? 이제 그만하는 게 어때요?"

"그건 그렇지만……." 오쿠메가 말끝을 흐렸다. "실은 나도 양심에 찔리기 시작하던 참이야. 이제 해코지는 그만둘까 생각하던 중이지."

이렇게 이승에 미련을 두고 저주를 걸고 있으면 오쿠메도 저승으로 가지 못한다고 한다.

"그렇다면 이 집안사람들을 저주하는 건 이제 그만해요. 당신을 위해서라도."

그러자 오쿠메는 치뜬 눈으로 오노부를 쳐다보았다.

"나는 상관없어. 그래, 이 집 뜰 한쪽에 석등이라도 세워 준다면 당장이라도 저주를 거두지."

"아, 그거라면 어렵지 않아요." 오노부가 화답했다. "남에게 부탁할 것 없이 내가 직접 해 줄게요. 힘쓰는 일이라면 맡겨 줘요."

"수고하는 김에 깨끗하게 닦은 청동 거울도 같이 묻어 주겠니?" 오쿠메가 탁한 거울을 들어 보이며 조심스럽게 말했다. "내가 갖고 있는 거울이 이 꼴이라."

남 잡이가 제 잡이라는 속담이 꼭 이런 경우를 두고 하는 말이다.

"같이 묻어 주고말고요. 당신은 나보다 훨씬 복 받은 얼굴을 가졌어요. 거울을 들여다보며 웃어 봐요. 그럼 기분도 개운해져요."

유령에게 개운해지고 말고 할 기분이 있는지 모르겠지만 오노부는 진심을 담아 말했다. 게다가 이 볼품없게 생긴 오쿠메라는 여자가 왠지 불쌍해 보였던 것이다.

"해 줄게요. 약속합니다. 안심해요."

그러자 오쿠메는 빙긋이 웃었다. 하지만,

"그런데 또……."

"또 뭐가 있나요?"

오쿠메는 혼잣말처럼 우물거리며 말했다.

"만약 저주가 풀려서 기야 사람들이 정상으로 돌아오면 너는 어떻게 되지? 그거 생각해 본 적 있어?"

듣고 보니 가슴이 철렁했다.

아, 그렇구나, 하고 오노부는 생각했다. 그렇다. 시게타로가, 시아버지와 시어머니가, 정상적인 안목을 되찾는다면 나는 어떻게 되지?

조금 전의, 사랑에 결실을 주는 것은, 남자 마음을 움직이는 것은 외모만이 아니라는 생각이 고스란히 되돌아와 오노부를 후려쳤다. 그래, 오노부? 그렇게 생각한단 말이지? 그럼 너는 어떨까?

막상 네가 그런 처지에 처한다면 한가하게 그런 소리나 하고 있을 수 있을까?

'어쩌면…….'

전혀 어울리지 않는 여자라면서 그 자리에서 당장 이혼장을 쓰려고 들지 않을까?

만약 그렇게 되면 말려 줄 사람 하나 없다. 격이 맞지 않는 만남은 결별의 씨앗. 집안의 격만 말하는 것이 아니다. 쓸데없는 질투나 분쟁의 씨앗이 되는 외모의 격도 포함되는 거라고 오노부는 생각했다.

저주가 풀리면 나는 기야의 며느리로 살 수 없게 된다.

시게타로하고도, 어여쁜 시누이들하고도 헤어져야 한다. 상점의 안채 생활도 끝난다. 그뿐만이 아니다. 그들은 지금까지 오노부 같은 여자를 시게타로의 신부로 맞아들였던 자신들의 안목을 의심하고 오노부의 뒷모습을 손가락질하면서 기야에서 쫓아낼 것이다.

왜냐하면 내 외모는 오쿠메 같은 여자보다 한참 더 떨어지니까.

아아, 그런 상황은 받아들일 수 없다. 오노부는 기야 사람들이 마음에 든다. 시게타로가 좋다. 시치베에와 오몬, 오스즈가, 오린

이, 오키치가 너무 좋다.

이 집을 나가고 싶지 않았다.

"그래, 그래서 내가 네 앞에 나타난 거야." 오쿠메가 미안한 듯이 작은 소리로 말했다.

"미안해⋯⋯. 어떻게 할지는 네 마음 하나에 달렸어."

그 말을 남기고 오쿠메는 사라졌다. 오노부는 두려움에 떨며 잠에서 깨어났다.

그때부터 오노부의 고통이 시작되었다.

일상의 밑바닥에 마음을 할퀴는 고통스러운 생각이 가라앉아 있다. 이쪽이냐 저쪽이냐를 결정할 수 있는 사람은 오노부밖에 없다. 그것을 아는 사람도 오직 오노부뿐이다.

하치만 신 젯날에 시게타로와 나란히 한가롭게 산책하며 가슴 가득 차오르는 행복을 느꼈을 때 문득, 눈물 자국 몇 가닥 남은 채 아래를 향한 오스즈의 얼굴을 돌이켜보듯이 떠올렸다. 그러자 미안함과 이기심이 뒤죽박죽되어 안절부절못하게 되었다.

또 어떤 날은 밥을 거의 굶다시피 하고 방 안에 틀어박힌 오린을 보며, 아아, 역시 이대로는 안 돼, 저주를 풀어 주자, 나는 이 집에서 쫓겨나도 좋아, 하고 마음을 정했다. 하지만 반시도 지나기 전에, 이혼당하면 아버지는 허리가 꼬부라지도록 채소 행상을 해야 하고 나는 산더미 같은 바느질감에 묻힌 채 즐거운 일은 하나도 없이 나이만 먹게 될 거라는 생각이 들었다. 그러자, 아아,

안 돼, 나 하나만 모르는 척하면 되는 일이다. 외모 따윈 여자한테 중요하지 않다고 오스즈와 오린에게 주입해서 명랑하게 지내도록 이끌어 주면 되지 않을까, 라고 생각하게 되었다. 지금의 생활을 포기하고 싶지 않다는 마음에 사로잡혔다.

그렇게 일 년이 지났을 때 오노부는 아기를 낳았다.

기야 사람들은 첫 아이 탄생을 그야말로 하늘을 날듯이 기뻐했다. 다행히 오노부의 몸은 그런 쪽으로도 튼튼해서 입덧도 약했고 순조롭게 만삭을 맞았으며 출산도 쉽게 끝났다. 태어난 아기는 살결이 희고, 오노부의 눈에는 히나 인형3월 3일에 행하는 여자아이의 건강을 기원하는 행사 때 장식하는 인형처럼 예뻐 보이는 딸이었다. 이름은 '미치'로 정했다. 오노부는 행복에 겨워 눈물을 뚝뚝 흘렸다.

하지만—.

"아무래도 나를 닮아 버린 것 같아"라고 시게타로가 쓴웃음을 지으며 중얼거렸을 때 오노부는 가슴이 철렁했다. 시게타로만이 아니었다. 기야 사람들의 반응은 모두 비슷했다. 첫 아이가 귀여워서 남들 앞에서는 그렇게 말하지 않았지만, 시어머니와 시아버지, 오스즈와 오린이,

"아아, 오노부를 닮아야 하는데."

"불쌍해서 어쩌나, 우리를 닮고 말았어. 왜 더 예쁜 얼굴로 태어나지 못했을까."

하고 소곤거리는 소리를 오노부도 듣고 말았다.

한 달 또 한 달 지나며 아기는 쑥쑥 자란다. 오밋짱이라고 부르

며 어르면 웃을 줄도 알게 된다. 마침내 기어 다니게 되고 두 발로 일어서게 되고 걸음마를 시작한다…….

이 아이는 무럭무럭 커간다. 오노부의 마음에 그것은 굉장한 기적처럼 비쳤다. 마침내 아가씨가 된다. 그리고 이대로 철들 무렵을 맞으면 오스즈와 오린처럼 자신을 비하하고 슬퍼하며 눈앞의 행복을 놓쳐 버릴 것이다. 실제로 한창 꽃다운 나이가 된 오스즈는 여기저기서 쏟아져 들어오는 혼담을 전부 거절했다. 마치 시게타로의 혼담을 전해 들은 오노부가 그랬던 것처럼.

"얼굴이 예뻐서 나랑 결혼하고 싶다는 거예요? 나를 놀리고 있군요. 거절해 주세요. 날 그냥 내버려 두세요."

그리고 눈물로 세월을 보내는 것이다.

미안해, 하고 오노부는 두 시누이에게 마음속으로 사과했다. 미안해. 너희의 고통은 장차 미치가 겪을 고통이겠지.

더 이상 외면할 수 없어. 나는 이 집에서 쫓겨나겠지. 시게타로에게 이혼당하겠지. 하지만 그래도 상관없어. 미치의 행복이 더 중요해.

그리고 오노부는 뜰에 석등을 세우고 그 밑에 깨끗하게 닦은 청동 거울을 묻어서 오쿠메의 저주를 풀었다.

그래서 어떻게 되었느냐고?

실은 별일 없었다. 오노부는 이혼당하지 않았고 지금도 시게타로와 금실 좋게 살고 있다. 오스즈와 오린은 명랑함을 되찾았고,

오스즈는 곧 어느 하타모토의 간절한 청혼을 받고 시집을 가기로 정해졌다. 두 시누이 모두 오노부와 늘 사이가 돈독하다. 여전히 정답다.

오노부는 기야 사람들에게서 사랑과 존중을 받고 있는 것이다.

거울 닦는 사람을 불러 아름답게 닦아낸 청동 거울을 들여다보며 오노부는 잠깐 이런 생각을 한다. 자, 여기를 봐. 나, 점점 예뻐지는 것 같지 않아?

제 5 화

쇼스케의

이 불 옷

1

쇼스케가 바쿠로초의 헌옷가게에서 그 이불옷을 발견한 것은 이나리야에서 매년 이어 온 칠석 풍습을 마치고 그 이튿날의 일이었다고 한다.

이나리야는 후카가와의 오나기 강에 걸린 다카바시 다리 동쪽 초입에 얌전히 간판을 내건 주점이다. 열 명쯤 들면 손님들끼리 팔꿈치를 바짝 붙여야 하는 비좁은 가게이지만 근방 주민들이 오래전부터 단골로 드나드는 곳이라 주인 고로베에 혼자 감당할 수 없을 만큼 바쁠 때가 많다.

쇼스케가 그 이나리야의 고로베에 밑에서 일하게 된 것이, 그해 여름으로 꼭 오 년째가 된다. 그때까지 쇼스케의 독신 생활에 거의 참견해 본 적이 없는 고로베에지만 헌옷가게에서 이불옷을 사 왔다는 이야기에는 조금 흥미가 끌렸다. 평소 말이 없는 쇼스케가 제 입으로 꺼낸 이야기인데다 말할 때의 표정이 묘하게 들떠 보였기 때문이다.

"막 지은 옷처럼 멀쩡해요, 주인님. 질 좋은 마로 지어서, 입고 자면 부들부들한 것이 아주 기분 좋습니다."

쇼스케는 그렇게 말하고 횡재였다며 기뻐했다.

쇼스케는 삼십대도 중반을 넘긴 남자인데 세상물정 모르는 어린애 같은 구석이 있다. 고로베에는 이를 잘 알고 있었지만 그래도 이 모습은 뜻밖이다 싶었다. 고작 이불옷 하나 산 것 가지고 왜 이렇게 들뜬 거지?

"이봐, 쇼스케, 혹시 자네, 살림 차릴 생각이라도 하고 있나? 참한 여자가 생겨서 새 이불옷을 장만한 거 아니냐고."

누타아에오징어, 대합, 참치 등의 신선한 해산물과 파, 미역, 땅두릅 따위를 초된장으로 버무린 음식에 쓸 여러 종류의 된장을 휘저으며 그렇게 슬쩍 떠보자 쇼스케는 귓불까지 벌겋게 물들이며 고개를 저었다.

"그런 거 아녜요. 정말 그런 일이 있다면 제가 주인님한테 잠자코 있겠어요? 조금 멍청하긴 해도 그렇게 도리를 모르는 놈은 아닙니다요."

쇼스케는 갑자기 안절부절못하는 모습을 보이며 손님 의자로 쓰는 낡은 간장통을 괜히 이쪽저쪽으로 옮겼다. 고로베에는 웃음을 터뜨렸다.

"청소는 끝났으니까 괜히 먼지 피우지 마. 근데 바쿠로초에는 왜 갔던 거지?"

"아차, 포렴을 내걸어야죠."

여전히 귓불이 벌건 쇼스케는 끙 소리를 내며 무거운 끈 포렴을 내린 뒤 밖으로 들고 나갔다. 고로베에는 어금니를 물고 웃음을 참았다.

그날 저녁 쇼스케의 입에서 '운 좋게 건진 이불옷' 이야기는 더 이상 나오지 않았다. 원래 손님이 오면 평소보다 말수가 적어지는 쇼스케이므로 고로베에도 별생각 없었지만 손님을 맞으면서 곁눈질로 쇼스케의 모습을 힐끔힐끔 살피는 것은 잊지 않았다.

'아무래도 뭔가 있는 것 같은데.'

고로베에는 아무래도 그런 생각이 들었다. 쇼스케가 꽤 기분 좋은 기색으로 손님의 요구대로 술병을 내가고 접시를 옮기면서 가끔 별다른 이유 없이 입가에 엷은 미소를 짓는 것을 몇 번이나 보았기 때문이다.

그날 밤 가게 문을 닫고 아내 오타카와 외동딸 오유가 기다리는 집으로 돌아온 뒤에도 머릿속에서는 쇼스케의 은근한 미소가 가시지 않았다. 그 웃는 얼굴은 그것을 떠올리는 고로베에의 얼굴도 비슷한 미소를 짓게 할 정도로 순박하고 해맑은 기쁨으로 가득 차 있었다. 그래서,

"왜 그래요, 당신? 혼자 싱글벙글 웃고."

"아빠, 이상해요."

좌등 옆에서 이마를 맞대다시피 하며 고소데를 짓고 있는 아내와 딸에게 그런 소리를 듣고 말았다.

"아, 미안. 아무것도 아냐."

뒤에서 입방아를 찧는 것 같아 쇼스케한테는 미안하지만, 나쁜 일도 아니니 그냥 말해 버리자. 고로베에는 쇼스케가 헌옷가게에서 마로 지은 이불옷을 구입한 사실을 아내와 딸에게 들려주었다.

"어머, 세상에." 오타카가 웃기 시작했다. "쇼스케 씨에게 괜찮은 여자가 생긴 게 틀림없어요. 정말 잘됐네요."

"당신도 그렇게 생각해? 나도 그렇게 짐작하고 쇼스케에게 물어봤는데."

"아니래요?"

"귓불까지 빨개지더라고."

그러자 오유가 미소를 지었다. "쇼스케 씨답네."

올봄에 열여덟 살이 되는 오유는 고로베에와 오타카가 자랑하는 딸이다. 말본새 고약한 관리인이, 자네들 둘의 어디를 어떻게 쥐어짜면 저렇게 어여쁜 딸이 나오는지 도통 알 수가 없단 말이야, 라고 말한 적이 있을 정도이다.

딸에 대해서라면 그런 소리를 들어도 화가 나지 않는다. 사실 관리인 말이 옳아서 종종 고로베에도 우리 부부한테는 과분하도록 예쁜 딸이지, 라고 생각할 정도다.

그 오유가 올여름 지나 가을바람이 시원하게 불 즈음이 되면 가와사키의 넉넉한 건어물 도매상으로 시집을 간다. 고로베에의 이나리야 따위는 그 도매상의 간판만 한 크기밖에 안 된다. 그만큼 차이가 나는 집안에 시집가는 것이지만 고로베에는, 뭐, 내 딸이야 어디 내놔도 꿀릴 게 없잖아, 라고 생각하고 있다.

'고생한 보람이 있었던 거지.'

딸의 얼굴을 쳐다보며 그렇게 떳떳하게 생각할 수 있다. 나는 행복한 아비로구나, 하고 고로베에는 느낀다.

이나리야는 지금으로부터 이십 년 전, 고로베에가 서른 살일 때 혼자 시작한 가게이다. 지금보다 훨씬 좁아서 주점이라기보다는 조림가게나 다름없었기에 고로베에 혼자서도 충분히 꾸렸고, 혼자 빠듯이 먹고살 만한 매상밖에 올릴 수 없는 장사였다.

오타카는 당시 고로베에가 술을 구입하던 도매상의 하녀였는데, 그 인연으로 고로베에와 알게 되었다. 살림을 차렸을 때는 이나리야를 시작한 뒤 일 년쯤 지나서였고, 둘은 머리를 맞대고 상의한 다음 오타카가 일하던 술 도매상에 부탁하여, 고로베에는 이나리야를 운영하고 오타카는 술 도매상에서 계속 근무했다. 이윽고 오유가 태어났어도 오타카는 아기를 등에 업은 채 일했다. 그만큼 살림이 어려웠다.

그렇게 먹고사는 데 급급하다 보니 어느새 그런 생활이 이 부부의 습관이 되었는지, 이십 년이 지난 지금 이나리야는 쇼스케 같은 일손이 필요할 만큼 번창했는데도 오타카는 여전히 술 도매상에 출근하고 있다. 그녀는 주인장의 마누라입네 하는 태도로 이나리야에 얼굴을 비친 적이 한 번도 없다. 그래서 단골손님 중에도 고로베에를 홀아비라고 아는 사람이 있을 정도이다.

매일 아침 동트기 전에 일어나 함께 조반을 먹은 뒤 오타카는 술 도매상으로, 고로베에는 주점이 있는 선착장으로 간다. 밤이 깊어 고로베에가 이나리야의 문을 닫고 다카바시 다리 초입을 지나 기도 두 개를 통과해 집에 도착할 즈음이면 오타카도 이미 돌아와 있다. 둘은 늦은 저녁을 함께 먹고 잠자리에 든다.

오타카가 그렇게 이십 년 동안이나 한 가게에서 성실하게 일한 덕분에 축하할 만한 오유의 혼담도 들어온 것이다. 이 혼담은 오타카가 일하는 술 도매상 주인을 통해 들어왔다. 혼담의 상대방인 건어물 도매상은 이 술 도매상과 오래전부터 알고 지낸 곳이다. 그 건어물 도매상을 물려받은 젊은 주인의 아내가 되어 달라는 이야기였다.

오타카가 일하는 술 도매상에게도 중매하기가 조심스러운 혼담이었다. 그러므로 '오타카의 딸이라면'이라고 인정을 받았다는 뜻이다. 또 인정받아 당연하다고 할 만큼 오타카는 혼신을 바쳐 일해 왔다. 출퇴근하는 하녀이면서도 하녀들의 우두머리 위치에 있었고 매장 점원들에게도 인정을 받아 왔다. 올해 희수를 맞은 은퇴한 전 주인의 수발도 오타카가 도맡고 있다. 노인이 오타카가 아니면 안 된다고 했던 것이다.

그래도 오타카는 분수를 아는 부인이어서 처음에 이 혼담이 들어왔을 때 누구와 상의할 것도 없이 당치 않다고 사양했다. 우리 딸은 그렇게 큰 가게에 들어갈 만한 아이가 아닙니다, 라고.

오타카는 어차피 평생 일하며 살아야 할 팔자라면서 딸에게 어릴 때부터 기술 하나를 익히게 하려고 내내 신경을 써 왔다. 덕분에 오유의 바느질 솜씨는 뛰어난 수준에 다다라 그것만으로도 능히 먹고살 만한 정도가 되었다. 하지만 양갓집의 예의범절은 전혀 교육하지 못했다. 그런 의미에서도 이 혼담은 받아들일 수 없었다.

그런데 술 도매상도, 이 혼담의 상대방도 쉽게 물러서지 않았다. 나중에 듣기로는 청혼자인 젊은 주인—장차 오유의 남편이 될 사람—은 예의범절만 좋은 장식품 같은 여자가 아니라 함께 가게를 꾸려 나갈 수 있는 주변머리 있는 아내를 바라던 사람이었고, 또 고참 하녀의 딸이라는 말에 처음에는 역시 조금 망설였지만 오유의 모습을 몰래 확인하고 나서는 그런 망설임도 깨끗이 버렸다고 한다.

그런 연유로 먼저 오타카의 마음이 동하여 혼담이 진행되었고 이어서 고로베에의, 마지막으로 당사자 오유의 마음이 동하여 이번 혼담이 결실을 맺게 된 것이다.

신랑 쪽에서는 우선 혼인 준비금으로 열 냥을 보내 주었다. 지금 오타카와 오유가 열심히 짓고 있는 고소데도 그 돈으로 옷감을 구입한 것이다. 고로베에는 여러 가지로 경황이 없을 때이니 차라리 품삯을 주고 맡기면 좋을 텐데, 라고 생각했지만 오유가 받아들이지 않았다.

"아깝잖아요. 바느질 공부도 되고. 내가 직접 만들게요."

신부 의상은 시집 쪽하고도 격이 맞아야 하므로 쉽게 결정할 수 없었다. 중매인을 맡은 술 도매상 주인 내외가 이것저것 신경을 써 주는 중이다. 필시 오유에게 잘 어울리는, 더 나은 옷은 생각하기 힘들 정도로 좋은 혼례복을 마련해 줄 것이다.

그렇게 생각하니 고로베에는 마음에 더운 물이 부어진 듯한 기분이 들었다. 그 더운 물은 때로는 따뜻하고 기분 좋게 만들어 주지만 어떤 때는 너무 뜨거워서 고로베에의 마음에 아프도록 강하게 스며들 때도 있었다. 오유가 슬하를 떠난다고 생각하니 몸의 일부가 잘려 나가는 심정이 들 때가 있는 것이다.

'아니지, 아니지.'

그럴 때마다 고로베에는 애써 자신을 타이른다.

'오유는 대단한 행복을 붙잡았어. 기뻐해 주어야 해.'

어머니가 일하는 도매상의 주인이 주선한 혼담이라 신랑감은 오유가 마음에 들어 하지 않으면 도리어 딱하게 된다. 그래서 고로베에도 오타카도 몹시 속을 끓이고 있었다. 하지만 오유는 젊은 주인의 마음을 매우 선선히 받아들였고 마음이 기운 듯했다. 이 또한 고로베에에게는 커다란 기쁨이었다.

오유는 늦된 아이였는지 특별히 만나는 남자가 있는 기미를 보인 적이 없었고, 애초에 그런 쪽으로는 인연이 없어 보였다. 실은 주변 사람들도 저렇게 예쁜 아가씨인데, 라고 말하던 터라 고로베에는 내심 외모가 빼어난 것도 생각해 볼 문제인지 모르겠다고 걱정한 적이 있을 정도였다.

하지만 천지신명은, 볼 줄 아는 사람은 다 정확히 보고 있었던 것이다. 오유에게는 대단한 행복이 기다리고 있었다. 지금 생각해 보면 지금까지 아무 일도 없었던 것이 도리어 다행이었다. 태어나 처음으로 마음이 가는 남자에게 시집가는 거니까.

넉넉지 못한 살림이라 쓸데없이 등불을 켜고 싶지 않아서 밤이면 일찍 잠자리에 들던 고로베에 가족이지만, 오유의 혼처가 결정된 뒤로는 늦게까지 등불을 밝히고 이런저런 준비를 하거나 이야기꽃을 피우며 밤을 새우는 일이 많아졌다. 오늘 밤에도 고로베에는, 고소데를 지으며 작은 소리로 뭐라고 즐겁게 대화하는 오타카와 오유의 얼굴을 멍하니 바라보며 하루에 딱 한 잔으로 정해 놓은 술을 홀짝였고 그러다가 종종 꾸벅꾸벅 졸았다. 졸리기는 해도 잠자리에 누워 버리기에는 아쉽다. 이 흐뭇한 심정은 쇼군님이 성을 줄 테니 팔라고 하셔도 절대로 못 팔지…….

그렇게 꾸벅꾸벅 졸다가 꿈을 꾸는지 상념에 빠진 건지 알 수 없는 도중에 쇼스케의 웃는 얼굴, 그 쑥스러워하면서도 기뻐하는 듯한 얼굴도 떠올렸다. 그놈한테도 봄날이 왔나, 하고 생각하니 흐뭇함이 더욱 커진다.

"어머, 아빠, 그런데서 주무시면 고뿔 들어요."

오유의 목소리가 아득하게 들린다. 그 소리도 흐뭇하기만 하다.

'경사로구나, 경사.'

시작은 이러했다. 근심 걱정일랑 어디를 뒤져 봐도 없어 보였다.

2

쇼스케가 영 이상하네—.

그 헌옷가게에서 이불옷을 사 왔다는 이야기를 듣고 보름쯤 지났을 때 고로베에는 처음으로 그렇게 느꼈다. 오유의 혼인은 앞으로 한 달 뒤. 벌써 한 달밖에 남지 않았나, 하고 생각하니 가슴이 덜컹하기도 한다.

그런 상황인지라 고로베에도 바쁜 일상에 치여 쇼스케와 그의 이불옷을 까맣게 잊었다. 그리고 아마 좋은 여자라도 생겼나 보다, 그게 틀림없어, 라고 믿었으므로 자신이 먼저 꼬치꼬치 캐묻는 것은 눈치 없는 짓이라고 느끼기도 했다. 아무리 쇼스케라지만 축하할 일이라면 고로베에가 잠자코 있어도 녀석이 먼저 물어봐 주길 원하는 모습을 보일 것이다. 그때가 되면 실컷 놀려야지. 사악한 여자에게 놀아나는 것만 아니라면 축하할 일이니까—라는 정도의 마음이었다.

그런데 어느 날 저녁 손님을 배웅하는 쇼스케의 뒷모습을 무심코 보다가 알아챘다.

'왠지 많이 수척해진 것 같은데?'

쇼스케는 체구가 작고 살집이 없는 고로베에는 물론이고 비슷한 연령의 남자들에 비해도 훨씬 듬직한 체구를 가졌다. 어렸을 때 덩치만 크지 소심한 놈이라고 놀림을 많이 받았다고 제 입으로 말한 적이 있다.

물론 고로베에 밑에서 일한 뒤에도 그런 인상은 여전했다. 볼품은 없지만 손님 장사를 하는 가게인데도 단골손님에게 기분 좋은 인사 한마디 건넬 줄 모른다. 게다가 손끝도 무뎌서 간단한 재료 준비 하나도 상당히 끈기 있게 가르치지 않으면 좀처럼 배우지 못한다.

그 대신 힘쓰는 일이라면 뭐든 마다하지 않고 제대로 해낸다. 언젠가 지나가다 들어온 것으로 보이는 후카가와 가와나미기바에 원목이 도착하면 도매상들을 거쳐 제재소에서 제품이 만들어지는데, 이렇게 원목이 제품으로 만들어지는 과정에서 운반, 검사 등을 담당한 일꾼이다 몇 명이 술에 취해 무슨 술집에 남자밖에 없냐, 재미없다, 하면서 난동을 부린 적이 있는데, 그때 쇼스케가 다른 손님에게 피해가 가지 않도록, 누구의 힘도 빌리지 않고 이렇다 할 활극도 없이 그냥 밀어내기 하나로 그자들을 몰아냈다. 목재 운반을 업으로 삼았으니 나약한 자들이 아니었을 텐데, 그 일꾼들은 떠날 때 "저 자식, 힘이 천하장사네!" 하고 내뱉었다. 고로베에는 크게 감탄하며 쇼스케를 다시 보았다.

그런 쇼스케의 등에서 살이 많이 빠진 것처럼 보였다. 어깨도 축 처진 듯하다.

한 번 그렇게 보고 나니까 이나리야의 칙칙한 불빛 아래서도 쇼스케의 볼이 많이 팼다는 것, 안색도 나쁘다는 것을 알게 되었다. 딸의 혼인에 신경을 쓰느라 아무것도 보지 못했다. 매일 얼굴을 마주하는 쇼스케가 이렇게 달라진 것을 왜 일찍 알아보지 못했을까. 딸의 혼인만 생각하느라 머릿속의 중요한 것이 자리를 비운 것이다.

"이봐, 쇼스케, 자네 어디 아픈가?"

그날 저녁 그렇게 물어보았다. 그러자 쇼스케는 평소의 그 소심해 보이는 눈으로 고로베에를 쳐다보며,

"아무렇지도 않은데요"라고 대답했다.

"너무 말랐잖아."

"그래요? 아마 여름 타느라 빠진 거겠죠."

말 붙일 여지를 주지 않는다. 고로베에는 하는 수 없이 그쯤에서 물러섰다.

하지만 다음 날, 또 그 다음 날, 사흘째, 나흘째 지켜봐도 쇼스케의 칙칙한 안색에는 변함이 없었다. 분명히 수척해진 것처럼 보였다. 고로베에는 여름을 타느라 살이 빠졌다는 소리는 말도 안 된다고 생각했다. 자네는 내 가게에서 여름을 다섯 번이나 났지만 지금까지 한 번도 그런 적이 없지 않은가.

"쇼스케, 기운이 없어 보이네."

"아뇨, 그렇지 않습니다요, 주인님."

붙임성 없는 대답만 반복된다.

참다못한 고로베에는 마침내 어느 날 저녁 포렴을 거둬들인 후 쇼스케를 곁으로 불렀다.

"여기 앉아. 간만에 자네랑 한잔해야지."

쇼스케는 크게 당혹한 얼굴을 했다. "주인님, 저는 술을―."

주점에서 일하면서도 쇼스케는 술을 전혀 하지 못했다. 고로베

에도 이를 잘 알았다.

"꼭 마시라는 건 아냐. 자네도 잘 알다시피 오유가 시집갈 날이 다가오니까 내가 왠지…… 좀 섭섭하기도 하고 시원하기도 해서 말이지. 내가 한잔하고 싶으니 대작하는 시늉이라도 내달란 말이야."

그렇게 말하자 쇼스케는 느릿느릿 간장통에 엉덩이를 걸쳤다. 왠지 쭈뼛거리는 것처럼 보였다.

'정말 얘기하고 싶지 않은 사정인가 보군.'

술을 가득 채운 큰 찻잔을 사이에 두고 고로베에는 쇼스케의 얼굴을 살펴보았다.

"이봐, 쇼스케, 요즘 자네가 통 기운 없어 보이더군. 여름을 타느라 빠지는 거라고 눙치지 말게. 지금까지 한 번도 그런 일이 없었잖아. 뭐 고민스러운 일이라도 있는 거 아닌가?"

쇼스케는 커다란 손바닥으로 연신 얼굴을 훔쳤다. 여름밤이기는 해도 바람 잘 통하는 가게이고 게다가 바삐 움직이고 있는 것도 아니라 땀 날 일이 없다.

"말하기 힘든 일인가?" 고로베에는 목소리를 낮췄다. "노름이라든지 여자 문제 같은 건가? 빚이라도 진 거야?"

조금이라도 입을 떼기 쉽게 해 주려고 얼굴에 웃음을 만들어 붙이고 그렇게 물어보았지만 쇼스케는 고개를 숙이고 있을 뿐이다. 커다란 덩치를 주체 못 해 될수록 작아지려고 애쓰는 양 어깨와 목을 움츠리고.

"나한테는 말 못 할 일인가?"

고로베에는 추궁하듯이 말하고 싶지 않았기에 애써 온화하게 물었다. 사실 추궁 따윈 필요치 않았다. 정말로 걱정돼서 묻고 있을 뿐이니까.

하지만 쇼스케는 곤혹스러운 듯 손으로 뒤통수를 누르고 가만히 이렇게 말했다.

"제대로 설명할 수 있는 이야기가 아니라서……."

"어려운 얘기인가?"

"제가 머리가 나빠서요."

고로베에는 잠시 할 말을 찾지 못했다. 그래서 새삼 쇼스케의 얼굴을 응시했다.

같이 일한 지 오 년이 되지만 쇼스케에 대해서는 여전히 잘 모른다. 실제로 나이가 얼마나 되는지도 정확하게 알지 못한다.

쇼스케가 이나리야에서 일하게 된 것도 말하자면 어쩌다 보니 그렇게 된 일이었다. 먼저 오 년 전 여름―꼭 이맘때다―, 몰골이 꾀죄죄하고 며칠 굶주린 것처럼 보이는 덩치 커다란 사내가 뭐든 좋으니 먹을 것 좀 달라고, 돈은 없지만 일을 해서 갚겠다고 하며 이나리야를 찾아왔던 것이다.

그때는 솔직히 기분이 좋지 않았다. 사내가 걸친 옷에는 땟국이 흘렀고, 머리는 봉두난발이며, 겨우 신발을 신고 있기는 했다. 어딘지 먼 데서부터 걷고 걸어서 간신히 에도에 당도한 듯한 기색이 생생하게 묻어났다.

에도 근교에서 살던 농부가 먹을 것이 떨어져 에도로 올라왔나, 하고 그때는 생각했다. 소중하게 품고 온 얼마 안 되는 돈을 눈 감으면 코 베어 간다는 에도 시중에서 가로채이고 살길이 막막해지기라도 했나?

그럼에도, 가게 뒤에 내놓은 쓰레기를 치우고 빈 술통을 술 도매상으로 옮겨 준다면—이라는 조건으로 밥을 주기로 한 까닭은 무엇이었을까. 지금도 고로베에는 생각한다.

쇼스케—그날 밥을 먹고 이제 살 것 같다는 얼굴을 했을 때에야 그 이름을 들을 수 있었다—가 정직해 보였기 때문일까. 너무나 애처롭고 대책이 없어 보였기 때문일까. 아니면 나중에 그를 본 오유의 말처럼,

'눈이 맑아요. 나쁜 사람은 아니에요, 아빠.'

라고 생각했기 때문일까.

그때 입에 밥을 쓸어 넣던 쇼스케에게 "자네, 어째서 내 가게를 골랐지?"라고 물어보자 그는 입가에 밥풀을 붙인 채 냉큼 대답하지 않으면 미안하다는 듯 매우 허둥지둥 말했다.

"주인님이 혼자 계신 곳이라서요."

"다른 가게들은 안 그런가?"

"여자가 있으면 저를 쫓아내거든요. 여자들이 무서워하니까."

고로베에는 잠자코 손을 뻗어 밥을 새로 퍼 주었다.

그날 밥값 대신에 잠시 일을 해 준 쇼스케에게 내일도 와서 도와주면 저녁밥을 주겠다고 말해 보았다. 쇼스케는 기다렸다는 듯

이 그러겠다고 대답하고 이튿날 약속대로 나타났다.

열흘 정도 그렇게 계속 일을 시켜 본 뒤, 급료는 없는 거나 마찬가지지만 잠잘 곳을 마련해 주고 밥도 먹여 주겠다, 여기서 일해 보지 않겠느냐, 라고 제안했다. 그래서 지금처럼 둘이서 일하게 되었던 것이다.

일하고 나서 한 달쯤 지났을 때 쇼스케가, 주인님, 제가 재주가 없어서 별 도움이 안 되는 것은 아닙니까, 하고 물었다.

고로베에는 놀랐다. 물론 빠릿빠릿하다고는 할 수 없지만 쇼스케는 성실하고 심성이 올곧았다. 이런 사람을 두고 일 못한다고 한다면 세상은 일 못하는 사람들로 꽉 차서 발 디딜 자리도 없을 것이다.

하지만 고용주에게 그렇게 묻지 않고서는 견딜 수 없었던 쇼스케의 소심함을 고로베에는 절절히 느끼고 있었다. 그래서 최대한 따뜻한 말투로 대답했다. "그런 생각은 하지 않아도 돼. 쇼스케, 자넨 일 잘하고 있어."

그러자 쇼스케는 칭찬받은 꼬마처럼 얼굴이 환해졌다. 그때 그 이야기를 해 주었던 것이다.

"여덟 살 때 아버지를 도와 수레를 밀었는데—진창길이라 수레가 기우뚱 기울어서 제 머리로 짐이 떨어졌어요. 그게 뭐였는지는 잊었지만, 커다랗고 네모난 짐을 새끼줄로 칭칭 감은 것이었어요. 그 짐에 머리를 맞아 사흘이나 깨어나지 못했다고 합니다. 어머니 말로는 그 뒤로 제가 어리바리해지고 남들보다 아둔해졌다고."

고로베에는 고개를 저었다. "자네 어머니를 비난할 생각은 없지만 자네가 이렇게 쭈뼛거리는 것은 어릴 때 머리를 얻어맞아서가 아니라 그런 이야기만 듣고 자란 탓이야. 그러니까 이제 그 일은 다 잊게."

사실 쇼스케는 몸을 아끼지 않고 열심히 일해 주었다. 고로베에는 쇼스케의 태도를 불만스럽게 생각한 적이 한 번도 없었다. 오히려 쇼스케가 좀 더 자신감을 가졌으면 하고 바랐을 정도다.

쇼스케는 어렸을 때 머리를 다쳤다는 점 말고는 무엇을 물어도 자세히 알려 주지 않았다. 이나리야에 오기 전에는 무엇을 했는지. 가족은 어디 있는지. 어느 상점에 취직해 일한 적은 없는지.

무엇을 물어도 쇼스케는 어김없이 곤혹스럽다는 얼굴을 했다. 어지간히 말하고 싶지 않은 사정이 있을 것이다. 뭔가 그런 일들이 쌓이고 쌓여서 지금처럼 말 없는 사내가 되고 말았는지도 모른다.

"자네가 말주변이 없다는 건 잘 알지."

고로베에는 술을 한 모금 마시고 말했다.

"하지만 쇼스케, 혹시 내가 걱정하는 그런 이유들 때문에 힘든 거라면 그쪽에 관계된 패에게 말해 줄 수 있어. 노름이나 빚 같은 거라면 말이야."

쇼스케는 고개를 저었다. "그런 게 아닙니다. 그런 거였다면 저도 마냥 감추기만 하진 않지요."

"그럼 뭔데?"

쇼스케는 또 몸을 웅크렸다.

"알아듣게 설명하기가 힘든가?"

"……믿지 못하실 겁니다."

모기 우는 소리라는 말도 있지만 고로베에는 그 비유에 어울리는 목소리를 처음으로 들어 보았다. 커다란 덩치에 어울리지 않는 목소리여서, 조금 불쌍하기는 했지만 하마터면 웃음을 터뜨릴 뻔했다.

"말해 봐. 뭐, 천천히 얘기해도 돼. 말할 수 있는 데까지만 말해도 좋아."

쇼스케는 술을 앞에 놓고 입맛을 다시는 주당처럼 몇 번이나 침을 꿀꺽 삼켰다. 눈썹을 들었다 났다 한다. 이윽고 치뜬 시선으로 고로베에를 쳐다보며 작은 소리로 말했다.

"주인님, 웃지 않으실 거죠?"

고로베에는 진지한 표정을 띠며 대답했다. "자네가 바란다면 웃지 않지. 자네가 힘들어하는 일을 두고 내가 왜 웃겠나."

그러자 쇼스케는 덩치에 어울리지 않는 귀여운 한숨을 흘리며 어깨를 떨어뜨렸다.

"제 방에, 밤마다, 유령이 옵니다."

3

"유령이라고?"

고로베에의 질문 어조가 생각보다 날카로웠는지 쇼스케는 얻어맞은 개 같은 얼굴을 했다. 고로베에는 당황해서 상체를 내밀었다.

"아니, 웃으려는 게 아니야. 화를 내는 것도 아니고. 다만, 깜짝 놀랐을 뿐이야. 그러니까 자네가 밤마다 유령을 본다는 건가?"

쇼스케는 주저주저 고개를 끄덕였다. 마치 섣불리 고개를 끄덕였다가는 고로베에에게 혼난다고 생각하는 것처럼.

"대체 어떻게 된 일이야? 자네가 집을 옮긴 것도 아니고 무슨 벌 받을 만한 짓을 저지른 것도 아닐 텐데. 무슨 까닭으로 난데없이 유령에 시달리게 된 거지?"

쇼스케는 횡설수설 이야기를 했는데,

"마로 지은, 그 이불옷을 사 오고 나서부터 죽 계속된 일입니다"라고 한다.

"그걸 입고 자게 되고부터 밤마다 젊은 여자 유령이 꿈에 나타났어요."

고로베에는 낯을 찡그렸다. "어떤 여자인데?"

뜻밖에도 쇼스케의 얼굴이 확 밝아졌다. "예쁜 여자예요. 언제나 방실방실 웃고, 저를 만난 것을 기뻐하는 얼굴이에요."

"자네한테 뭐라고 말하거나 해코지를 하진 않나?"

"그런 일은 없어요. 그저 방실방실 웃어서 저도 덩달아 벙글벙글 웃고 싶어질 뿐이지요. 정말입니다, 주인님."

고로베에는 다시 한 번 쇼스케의 얼굴을 빤히 쳐다보았다. 술을 벌컥 들이켜더니 재차 한 모금 더 마시고 나서 말했다.

"그럼 자네는 왜 이렇게 바짝 마른 거지?"

쇼스케는 별안간 부끄러워했다. "저는…… 그게……."

"그게 뭐?"

"저는 아무래도, 그 여자한테 홀딱 반한 것 같습니다요."

고로베에는 멍하니 입을 벌렸다. "자네, 유령한테 반했다고?"

그러면 상사병으로 몸이 상했다는 말인가?

쇼스케는 변명하는 사람처럼 고개를 숙이고 열심히 단어를 고르며 급히 말했다. "그 여자는 저에게 해코지 같은 것은 전혀 하지 않습니다. 불쌍한 여자거든요."

"그걸 어떻게 알지?"

"여자가 저에게 말했으니까요."

"뭐라고 했는데?"

"이름은, 오키치라고 합니다." 쇼스케의 이마에는 땀이 가득 맺혀 있었다. "커다란 실 도매상 주인의 외동딸이었다고 합니다. 집에 떼강도가 들어 일가족이 몰살당했는데, 그때 죽었다고."

"그런 여자가 왜 네 앞에 나타나는 거지?"

"그러니까, 그 이불옷입니다."

"이불옷이 왜?"

쇼스케는 말허리를 잘리지 않으려는 듯이 최대한 빠른 말투로 열띠게 말했다. "제가 사 온 그 이불옷의 목깃에 덧댄 천은 전에 여성용 유카타여름용 홑옷의 천이었습니다. 유카타를 해체해서 사용한 거죠. 색은 거의 다 빠졌지만 얼굴을 들이대고 자세히 살피면 나팔꽃 무늬가 보입니다. 오키치가 떼강도에게 죽었을 때 입었던 유카타지요. 누군가가 그런 옷까지 내다판 거예요. 그 옷이 돌고 돌아 그 이불옷 목깃에 덧대는 천이 되었고, 그래서 제 방까지 들어온 겁니다. 오키치가 그렇게 말했어요. 오키치는 그 유카타를 입고 나오거든요."

고로베에는 한동안 말없이 팔짱을 끼고 있다가 남은 술을 비우고 천천히 일어섰다.

"자네 방으로 가 보세. 그 이불옷을 좀 봐야겠어."

여기서 말하는 '이불옷夜着'이란 흔히 말하는 잠옷이 아니다. 요즘의 덮고 자는 이불에 가깝다. 밤에 잘 때 위에 걸치는 이불을 뜻했고 그 시절에는 이불옷이라고 불렀다. 그냥 '이불'은 밑에 까는 요를 말했다.

또 이불옷의 생김새는 요즘의 네모난 이불과 달리 오히려 의류에 가깝다두루마기처럼 생겼다. 목깃과 소매가 있고 솜을 둔다. 동복은 천이 두툼하고 솜을 많이 두며 하복은 마나 표백한 무명천으로 얇게 만든다. 요즘도 겨울철에 사용되는 '가이마키솜을 둔 두루마기 형태의 잠옷'에 이불옷의 자취가 가장 많이 남아 있다.

기모노를 연상케 하는 형태인데다 여자 유령의 마음이 깃들었다는 말을 듣자 고로베에도 조금 섬뜩해졌다. 마로 지었으니 보기에 따라서는 하얀 소복처럼 보이기도 한다. 재채기를 하면 구석에서 먼지가 날아오를 만치 좁은 쇼스케의 방에서 등롱 불빛을 최대한 밝게 한 뒤 그 심상치 않은 이불옷을 펼쳐 보았을 때는 손이 살짝 오그라드는 듯한 느낌이 들었다. 솔직히 말하면 그다지 건드리고 싶지 않았다.

"이것이 그렇단 말이지?"

천을 덧댄 목깃을 자세히 보니 과연 쇼스케의 말대로 나팔꽃 무늬가 희미하게 남아 있었다. 솜을 둔 탓에 세탁이 쉽지 않은 이불옷을 최대한 깨끗하게 유지하기 위해서 때가 잘 타는 목깃에 천을 덧대는데, 오래된 유카타를 해체하여 사용하는 경우가 흔하다. 고로베에의 집에서도 오타카나 오유가 낡은 수건이나 유카타를 잘라서 이불옷 목깃에 댄다.

"자네는 이 물건이 기분 나쁘지 않나?"

쇼스케의 얼굴을 들여다보듯이 하며 묻자 그는 고개를 힘주어 가로저었다.

"기분 나쁘단 생각은 한 번도 해 본 적이 없습니다요. 저는 오키치가 무섭지 않아요."

그러고는 고로베에가 속으로 짐작한 대로 말했다.

"저는 오키치에게 푹 빠졌어요. 주인님 말씀대로 제가 수척해졌다면 그건 오키치를 너무 사랑하기 때문이겠지요."

그러니까 걱정하지 마세요—쇼스케는 밝은 목소리로 그렇게 말했다.

고로베에는 달리 어쩔 수도 없어서 웃음을 지었다.

"하지만 자네가 유령에게 반했어도 달리 무슨 방법이 있는 건 아니지. 그럼 앞으로 어떻게 할 생각인가?"

"이 이불옷을 소중히 쓰겠습니다." 쇼스케가 진지하게 말했다. 무릎을 모으고 단정하게 앉아 있다. "앞으로 죽 그렇게 살 생각입니다."

"그걸로 만족하는 건가?" 고로베에는 불안해졌다. 쇼스케가 너무 외곬으로 생각하는 게 아닐까? "이불옷을 판 헌옷가게에 물어서 오키치란 아가씨의 무덤을 찾을 생각은, 설마 그런 일은—."

말을 하다가 아뿔싸, 하고 생각했다. 쇼스케의 눈이 번쩍 커졌기 때문이다.

"주인님은 역시 저 같은 것보다 훨씬 현명하시군요."

"쇼스케……."

"그러네요, 헌옷가게에 물어보면 되겠네요. 어디서 구했는지 물어서 그 전 가게를 찾아내고, 자꾸 거슬러 올라가다 보면 오키치에 대해 더 잘 알게 되겠군요, 주인님."

괜한 말을 해 버린 고로베에로서는 앞으로 무엇을 하든 나하고 상의한 다음에 하라고 다짐을 받는 것 외에는 방법이 없었다.

4

그 후 쇼스케의 상사병은 날이 갈수록 깊어만 갔다.

지금까지는 혼자 속에 담아 두었는데 고로베에에게 털어놓음으로써 거침이 없어졌을 것이다. 매일 행복한 얼굴을 하며 간밤에는 오키치가 이런 이야기를 했어요, 이렇게 웃었어요, 하고 고로베에한테 들려주었다.

"하루하루가 행복합니다요, 주인님" 하고 웃으며 말한다. "오유 아가씨 못지않게 행복합니다. 오유 아가씨도 결혼해서 행복하게 사시겠지요. 저는 기분이 좋습니다. 저도 행복하니까요."

고로베에는 쇼스케에게 상처를 주고 싶지 않아 가능하면 언급을 자제하며 웃는 낯으로 이야기를 들어 주었다. 걱정시키기 싫어서 오타카나 오유에게는 아무 말 하지 않고 잠시 혼자 쇼스케를 지켜볼 생각이었다. 쇼스케가 자꾸 바쿠로초의 헌옷가게를 다시 찾아가겠다고 해서 같이 가 보기도 했다.

다행히 아무래도 출처가 수상쩍은 물건도 산더미처럼 취급하는 듯한 그 헌옷가게의 주인은 이불옷의 정확한 출처를 기억하지 못한다고 버텨 주었다. 거짓일 수도 있고 참일 수도 있다. 고로베에로서는 어느 쪽이든 상관없었다. 딱할 정도로 풀이 죽은 쇼스케를 보기 안타까웠지만 어설픈 단서라면 찾지 못하는 편이 낫다고 생각했다.

하지만 그러는 동안에도 쇼스케는 점점 야위고 체구도 줄어드는 것이 분명했다. 고로베에는 오싹한 생각도 떠올렸다.

저놈이 무서운 원령에 씐 건지도 모른다. 그렇게 생각하기 시작하자 더는 잠자코 있을 수 없었다. 오타카에게 털어놓자 사이가 좋은 모녀인 만큼 당연히 오유도 알게 되었다. 둘은 놀라고 가슴 아파하며 고로베에의 생각보다 쇼스케를 걱정해 주었다.

"어느 절에 액땜을 해 달라고 부탁해야 하는 거 아니에요?"라고 오타카가 말했다.

그때는 혼인 준비도 수월하게 진행되어서 이제 오유도 그다지 바쁘지 않을 때였다. 마침내 새하얀 신부 의상도 완성되어서, 고로베에와 오타카는 눈물을 글썽이며 소박한 집안을 환하게 밝혀 주는 그 하얀 우치카케를 바라보았다. 중매를 선 주인 내외는 벌써부터 이러면 어쩌냐고 하면서 놀렸다.

고로베에의 관심은 아무래도 오유에게로 향하게 마련이다. 쇼스케가 걱정되기는 하지만 당장 어떻게 될 일도 아니므로 조금 더 상황을 지켜보자는 마음으로 시간을 보내고 말았다.

그러므로 오유의 혼인을 사흘 앞둔 날 아침, 쇼스케가 이나리야에 출근하지 않았을 때도 처음에는 크게 걱정하지 않았다. 별일이네, 늦잠을 자나 보군, 이라는 정도로만 생각했다. 하지만 점심때가 되도록 나타나지 않자 마침내 가슴이 울렁이기 시작했다.

고로베에는 가게 문을 닫고 서둘러 쇼스케가 사는 공동주택의 쪽방으로 갔다. 말끔하게 정돈된 방에서 쇼스케는 사라져 있었다.

그 이불옷은 담요와 함께 말끔하게 개켜 두었다. 당황해서 들춰 보니 목깃에 댄 천만 깨끗하게 사라졌다. 옷가지가 몇 점 있었을 텐데 모두 들고 나갔는지 하나도 보이지 않았다.

'쇼스케⋯⋯.'

이웃에 물어보며 다녀도 쇼스케가 언제 나갔는지 아는 사람이 없었다. 그 대신 최근 한 달쯤 전부터 쇼스케가 심하게 야위었다는 것, 종종 눈물짓는 것 같았다는 이야기를 여러 사람에게서 들을 수 있었다.

이웃 주민들 모두 쇼스케의 어리바리함과, 이를 본인도 잘 인지하고 있다는 사실을 알았다. 그래서 그들도 걱정하고 있었다.

"그런데요, 그렇게 슬픈 얼굴을 하고 빼빼 말랐으면서도 자기는 이제 곧 오키치란 아가씨랑 살림을 차릴 겁니다, 라고 우리가 묻지도 않은 이야기를 제 입으로 말하기도 했어요. 오키치를 데리러 갈 거라고요."

그 말을 듣자 고로베에는 눈앞이 캄캄해졌다.

쇼스케는 어디로 갔을까. 왜 말없이 떠났을까. 생각하다 지쳐서 오타카와 오유에게도 이야기했다.

"완전히 홀려버린 거겠죠." 오타카가 말했다. "유령이 꿈에 나타났다는 것이 사실인가 보네요. 쇼스케 씨는 오키치란 아가씨를 찾으러 갔겠죠. 색시로 들이겠다고 했다잖아요. 그렇다면 그렇게 생각해야겠죠."

이제 곧 신부가 될 오유는 그 사연이 가슴에 사무쳤는지 고로베에나 오타카보다 더 슬퍼하는 듯한, 그러면서 어딘가 충격을 받은 듯한 눈빛을 띠었다.

"하지만 어떻게 찾겠다는 거죠? 아빠나 쇼스케 씨는 모를 테지만, 나팔꽃 무늬 유카타는 어디에나 있는 거잖아요. 나도 하나 가지고 있었어요. 어떻게 그거 하나만을 단서로 오키치 씨를 찾아서 데려가겠다는 거죠?"

그래도 틀림없이 찾아낼 수 있겠지요—오유의 혼잣말에 고로베에도 아마 그럴 거라고 생각하는 수밖에 없었다.

오유는 무사히 혼인을 치렀고 고로베에와 오타카는 단둘이 사는 허전한 생활을 시작했다. 이나리야에는 변함없이 손님이 끊었고 쇼스케가 떠난 만큼 고로베에는 더 바빠졌다. 단골손님들은 모두 쇼스케의 행방을 궁금해했지만 고로베에는 고향으로 돌아갔다고만 말해 두었다.

하지만 고로베에는 떨떠름해하는 관리인에게 부탁해서, 쇼스케가 언제 돌아와도 생활할 수 있도록 적어도 한 달 동안은 그의 방을 그냥 놔두게 했다. 오타카도 그것이 좋겠다고 했다. 이불옷도 쇼스케의 허락 없이는 처분할 수 없으므로 그냥 두기로 했다.

그리고 가끔 부부가 번갈아 들러서 청소를 해 주었다. 쇼스케는 글을 모르므로 쪽지를 남기지 않았지만, 돌아오면 당장 이나리야에 오도록 전해 달라고 이웃들에게 부탁해 두었다.

그러던 어느 날.

언제 돌아와도 예전처럼 생활할 수 있도록 이불과 이불옷을 볕에 말려 두어야 한다는 오타카의 말 때문에 그 이불옷, 목깃에 덧댄 천이 사라졌고 희읍스름하고 먼지 냄새도 살짝 나는 그 이불옷을 바깥 건조장에 활짝 펴 널고 별생각 없이 쳐다보았을 때였다.

어? 우치카케랑 비슷하네, 라는 생각이 들었다. 이렇게 널어놓으니 꼭 새하얀 우치카케처럼 보이지 않는가.

그 순간 고로베에는 등줄기가 싸하니 식는 것을 느꼈다.

'쇼스케……'

그때까지 한 번도 떠올리지 않았던 생각이 머리를 스쳤다.

쇼스케는 오유가 결혼하는 사실을 알고 있었다. 고로베에와 오타카가 진심으로 기뻐한다는 것도 알고 있었다. 오유가 그 결혼을 행복하게 기대한다는 것도 알고 있었다. 하지만—만약 그가, 오유를 연모하고 있었다면?

말할 수 없다. 죽어도 말 못 한다. 그런 말을 하면 고로베에나 오타카가 얼마나 곤혹스러워할지 그는 잘 알고 있었다. 오유를 곤란하게 만들 거라는 점도 누구보다 잘 알았을 것이다.

하지만 그 감정은 너무나 고통스러운 것이었다.

그래서 끝내 견디지 못하고 스스로 자취를 감춘 것인가? 그리고 자취를 감춘 진정한 이유를 눈치채지 못하도록—말도 없이 사라지는 것은 배은망덕한 짓이고, 또 오히려 자기감정을 눈치채게 하는 단서가 될지도 모르므로, 그래서 그런 황당한 이야기를 꾸며 낸 걸까? 거짓말을 믿게 하려고 목깃에 댄 천도 떼어 간 걸까?

신부 의상을 닮은 이 이불옷, 목깃에 덧댄 나팔꽃 무늬 천 조각.

'나팔꽃 무늬 유카타라면 나도 하나 가지고 있었어요.'

쇼스케는 차마 말로는 못 하고 그런 형태로 고통을 전하려고 한 것일까.

아니야, 억측이 지나치다. 고로베에는 도리질을 하며 부정했다. 투박하기 짝이 없는 쇼스케 아닌가. 그놈은 그렇게 복잡한 이야기를 지어낼 수가 없다.

역시 유령 이야기가 사실일 것이다. 유령은 정말로 나타났던 것이다. 적어도 쇼스케에게는. 그게 아니라면 이불옷을 사온 직후에 그렇게 행복한 웃음을 보일 수 있었을까. 혹시 쇼스케가 오유를 짝사랑했다면, 곧 결혼하게 되는 오유를 두고 그렇게 행복에 겨운 웃음을 보일 수는 없었을 것이다.

하지만—.

'아가씨도 결혼해서 행복하게 사시겠지요. 저는 기분이 좋습니다. 저도 행복하거든요.'

쇼스케는 그렇게 말했다.

대체 어느 쪽이지? 어느 쪽이 사실이지? 고로베에는 우두커니 서서 햇볕을 받는 이불옷을 쳐다보며 물었다. 이봐, 쇼스케, 어느 쪽이야.

하지만 어느 쪽이든 상관없을 것이다. 쇼스케가 한 행동이 가장 옳았다. 혹시 쇼스케가 '아가씨를 흠모하고 있습니다'라고 털어놓았다고 한들 어떻게 해 줄 수 있겠는가. 잔인한 말이지만, 그 연정을 받아줄 수는 없는 일이다.

오키치의 유령은 정말 있었을까? 쇼스케는 정말로 오키치를 데리러 간 걸까? 그건 거짓말이었을까? 고로베에는 전혀 알 수가 없었다. 진실을 알게 되는 날은 결코 오지 않을 것이다.

다만 한 가지 분명한 것은 다시는 쇼스케를 만날 수 없으리라는 것—그것 하나뿐이었다.

제
6
화

미아 방지

목걸이

1

그 아이가 이치베에 앞에 나타난 날은 혼조 요쓰메에 임시로 선 백중절 시장_{조상의 영혼을 맞아 위로하기 위해 밝히는 등롱을 비롯해 백중절 풍습의 물건들을 파는 시장이 며칠간 임시로 섰다}이 인파로 북적거리던 날의 이튿날이었다. 아이를 안고 온 사람은 이치베에가 관리인으로 있는 우미베 다이쿠초의 공동주택에 사는 쓰야라는 부인이었다.

"이 아이를 발견한 사람은 남편이에요." 쓰야는 그렇게 말하며 얼굴을 살짝 찡그렸다.

"미아인가?" 이치베에는 그렇게 말하고, 쓰야의 두툼한 어깨에 기대어 입을 조금 벌리고 깊이 잠든, 두 살쯤 돼 보이는 사내아이의 얼굴을 들여다보았다. 사탕이라도 물고 있는지 아이의 숨에서 달콤한 냄새가 났다.

"진짜 미아 맞아?" 이치베에가 쓰야의 얼굴을 빤히 쳐다보며 물었다.

쓰야의 남편 도키치는 실력 좋은 목수이지만 서른을 넘겼을 때 노름과 계집질에 빠져, 늦바람이 더 무섭다는 말처럼 최근 두 해 동안 아내를 한두 번 울린 것이 아니었다. 그때마다 이치베에도 상담자가 되어 쓰야를 달래고 도키치를 꾸짖어 수습했다. 요즘 도키치가 마음을 잡았는지 조금씩 안정을 찾고 부부 사이도 예전처럼 회복되는 것 같아 이치베에도 적이 안도하던 참이다.

하지만 섣불리 마음을 놓아서는 안 된다. 원래 남자의 바람은 그렇다는 것을 이치베에는 잘 알았다. 때문에 쓰야가 안고 온 아이를 본 순간 도키치 놈이 엉큼하게 밖에다 자식까지 낳아 놓았나 보네, 하는 쪽으로 생각이 돌아갔다. 그 생각이 무심결에 입 밖으로 나온 것이다.

쓰야는 눈싸움하는 아이처럼 이치베에의 눈초리를 똑바로 받았다.

"역시 관리인님도 그렇게 생각하세요?"

"미안하지만, 그런 생각이 드는군."

그러자 쓰야가 깔깔 웃었다. "미안해하실 거 없어요. 저도 처음엔 그렇게 생각했으니까."

그래서 좀 전에 낯을 찡그렸던 것이다. 이치베에가 그렇게 걱정할 거라 짐작했으니까.

"무슨 일로 도키치가 이런 아이를 데려온 거지?"

아이를 품에 안은 채 지신반마치의 경비를 담당하는 곳으로 소방서, 마을 회관 등으로도 쓰였다 마루턱에 엉덩이를 조금 걸친 쓰야는 미간에 주름을 모으고 말했다.

"어제저녁에 그이랑 백중절 시장에 갔어요."

백중절 등롱을 사러 갔다는 것이다.

"그 핑계로 나란히 외출한 걸 보니 요즘 금실이 좋은 게로군."

이치베에가 미소를 짓자 쓰야는 어깨를 으쓱해 보였다. "그냥 그렇죠, 뭐."

"백중절 시장은 나도 가 봤지. 어제저녁은 달도 적당히 밝아서 좋았지만 사람들이 너무 많아서 아주 혼났네."

"저도 관리인님을 봤어요. 불러 봤지만 못 들으신 것 같더군요."

인파 속에서 쓰야가 백중절 등롱을 고르는데 도키치가 오줌이 마렵다며 혼자 뒷골목으로 들어갔다. 그런데 한참이 지나도 돌아오지 않았다.

"뭐야, 또 나를 따돌린 거야? 하고 생각했죠."

도키치가 자기를 버리고 노름판으로 달려간 거라고 생각했다. 그래도 백중절인 만큼 바로 발끈하기도 뭐했고 무엇보다 한심함을 느꼈다. 쓰야는 백중절 등롱을 들고 화를 다스리며 인파에 이리저리 밀리고 있었다.

그런데 그제야 도키치가 돌아왔다. 쓰야는 뭐라고 한마디 쏘아주려다가 남편의 곤혹한 얼굴을 보자 분노가 쏙 들어갔다.

"이 아이를 데려왔더라고요. 미아 같다고 하면서."

소변을 보려고 컴컴한 골목 구석으로 들어갔다가 아이 우는 소리가 들려서 깜짝 놀랐다고 한다. 가만히 살펴보니 이 아이가 쪼그려 앉아서 울고 있었다. 도키치에게 안긴 아이는 여전히 양 볼을 눈물로 적시며 작은 목구멍으로 늘키는 소리를 냈다.

"이름을 묻고 집이 어디냐고 물어도 그냥 울기만 하더군요. 저나 그이나 어쩔 줄 몰랐지만, 사실 대답을 듣기는 힘들었겠죠. 잘해야 두 살밖에 안 돼 보이니."

이치베에도 고개를 끄덕였다. 요즘 아이들은—더구나 여기 에도에서 나고 자란 아이들은 아주 이른 시기부터 똘똘하고 어른들이 놀랄 정도로 조숙한 모습을 보이곤 하지만, 지금 쓰야의 품에 안겨 있는 아이는 기저귀를 뗀 지 잘해야 반년 정도밖에 안 돼 보여서 갓난아기나 다름없었다. 게다가 대체로 사내아이는 더 어려 보이게 마련이다.

"미아인 줄 알았으면 왜 바로 파수막에 신고하지 않았어?"

쓰야는 면목 없다는 듯이 목을 움츠렸다. "실은 그렇게 하려고 했어요, 그런데⋯⋯."

하필 그때 가까운 파수막에는 덩치 커다란 사내들이 여러 명 우글거리고 있었는데, 싸우기라도 했는지 여전히 분노한 기색을 띤 채 사납게 대거리를 하는 중이었다고 한다.

"그이가 싫다고 하더라고요. 저런 상황이면 금방 관리 나리가 출동할 게 틀림없다면서."

이치베에는 쓴웃음을 지었다. 도키치는 예전에 술에 취해 싸우다가 사람을 다치게 한 적이 있는데, 그 뒤로는 지옥의 염라대왕보다 관리 나리가 더 무섭다고 한다. 뼈에 사무치도록 호되게 당했던 모양이다.

안 그래도 술이나 노름 때문에 자꾸 실수를 해서 이치베에를 비롯한 마치야쿠닌마치는 자치제로 운영되었는데, 마치야쿠닌은 마치의 대표들로 주택 관리인 등이 맡았으며 마치의 행정을 처리했다들에게 번번이 훈계를 들어 온 도키치는 파수막 방향으로는 오줌도 누기 싫을 터였다.

"그럼 내가 들어가겠다고 했지만, 그이는 괜히 골치 아픈 일에 말려드는 것은 질색이라고 하는 거예요. 미아임을 뻔히 알면서도. 그러니까 저도 이상한 생각이 들더라고요. 혹시 이 아이, 당신이 감춰 둔 자식 아니냐. 미아니 뭐니 하면서 나를 속이려는 거 아니냐."

무슨 황당한 소리냐고 도키치는 펄쩍 뛰며 부인했다고 한다.

"그렇게 갈팡질팡하는 사이에 아이가 지금처럼 깊이 잠들었어요. 잠든 얼굴을 보니 밤늦도록 데리고 돌아다니는 것도 딱해서."

그리고 아이의 목을 살펴보다가 미아 방지 목걸이를 걸고 있음을 깨달았다.

"자, 이거예요."

아이 목에서 벗겨서 보관하고 있었을 것이다. 쓰야는 품에서 끈이 달린 작은 명찰을 꺼내 이치베에에게 내밀었다.

"조지, 바쿠로초, 우베에다나, 마쓰키치, 다에."

아이의 이름은 조지, 사는 곳은 바쿠로초의 우베에다나, 부모는 마쓰키치와 다에, 라는 뜻이다.

"이걸 알았으니 내일 날이 밝는 대로 아이를 바쿠로초의 집으로 데려다주면 되겠다고 생각했지요."

오늘 아침 눈을 뜬 아이에게 이름을 묻자 역시 '조보조지의 애칭'라고 대답했다고 한다. 더 확실해졌다.

"그러니 마음이 놓이더라고요."

듣고 있던 이치베에도 마음이 놓였다. 그렇다면 더 미룰 것도 없다. "그럼 지금 당장 가 보자고. 아이 부모가 어제저녁부터 제정신이 아닐 텐데."

"관리인님이 같이 가 주시게요?"

"물론이지."

쓰야는 빙긋이 웃었다. 색색 잠든 아이를 어깨로 밀어올리고 일어선다.

"아이가 잠을 참 잘 자네요. 낯도 안 가리고. 하룻밤이었지만 저는 아주 즐거웠어요."

도키치와 쓰야 슬하에는 아직 자식이 없다. 그녀는 그 점 때문에 또 종종 울었다. 자식이 있으면, 자식만 있었으면, 밖에 나가 놀기 좋아하는 남편 따위는 쫓아내 버려도 하나도 외롭지 않을 텐데, 하며.

이치베에는 쓰야가 간밤에 아이를 서둘러 부모에게 데려다주지 않은 것은 잠시나마 아이를 돌봐 주고 싶어서가 아니었을까, 라는 생각이 문득 들었다. 신원이 밝혀진 미아이므로 날이 밝은 뒤에 데려다주면 된다. 하룻밤 데리고 있어도 괜찮지 않을까 싶었을지도 모른다고.

어깨에 기댄 조지를 살살 어르면서 이치베에보다 먼저 출발한 쓰야는 작게 콧노래를 흥얼거리고 있었다. 자장가였다.

에도 시중에는 미아가 많다.

좁은 에도 땅에 그 많은 인구가 모여 살고 있다. 축젯날이나 젯날이 되면 인파로 숨이 턱턱 막힐 지경이다. 그런 곳에서 어린아이를 잃어버리면 다시 찾지도 못하고 생이별을 할 위험이 항상 도사리고 있다. 그리고 잃어버린 아이를 찾아내려고 하면 에도 땅은 잔인할 정도로 넓은 곳이 된다.

아이를 찾으려 해도 전부 인력에 의지해야 한다. 부자라면 재산이 허락하는 한 인력을 고용해서 찾아볼 수 있을 것이다. 하지만 가난한 사람이 할 수 있는 일은 뻔하다. 아비, 어미가 실성한 사람처럼 찾아다니다가 지칠 대로 지쳐서 끝내 포기하지도 못한 채 포기한다. 그런 비참한 일들이 흔했다. 조지의 목에 걸려 있던 것과 같은 미아 방지 목걸이를 아이의 목에 걸어 두는 조치도 그런 비극을 피하기 위한 것으로, 숱한 경험에서 생겨난 지혜였다.

미아를 발견하면 보통은 먼저 그 동네 지신반에 맡기고, 지신반에서는 부모를 찾아 주거나 부모가 찾으러 올 때까지 월번月番 마치야쿠닌이 돌봐 준다. 하지만 미아가 너무 많아서 개중에는 미아가 부모에게 돌아가지 못하고 마치야쿠닌의 보호 아래 성장하는 경우도 드물지 않았다.

이는 마치야쿠닌에게도 적지 않은 부담이었다. 미아 문제는 자식을 잃은 부모에게도, 미아를 발견하고 보호하는 측에게도 매우 어렵고 힘든 문제였다.

이치베에는 사십 년쯤 전에 이 지역 유지들에게서 깊은 신뢰를 받던 부친이 죽었을 때 부친의 뒤를 이어 관리인이 되었다. 이치베에는 부친보다 더 근면하고 성실하여 세입자나 차지인지주에게 땅을 빌려 자비로 건물을 지은 사람이 더러 어려워하기도 했지만 대체로 평판이 매우 좋았다. 지금까지 몇 번인가 미아를 돌봐 준 경험도 있다. 다행히 그 미아들은 무사히 부모 곁으로 돌아갔는데, 이 또한 이치베에가 가족처럼 부모를 찾아준 결과였다.

이치베에는 외동딸을 키워 출가시켜 이제 손자가 둘 있다. 오랜 세월을 함께한 아내를 몇 해 전에 앞세웠는데 이제는 홀아비 생활의 외로움에도 익숙해졌다. 그래도 자식과 생이별을 한 부모의 슬픔을 헤아리지 못할 만큼 감정이 메마른 것은 아니다. 쓰야와 함께 바쿠로초를 향해 걸어갈 때도 어서 조지를 부모에게 보내 안심시켜 주자는 생각뿐이었다.

하지만 막상 바쿠로초의 우베에다나를 찾아가 보니 생각지도 못한 대답이 기다리고 있었다.

2

"없다니⋯⋯. 무슨 말입니까?"

바쿠로초의 관리인 우베에는 이치베에보다 열 살쯤 아래이고, 아마 아내에게 운영을 맡기고 있겠지만 도로에 면한 곳에 작은 찬가게를 갖고 있었다. 이치베에는 쓰야와 함께 가게의 조금 안쪽에 자리한 좁은 방에서 그와 이야기를 나누게 되었다.

"아무래도 그렇게밖에 말할 수가 없습니다."

우베에는 혈색 좋은 얼굴을 일그러뜨리고 이치베에와 쓰야와 조지의 얼굴을 번갈아 보며 말했다. 이치베에가 내민 미아 방지 목걸이를 손에 쥐고 있다. 그런데 그 쥔 모양이 위태위태하다. 젊은 여자가 뱀이라도 쥐고 있는 듯한 모습이다.

"이 목걸이에 적혀 있는 글에 의지해서 아이를 데려온 겁니다. 이 아이가 미아가 된 것은 바로 어제 일이고. 그 짧은 사이에 부모가 아이를 버리고 어디로 가 버렸을 리도 없지 않습니까."

이치베에는 그렇게 말하며 우베에의 얼굴에 떠오른, 유령이라도 보는 듯한 눈초리에 두근거림 같은 동요를 느꼈다. 왜 이런 눈초리로 보지?

게다가 이 울렁거림에는 전조도 있었다.

여기까지 오는 동안 조지도 낮잠에서 깨어나 있었다. 쓰야에게 안긴 탓인지 이치베에의 얼굴을 봐도 울지 않았고, "엄마, 아빠한테 돌아가는 거다"라고 말해 주자 나름 안심했는지 방긋 웃기까지 했다.

이치베에의 경험으로 보건대 이럴 때는, 설사 부모 이름이나 사는 곳을 말할 수 없는 두어 살짜리 아이라 해도, 집 근처에 다가가면 그것을 감지하게 마련이다. 혹은 목적한 곳까지 반 정쯤 남은 곳에 다다르면 아이를 찾고 있던 이웃 주민들이 먼저 알아보고,

"어머, 조보다! 조보가 돌아왔다!" 같은 식으로 소리치는 광경이 벌어지기도 한다.

그런데 조지의 경우에는 그런 일이 전혀 없었다. 바쿠로초에 들어서도, 우베에다나 앞에 도착해도 조지는 '아, 집이다'라는 얼굴을 하지 않았다. 이웃 주민들도 전혀 뛰어나오지 않았다.

혹시 미아 방지 목걸이에 적혀 있는 글은 거짓이 아닐까? 이치베에는 우베에와 마주한 순간부터 그걸 염려했다.

'잃어버린 척하면서 아이를 내다버린 건가……'

그런 생각도 들었다.

하지만 그렇다고 보기에는 우베에의 태도가 너무 의아했다. 그저 곤혹스러워한다기보다 기분 나빠하는 듯한 인상이었다.

이치베에는 자신처럼 당황한 표정을 띤 쓰야에게 찔끔 눈짓을 했다. 쓰야도 현명한 사람이어서 금방 분위기를 파악한 듯했다.

"조보, 자, 뭘 좀 사 줄까? 이 아이에게, 그렇지, 이 곤약을 꼬치에 꿰어 주세요."

그렇게 주문하여 우베에의 가게를 지키는 소녀에게서 꼬치에 꿴 곤약을 받아들더니 조지의 손에 들려 주고 밖으로 데려갔다.

이치베에와 단둘이 남자 역시 우베에는 바로 이야기를 꺼냈다.

"이거 죄송합니다. 너무 놀라서 말이죠."

"무슨 사정이 있나 보군요."

우베에는 이마의 땀을 훔쳤다. 이마에 가득 맺힌 땀방울은 늦여름의 열기와 조림 솥의 열기로 생긴 것만은 아닌 듯했다.

"제가 관리하는 공동주택에 분명히 마쓰키치와 다에라는 부부가 살고 있었습니다. 아이는 조지라고 했고요. 네, 맞습니다."

"살고 있었다?"

"네, 삼 년 전까지."

"지금은 어디에 삽니까?"

우베에는 목소리를 낮췄다. "저승이죠." 그러고는 다시 땀을 훔쳤다. "삼 년 전 바로 이맘때 큰 화재가 일어났어요. 여기 일대를 홀랑 태웠는데, 마쓰키치는 그때 타 죽었지요. 부인 다에와 아들 조지는 행방불명되었고요."

이치베에의 눈이 휘둥그레졌다. 아까 제일 먼저 들렀던 우베에다나가 볕이 잘 들지 않는 습한 자리에 있기는 해도 지은 지 얼마 안 돼 보이는 공동주택이었다는 점을 떠올렸다.

"화재로……."

마쓰키치는 불에 타 죽고 모자는 행방불명.

불길에 쫓겨 인파에 떠밀리다가 강에 빠지거나 집에서 떨어진 곳에서 목숨을 잃어 행방불명 상태로 남는 경우도 물론 있다.

"네, 그렇습니다." 우베에는 고개를 끄덕였다. "그러니까 그 미아 방지 목걸이를 본 순간 심장이 쿵쿵 뛴 거죠."

"허나 불에 타 죽은 것은 아버지 마쓰키치뿐이잖습니까. 엄마와 조지는—."

살아남았을 수 있다.

그렇게 말하려는 이치베에를 우베에가 손을 쳐들어 제지하고 고개를 저었다.

"그야 물론 그럴 수 있지요. 저 아이가 내가 아는 조지라면 그랬을 수도 있겠지요. 하지만 저 아이는 마쓰키치와 다에가 낳은 조지가 아닙니다. 얼굴이 전혀 달라요. 게다가 화재가 일어난 당시 조지는 바로 저 아이 또래였습니다. 삼 년이 지났는데도 그대로라면, 좀 이상하지 않습니까?"

그것은 이치베에도 그렇게 생각한다.

"하지만 저 아이는 제 입으로 자기 이름은 '조보'라고 했습니다."

"그야 우연히 이름이 같을 수 있지요. 드문 이름도 아니니까."

우베에는 목덜미에 손을 대고 고개를 조금 숙였다. "하지만 우연이라고 해도 역시 섬뜩하네요. 그래서 죄송하지만 이렇게 당황한 겁니다."

우베에는 게다가 말이죠, 라고 하면서 솥을 들여다보고 있는 소녀를 힐끔 살핀 뒤 목소리를 더욱 낮췄다.

"화재가 있고 나서 한동안……, 그래요, 반년쯤인데, 한밤중이나 새벽에 거리에 인기척이 없을 때면 마쓰키치 부부가 살던 곳 근처에서 여자가 흐느껴 우는 소리가 난다는 소문이 있었습니다. 공동주택 주민들은 너무 무서워서 아무도 나가 확인해 본 적이 없어요. 하지만 그건 다에 씨의 유령일 거라며 다들 불쌍하게 여겼습니다."

이치베에도 배 속이 싸하니 식는 듯한 심정이 들었다.

"그 우는 소리가 지금도 들립니까?"

"아뇨, 지금은 아닙니다. 요즘은 그 소리를 들었다는 사람이 없는 것 같습니다. 다만 지금은 백중절이니까요. 다시 나타날지 모른다는 말도 나온 모양이에요."

우베에는 소름이 돋는다는 듯이 팔뚝을 문질렀다.

"그렇군요……. 백중절이니까. 그러던 차에 마쓰키치와 다에와 조지의 이름이 적힌 미아 방지 목걸이를 걸고 있는 아이를 데려왔으니—."

아닌 게 아니라 누구라도 섬뜩한 느낌이 들 것이다. 이치베에는 당혹스러워하면서도 천천히 고개를 끄덕였다.

"어떻게 된 일인지는 모르지만 일단 저 아이는 제가 맡도록 하지요. 우베에 씨도 뭐든 생각나는 게 있으면 제게 알려 주셨으면 합니다."

"잘 알겠습니다. 꼭 그렇게 하지요."

우베에는 그렇게 호응해 주었지만 얼굴은 여전히 굳어 있었다.

"그 화재는 어디서 시작된 겁니까?"

이치베에가 묻자 우베에는 안타까운 듯이 한숨을 흘렸다.

"알아내지 못했습니다. 방화가 아닐까, 라는 말도 있었습니다만."

"그건, 마쓰키치 가족을—."

이치베에의 생각을 짐작하고 우베에가 말허리를 잘랐다. "아뇨, 그런 건 아니라고 봅니다. 불에 타 죽은 것은 마쓰키치만이 아니었고 불길이 시작된 곳도 다른 곳이었어요. 우리는 번진 불에 당한 겁니다. 게다가 마쓰키치도 다에도 누구에게 원한을 살 부부가 아니었어요. 성실한 사람들이었습니다."

"하는 일은 뭐였습니까?"

"이발사였습니다"라고 우베에는 대답했다. "마쓰키치는 이 거리 저쪽에 있는 '극락 이발관'이란 곳에서 일했죠. 그 가게에서 실력이 제일 좋았어요. 저도 머리 다듬을 때는 꼭 마쓰키치한테 맡겼으니까."

우베에는 말끔하게 다듬은 사카야키_{정수리까지 머리카락을 깨끗하게 민 부분}를 가볍게 쓸어 보았다.

"부인 다에는 출장 이발사로 일했습니다. 도리초 근방에 있는 큰 상점의 멋 좀 부릴 줄 아는 안주인들만 상대했지요. 실력이 좋았던 모양입니다."

밖으로 나가 보니 쓰야는 '조보'의 작은 손을 잡고 지나가던 금붕어 장수의 나무통을 들여다보고 있었다. 모자지간처럼 보인다.

이치베에는 석연치 않은 기분으로 우베에다나를 한 번 돌아다본 다음 둘 쪽으로 걸어갔다.

3

조보는 우선 쓰야가 돌보기로 정했다. 명목상으로는 지신반 월 번 이치베에가 책임지고 맡는 것으로 되어 있다. 하지만 아무래 도 혼자 사는 노인이 어린아이를 돌보기란 쉽지 않다.

게다가 쓰야도 그걸 원했다.

"아주 순한 아이예요. 제가 기꺼이 돌볼게요."

오래간만에 티 없이 밝은 목소리로 그렇게 말했다.

철없는 아이라 꼬치꼬치 캐물을 수 없지만 이치베에와 쓰야는 아이의 부모를 찾기 위한 단서를 얻을 수 없을까 싶어 조보를 상 대로 틈만 나면 이렇게 저렇게 시도해 보았다.

"몇 살?" 하고 물으면 "두 살" 하고 대답한다. "아빠, 엄마 이름 은?" 하고 물으면 대답을 하지 못했다.

"집은 어디지?" 하고 물어도 역시 맹한 얼굴을 하는데 다만 "통 장이"라고 대답한 적이 있었다. 그 말을 듣자 쓰야는 손뼉을 치고 "근처에 통장이가 살고 있을 거예요"라고 했지만 온 에도의 모든 통장이를 샅샅이 찾아볼 수도 없는 일이었다.

이치베에가 먼저 떠올린 생각은 미아를 찾으러 다니는 부모가 있는지 알아보기 위해 백중절 시장이 섰던 혼조 요쓰메 근방을 꾸준히 탐문해 보자는 것이었다. 하지만 도저히 이치베에 혼자서 할 수 있는 일이 아니었다. 다행히 이치베에와 잘 알고 지내는 그 지역의 오캇피키경찰 업무를 맡았던 도신의 비공식 수하로서 범인 체포, 치안 유지 등의 업무를 도왔다가 믿을 만한 사람이어서 사정을 말하고 부탁하자 흔쾌히 맡아 주었다.

한편 이치베에 본인은 시바구치의 미아 게시판과 여기저기에 있는 미아석을 조사하기 시작했다. 시바구치에 있는 미아 게시판은 생이별의 비극을 조금이라도 줄이기 위해, 미아나 행방불명자를 찾는 데 도움을 주고자 교호 11년1726년에 설치한 것이다. 미아나 신원불명자의 이름, 나이, 복장 등을 고지하는 일종의 공공 게시판이다.

미아석은 게시판처럼 규모가 크지 않지만 미아를 찾는 단서를 제공하기 위해 통행인이 많은 다리 옆이나 신사·사찰의 경내 등에 세운 비석을 말한다. 비석 앞면에는 '미아 알림' 혹은 '기연빙인석奇緣氷人石''기연빙인'은 본래 중매인을 뜻한다, 오른쪽에는 '아이를 잃은 이', 왼쪽에는 '미아를 발견한 이'라고 새겨 놓았다. 미아를 찾는 부모는 아이의 인상이나 복장을 적은 종이를 비석 오른쪽에 붙이고, 미아를 보호하고 있는 사람도 마찬가지 사항을 적어서 비석 왼쪽에 붙인다.

미아 게시판은 한 곳에만 있지만 미아석은 민간에서 세우는 것이므로 여러 곳에 있다. 조보가 미아가 된 때는 혼조 요쓰메에 백중절 시장이 섰던 밤이므로 부모가 찾아봄 직한 미아석도 그 근방 것이리라. 탐문해 보니 에코인정토종 사찰 경내에 하나 있고 사루에의 이나리 신사 경내에도 하나 있다고 한다.

그 두 미아석을 매일 두 번씩 찾아가 확인했다. 하지만 사흘,

나흘을 다녔어도 유감스럽지만 조보의 인상착의와 일치하는 공고는 볼 수 없었다. 끈기 있게 계속 다니는 수밖에 없을 듯했다.

조보는 종종 자다 깨어나 울기도 하지만 대체로 건강했고 쓰야를 잘 따른다고 한다. 하지만 역시 불안한지 쓰야의 소매를 잡고 떨어지지 않으려 했고, 그녀가 변소에 가면 그 작은 얼굴을 잔뜩 굳힌 채 두리번거리며 찾는다고 한다.

"졸지에 개구쟁이 하나 키우게 생겼네."

도키치가 투덜대자 이치베에가 웃었다.

"그렇게 생각하면 돼. 아이는 귀엽잖아. 빨리 부모에게 돌려주고 싶지만, 자네들도 빨리 하나 낳으라고."

"부모가 누군지 전혀 밝혀지지 않았습니까?"

"시간이 꽤 걸릴 것 같아. 조보가 뭐든 실마리가 될 말을 하지 않던가?"

"별말이 없나 봐요. 통장이 아줌마라는 말은 가끔 한다던데."

근처 통장이 부인한테서 귀여움을 받았나 보다. 이치베에는 어서 그곳으로 돌려보내 주고 싶었다. 부모만이 아니라 조보 주변에 있던 많은 사람이 또 얼마나 걱정하고 있을까.

하지만 유감스럽게도 반가운 소식은 들어오지 않았다. 매일 미아석을 확인하러 다녀도 번번이 헛걸음으로 끝난다. 생각해 보면 참 이상한 일이었다. 조지의 부모는 혼조 근방을 뛰어다니며 자식을 찾고 있지 않단 말인가? 미아석이나 미아 게시판을 이용하려 하지 않는단 말인가?

만약 그렇다면 어째서일까? 생각하기 시작하자 이치베에의 머릿속은 제자리걸음을 시작했고 결국에는 그 아이를 키웠고 그날 저녁 백중절 시장에 데려간 것은 삼 년 전에 죽은 부모가 아닐까 하는 데까지 다다르고 말았다. 그 아이는 저승에서 돌아온 건지도 모른다고.

그리고 열흘쯤 지났다.

사루에의 이나리 신사 경내에 있는 미아석을 확인하던 이치베에는 조금 이상한 여자가 곁에 우두커니 서 있는 것을 깨달았다.

이제 서른이 되려는 참인 것 같았다. 얼굴도 몸도 너무 야위었고 특히 어깨가 얄팍했다. 미아석을 찾아오는 사람이 애초에 밝은 얼굴을 하고 있을 리 없지만 그렇다고 해도 너무 여윈 모습이었다.

이치베에는 매일 미아석을 확인하러 다니며 생각했다. 희망은 사람을 얼마간 강하게 만드는 한편 잔인한 것이기도 하다. 미아석 앞에서 만난 부모들은 모두 지칠 대로 지쳤고, 슬픔으로 상심한 얼굴을 한 채 눈빛도 흐리멍덩했으며, 부인들 중에는 지난밤도 눈물로 새웠나 보다 싶은 사람이 있었다. 그래도 그들은 두 발을 딛고 일어나 혹시 좋은 소식이 없을까 싶어 여기까지 터벅터벅 걸어 찾아오는 것이다.

야윌 대로 야윈 몸을 움직이는 것은 언젠가는 자식을 찾을 수 있을지 모른다는 희망, 오로지 그 하나뿐일 것이다. 그 희망이,

보통은 도저히 일어설 수 없겠다 싶은 몰골로 변해 버린 사람들을 일어서게 하고 걷게 하고 오늘도 질기게 살아가게 한다. 차라리 포기해 버리면 훨씬 편할지도 모르지만 희망이 그것을 허락지 않는다. 희망은 강한 것이면서 잔혹한 것이기도 하다.

그리고 그런 부모들은 껴안다시피 미아석에 바싹 다가서서 나붙은 종이들을 핥을 것처럼 한 장 한 장 읽어 나간다.

하지만 그 여자는 달랐다. 이치베에와 거의 같은 시간에 경내에 들어왔는데 바로 미아석으로 다가가지 않고, 그러면서도 마치 발에 못을 박아 바닥에 고정해 놓기라도 한 것처럼 그 자리를 떠나지도 못하고 있었다.

이치베에는 곁눈으로 여자를 살펴보며 아무래도 그녀를 오늘 처음 만나는 것이 아닌 듯하다고 느꼈다. 자신도 늘 미아석에 붙은 종이를 확인하는 데 열중하느라 주위 상황을 거의 살피지 않아서 머리에 남아 있는 것이 없지만, 일단 이렇게 기억을 떠올려 보니 전에도 어디선가 만난 듯한 기분이 들었다. 그래, 바로 며칠 전에도 사루에 이나리 신사 경내에서 이 여자를 본 것 같다.

얼굴은 아름답다. 젊었을 때는 상당했을 것으로 짐작된다. 그래서 기억에 남았는지도 모른다. 눈매가 조금 날카롭지만 지기 싫어하고 의지가 굳은 사람이라는 인상을 풍긴다. 낡은 오우메지마_{에도 근교 오우메에서 생산된 가는 줄무늬 면직물} 기모노에, 역시 헌옷가게에서 구한 게 틀림없어 보이는 검은 공단 허리띠를 둘렀다. 사시사철 입는 홑겹 기모노에 추울 때는 남편의 한텐을 걸쳐서 버티는, 하루 벌어 하루 사는 부인들과는 달리 차림새는 빈궁하지 않았다. 하지만 옷으로 가린 몸은 수척하고 머리카락은 헝클어졌다.

여자는 울고 있었다. 소리도 없이 눈물만 볼을 타고 내린다.

이치베에는 가슴이 먹먹해지는 것을 느꼈다. 미아석을 확인하는 일은 이래저래 고통스럽다. 가만히 발길을 돌려 경내를 나섰다. 여자의 우는 얼굴이 좀처럼 뇌리에서 사라지지 않았다.

또 며칠이 지났다. 혼조 주변을 탐문하고 있는 오캇피키도 마침내 고개를 갸웃거리기 시작했다. 미아를 찾는 부모를 보았다거나 이런 미아 못 보았느냐고 묻는 사람이 있더라는 이야기가 전혀 나오지 않는다고 한다.

"아무래도 일이 묘하게 되고 있군요, 이치베에 씨. 그 아이는 평범한 미아가 아닐지도 모르겠는걸요."

이치베에도 그런 생각을 품기 시작한 참이었다. 뭔가 속사정이 있는 듯하다. 죽은 부모가 저승에서 돌아와 아이를 돌보고 있었다는 이야기보다 더 깊은 뭔가가.

그러던 차에 이번에는 에코인 경내의 미아석 옆에서 다시 그 여자를 보았다. 여자는 역시 울고 있었다. 옷을 갈아입을 마음의 여유도 없었는지 그때와 똑같은 차림이었고 얼굴은 더욱 상했다. 폭 꺼진 볼에 눈물 자국이 남아 있었다.

그 눈물은 이번에는 다른 의미에서 이치베에의 마음을 흔들었다. 오캇피키의 말이, 마음속에 가라앉아 있던 생각이, 이치베에의 내부에서 크게 부풀어 올랐다. 뭔가 번쩍 스쳤다.

미아석을 찾아왔지만 가까이 가지 않은 채 마냥 울기만 하는 여자.

벌써 삼 년 전에 죽은 사람의 이름이 적힌 미아 방지 목걸이를 걸고 있던 아이.

문득 뇌리에 무언가가 번뜩였다.

"혹시, 부인."

가만히 다가가며 말을 건네자 여자는 흠칫 놀라며 뒤로 물러섰다. 얼른 손등을 들어 눈물을 훔친다.

"놀라게 해서 미안합니다. 그쪽도 미아를 찾으러 오셨소?"

여자는 이치베에의 얼굴에서 눈길을 돌렸다. 여자 발밑의 경내 자갈에서 희미하게 자그락거리는 소리가 났다.

"캐물으려는 것은 아니지만 내가 어느 미아 하나를 돌보고 있어서 그렇습니다. 아이를 찾는 부모가 없나 싶어 이렇게 매일 미아석을 확인하러 다니고 있다오. 해서 나도 모르게 말을 걸고 말았습니다만."

"미아를……."

여자가 귀를 가까이 하지 않으면 알아듣기조차 힘든 목소리로 중얼거렸다.

"네, 그렇다오. 그런데 안타깝게도 부모를 찾을 단서가 하나도 없어 놔서. 아이가 미아 방지 목걸이를 걸고 있었지만, 그게 별 도움이 되질 않는군요."

그때 아래로 향하던 여자의 눈이 발치에서 뭔가 무서운 거라도 발견한 것처럼 크게 벌어졌다. 이치베에는 여자가 숨을 삼킨 것을 확실히 느꼈다.

"혹시…… 들어 보셨습니까? 아이 이름은 조보라고 하던데."

이번에는 여자 내부에서 높이 쌓여 있던 무언가가 무너지듯이 쿵, 소리를 낸 것을 확실히 느꼈다.

여자는 몸을 돌려 도망치려고 했다. 이치베에는 얼른 그녀의 손목을 잡았다. 부러져 버릴 듯이 가는 손목이었다.

붙잡아서 끌어당기는 거친 행동은 필요 없었다. 갑자기 몸을 움직인 탓인지 여자는 현기증이라도 일으킨 것처럼 그 자리에 맥없이 쓰러졌다. 이치베에는 그녀를 일으켜 주다가 또 놀랐다. 사람이 어찌 이렇게 수척해질 수 있을까. 밥을 며칠이나 굶은 것 아닌가?

여자는 이치베에에게 의지한 채 봇물 터진 듯 울기 시작했다. 그 손가락과 거친 손등을 보았을 때 이치베에는 마음속에서 무슨 빛 같은 것이 번쩍였음을 느꼈다. 그것이 뭔지는 금방 알 수 없었지만 사라지지 않고 마음속 그 자리에 계속 남아 있었다.

큰 소리로 주위에 도움을 청한 뒤, 쓰러진 여자를 데리고 돌아갈 채비를 갖추는 동안에도 이치베에의 머리는 내내 바쁘게 돌아갔다.

여자를 곧장 지신반으로 데려가 겁먹게 할 수는 없었다. 이치베에는 그녀를 집으로 데려갔고, 동료 관리인에게 부탁해 소녀 하나를 붙여서 깨어날 때까지 보살피게 했다.

그렇게 해 두고 바쿠로초의 우베에다나로 향했다.

우베에는 처음엔 이치베에의 이야기를 믿지 않았다. 어떻게 그런 일이 있을 수 있느냐고 조금 화난 투로 말하기까지 했다. 이치베에는 일단 당사자를 만나 보면 알 수 있을 거라고 설득했다.

"자, 저 사람입니다."

잠든 여자의 얼굴을 장지문 뒤에서 살짝 들여다보게 하자 우베에는 놀란 목소리로 말했다.

"저 사람……. 다에가 맞네. 조지의 엄마인 이발사 다에 아닌가."

4

눈을 뜨자 다에는 다시 한참을 울었다. 하지만 그만 체념했는지, 어깨의 짊어진 짐을 다 내려놓았는지 일어나 이부자리에 앉아 이치베에의 물음에 한 마디 또 한 마디 대답하기 시작했다.

"말씀하신 대로, 저는 바쿠로초의 마쓰키치의 처 다에입니다."

그렇게 말했을 때만 눈길을 조금 들어 이치베에를 보았다. 그러고는 다시 눈길을 내렸다. 이치베에는 지금까지의 상황을 들려주었다. 다에는 잠자코 듣다가 이치베에가 이야기를 마치자 희미하게 떨리는 목소리로 이야기를 시작했다.

"삼 년 전 화재 때 저는 조지를 안고 그저 정신없이 도망쳤습니다."

가슴 앞에서 아이를 힘껏 안는 동작을 취해 보인다.

"머리 위로 불티가 소나기처럼 쏟아졌어요. 등이 뜨겁고 머리카락이 타고 있었습니다. 하지만 그런 것에 신경 쓰고 있을 수 없었어요."

그녀의 눈 밑바닥에 지금도 그날 밤의 불길이 비쳐 번쩍이고 있었다. 타오르고 있다. 이치베에의 눈에는 그 모습이 보이는 것 같았다.

"조지가 다치면 안 된다, 화상을 입으면 안 된다, 오로지 그 생각밖에 없었습니다. 아이를 이불로 둘둘 감아 품에 꼭 껴안고 일단 불길이 없는 곳으로 계속 달렸지요. 남편은 우리를 먼저 도망치게 한 뒤 뭐든 들고 갈 물건을 꺼내 오겠다고 해서 헤어지고 말았습니다. 제가 몇 번이고 불렀지만 소용이 없었습니다."

주위를 살펴보니 오카와 강가까지 와 있었다. 주위는 불길과 혼란을 피해 도망쳐 온 사람들로 가득했다.

"그제야 겨우 조지를 내려서 이불을 풀었습니다. 이제 괜찮단다, 엄마가 여기 있단다, 하고 안심시켜 주려고 했어요. 하지만, 꺼내 보니…… 아이가……."

죽었다고 한다.

"도망칠 때 너무 꽉 껴안았던 겁니다. 아이는 숨을 쉬지 못해 죽어 버린 거고요. 어렵게 화재를 피해 도망쳤는데. 화상은 전혀 입지 않았는데."

어떻게 그날 밤을 보냈는지 기억나지 않아요, 라고 말했다.

"제가 어리석어 조지를 죽게 만들었으니 차마 집으로 돌아갈 수 없었어요. 남편을 볼 낯이 없었어요. 하지만, 그래도 집에는 가고 싶었어요. 죽도록 돌아가고 싶었어요."

"그래서 거리에 사람이 없을 때를 골라 우베에다나로 돌아갔던 거군요."

다에는 고개를 끄떡했다. 공동주택 주민들이 들었던 흐느껴 우는 소리는 유령이 아니라 살아 있는 다에의 목소리였던 것이다. 영혼을 갈가리 찢는 듯한 통곡의 소리였다.

"그 공동주택에는 이미 남편이 없다는 것도 어느새 알게 되었습니다. 살아 있다면 나와 조지를 찾을 때까지 그곳을 뜰 사람이 아닙니다. 그래서 죽었구나 하고 생각했어요. 결국 화재 현장에서 영영 헤어지게 된 겁니다. 아마 연기에 휩싸였겠지요. 너무 고통받지 않고 떠났으면 좋으련만."

그랬던 것 같습니다, 라고 이치베에는 말했다. 자세한 상황은 모르지만 그렇게 말해 주고 싶었다.

"몇 번인가 죽으려고도 했지만 인간이란 게 참 한심해요. 죽지 못하겠더군요. 게다가, 내가 죽으면 남편과 조보에게 누가 공양해 주나, 라는 생각이 들더군요. 남편은 조보를 죽인 나를 아마 꾸짖겠지요. 그리고 무연고 무덤으로 만들어 버리면 내가 나중에 죽었을 때 그이를 볼 낯이 없겠지요. 지금도 볼 낯이 없긴 하지만, 더더욱 없겠지요. 그건 싫었어요. 죽는 건 언제라도 죽을 수 있다, 조지의 무덤을 만들고 나서 돈을 모아 어느 절에 맡길 수 있게 되면 죽자, 하고 생각했던 거예요. 다행히 저는 밥벌이가 있기 때문에 혼자서도 먹고살 수 있었습니다."

"아들 조보는 지금 어디에 있는 거요?"

이치베에의 물음에 다에는 희미하게 웃었다. 어미의 웃음이었다.

"내내 같이 있었어요. 지금은 제가 사는 공동주택 방바닥 밑에. 이제까지 아무한테도 들키지 않았어요."

다에는 힘없이 기침한 다음 물을 마시고 싶다고 했다. 이치베에는 봉당으로 내려가 다완 가득 물을 담아 주었다. 다에는 고맙다고 인사하고 물을 다 마신 뒤 이야기를 계속했다.

"그 아이……, 어른께서 돌보고 계신 조보는 제 아이가 아닙니다."

이치베에는 천천히 고개를 끄덕였다.

"제가 뭐에 씐 거예요." 다에는 속삭이듯이 말했다. "하지만, 그렇게 하지 않고선 견딜 수 없었어요."

화재 후 처음으로 방을 빌린 아카시초의 공동주택 건너편에 날품팔이 목수 부부가 살고 있었다. 자식이 많은 집이었고 조지는 다섯째였다고 한다.

"갓난아기였어요." 다에는 말했다. "태어난 지 얼마 안 된…….

이 년 전 얘기입니다. 본명도 물론 조지가 아닙니다. 그건 그 아이를 데리고 나온 뒤에 제가 붙인 이름이에요."

가난한 집에 자식이 많다는 말을 고스란히 보여 주는 날품팔이 목수 집에서는 부부싸움이 끊이지 않았다. 자식들은 늘 굶주렸다. 그걸 보는 다에의 마음에 한 가지 생각—꺼지지 않고 계속 타오르는 양초처럼 파르스름하고 뜨거운 생각이 떠올랐다.

"그 집 아주머니는 자식이라면 지긋지긋하다고 했어요. 그래서 생각했죠. 그렇다면 나에게 막내를 달라고. 죽은 조지 대신 귀하게 키울 테니까. 제가 정신이 이상해졌던 건지도 모릅니다. 지금도 여전히 정신이 이상한지도 모르죠."

갓난아기를 훔치려고 신중하게 때를 기다렸다. 그리고 그 어처구니없는 다에의 계획은,

"막상 해 보니 어이없을 정도로 쉬웠어요. 그 아이를 데리고 후카가와로 건너가 방을 얻었지요. 내 자식이라고 하니까 아무도 의심하지 않았습니다. 남편과는 사별했다고 했죠. 그렇게 오늘까지 살아온 겁니다."

행복했다고 꿈을 꾸는 듯이 중얼거렸다.

조지에게 그 미아 방지 목걸이를 걸어 준 까닭도, 그렇게 하면 전에 잃은 것을 전부 되찾은 듯이 느껴졌기 때문이라고 했다. 이치베에는 불쌍한 마음에 목이 멨다.

"그 미아 방지 목걸이를 보면 그 끔찍한 화재고 뭐고 다 없었던 일처럼 느껴졌어요. 그리고 저는 만에 하나라도 조지가 미아가

되는 일은 없을 거라고 믿었으니까요."

그러나 그 만에 하나가 일어나 백중절 시장에서 조지를 잃어버린 그날 밤부터 그 미아 방지 목걸이는 다에의 목을 죄는 것이 되었다.

"조지를 찾아준 사람이 아마 고개를 갸웃거리겠구나 하고 짐작했습니다. 함부로 찾아다닐 수 없었어요. 이 미아 방지 목걸이는 뭐냐고 추궁당하면 뭐라고 하나……. 조금만 조사하면 내 아들 조지가 지금껏 그 나이로 있을 리 없다는 것이 금방 밝혀질 텐데. 그럼 남의 자식을 훔친 사실도 드러날지 모른다. 하지만 조지는 되찾고 싶다. 그래서 미쳐 버릴 것 같았습니다."

미아석 옆에서 흘리던 다에의 눈물은 핏빛을 띠고 있었다고 이치베에는 생각했다.

"제가 다에라는 것을 어떻게 아셨죠?"

"당신의 손."

사찰 경내에서 쓰러진 다에를 일으킬 때 그녀의 손바닥에 무수히 박혀 있는 못을 보았다.

"출장 이발을 나갈 때 도구함을 들고 걸어가겠지요. 그러다가 박힌 못이라고 생각했습니다. 게다가 당신은 피부가 희고 용모 단정한데 손가락은 꽤 억세 보이더군요. 손톱은 기름이 배어 윤이 나고. 아, 이건 이발사의 손이구나, 하고 생각했다오. 그래서 짐작했던 겁니다."

가장 시간이 걸린 점은 다에의 입에서 갓난아기의 친부모 이름을 알아내는 것이었다. 다에는 한참을 울었고 최후의 저항이라는 듯 쉽게 말하려 하지 않았다.

"조지는 돌려보내는 건가요?"

"그렇게 되겠지."

"그 부부는 돌려주지 않아도 된다고 말할 게 틀림없을 텐데요?"

이치베에는 탄식했다. 괴로운 일이지만 말해 주어야 했다.

"아카시초 근방을 돌아다녀 보았다면 그 목수 부부가 지금도 아이를 찾고 있다는 사실을 알았을 거요. 미아석에도 틀림없이 그 아이를 찾는 공고가 붙어 있겠지. 당신도 알 거요. 부모는 다 그렇지."

다에는 오열했다. "조지를 한 번만 보게 해 주시겠어요?"

"그건 안 됩니다." 이치베에는 말했다. "안되고말고."

다에는 하염없이 울었다.

이치베에가 열심히 손을 써서 다행히 다에는 처벌만은 면할 수 있었다. 아카시초의 목수 부부는 실종된 갓난아기가 두 살 아이가 되어 돌아온 것에 약간의 당혹감과 두려움을 숨기지 못했지만 이치베에가 생각한 대로 진심으로 기뻐하는 모습을 보였다.

하지만 조보는 어떨까, 하고 이치베에는 생각했다. 네 엄마는 다른 사람이었단다ㅡ.

다에가 조보와 살던 공동주택을 찾아가 보니 과연 그 옆에 통장이의 집이 있었다. 조보가 '통장이 아줌마'라고 하며 그리워하던 부인은 저간의 사정을 전해 듣자 다에를 위해 울어 주었다. 방바닥 밑에 잠든 조지를 꺼내 장사 지내는 것도 도와주었다.

이치베에는 그제야 왠지 구원을 받은 기분이었다. 아주 조금이긴 하지만.

조지가 친부모에게 돌아간 뒤 쓰야가 힘없이 툭 내뱉은 말이 있다.

"저기, 관리인님."

"왜."

"저는요, 그 부모를 찾지 못했으면 좋겠다고 생각한 적이 있어요. 벌을 받겠죠, 틀림없이."

이치베에는 잠자코 있었다. 그리고 미아석에 나붙은 많은 공고를 떠올렸다.

거기에 다에와 쓰야의 이름을 적어 주고 싶은 심정이었다.

제 7 화

마이 루 고 양 이 다

❖ 에도 시대의 소방대

에도 시대 중기에 '마치'에 자율소방대 48개 패가 정비되었다. 48개 자율소방대에는 약 1만 명의 대원이 있었다고 하며, 운영 경비는 지주, 건물주, 부유한 상인 등이 부담했다.

48개 패는 저마다 깃발 디자인을 달리하여 서로를 구별했다. 소방수는 평소 비계공 일, 목공, 도로 건설·정비, 상하수도·토목건축 공사에 종사하는 기술자를 뜻하는 '도비'들이었다. 당시 소방 활동의 기본은 불길이 번질 것으로 예측되는 건물—대개 불타는 집에서 두세 번째 이웃집을 미리 부수어 없애서 불길을 차단하는 '파괴 소방'이었고, 물을 뿌리는 방법은 화재 초기 단계에서나 유효했다. 따라서 건물의 구조와 조립 방법을 잘 아는 도비들이야말로 소방 활동에 최적화된 집단이었다.

이들은 위세가 대단해서 스모 선수들과 집단 싸움을 벌일 정도로 '거친 사내'들이 많았다고 한다. 그리고 지붕 위로 올라가는 깃대 담당은 패에서 가장 잘생기고 키가 크고 젊은 대원이 맡는 것이 통례였다. 시중에 그런 사내가 보이면 패의 대장은 깃대 담당으로 삼으려고 권유에 정성을 들였을 정도. 에도 시대 후기에는 남성의 멋과 기개를 보여 주는 집단으로 인식되어 일반 남성들이 동경하는 분위기가 있었다.

화재 현장에 소방수 패가 출동하면 제일 먼저 작업할 건물, 즉 불타는 집의 두세 번째 이웃집의 지붕에 깃대 담당이 올라가 패의 깃대를 흔들어 소속 패를 알리고 작업을 지시한다. 화재 최전선에 깃대를 세우는 셈인데, 대원들은 깃대 담당을 위험에 빠뜨리지 않고 패의 명예를 지키기 위해 지목된 건물을 최대한 빨리 파괴해야 한다.

깃대 담당이 지붕 위에 깃대를 세워서 철거할 건물을 지정하면, 밑에서는 소속 패 이름이 적힌 나무 팻말을 단 바지랑대를 그 집 앞에 세워서 작업 현장임을 알린다. 그 뒤에 다른 패들이 잇달아 도착하면, 도착한 순서대로 바지랑대를 나란히 세운다. 나중에 이 바지랑대가 세워진 순서를 보면 어느 패가 가장 먼저 도착해서 공을 세웠는지 알 수 있어 포상의 근거가 되기도 했고, 소방 작업의 주도권을 놓고 패 간에 싸움이 벌어지기도 했다. 단, 화재 현장을 근거지로 하는 소방수 패는 제일 먼저 현장에 도착하는 것이 당연하므로, 다른 동네에서 달려온 패에게 감사와 존경의 뜻을 표하는 의미에서 자신들의 장대를 맨 뒤에 세우는 것이 관례였다.

1

분지는 창처럼 내리꽂히는 소나기 속에 서 있다.

아버지의 구타가 무서워 집으로 들어가지 못하고 후려치는 듯한 장대비와 벼락 속에서 벌써 반각 가까이나 서 있다. 꼭 닫힌 눈꺼풀 속에서도 벼락이 번쩍이고, 지축을 흔드는 듯한 천둥소리는 양손으로 막은 귀의 밑바닥까지 전해졌다. 그래도 분지는 끅끅 울면서 공동주택 입구인 기도木戸_{공동주택에도 목제 출입문 기도를 두었다}의 엉성한 처마 밑에 서서 움직이려고 하지 않았다. 움직일 수가 없었다. 방에서 아버지가 술을 마시고 있기 때문이다.

분지는 거기서 그렇게 헌옷 행상을 하는 어머니가 돌아올 때만을 기다리고 있다. 엄마가 행상을 다니는 길은 대강 안다. 아마 지금쯤은 3초메 담뱃가게 처마 밑에서 비를 긋고 있을 것이다. 그 얄미운 지배인이 엄마를 떠돌이 개 몰아내듯 처마 밑에서 쫓아내지만 않는다면.

분지는 방으로 들어가 여기저기 살이 부러지고 기름종이가 찢어진 우산을 집어 들고 엄마를 마중 나가고 싶었다. 그 생각을 몇 번이나 했는지 모른다. 하지만 그럴 수 없었다. 찢어진 장지문을 열고 우산으로 손을 뻗을라치면 아버지가 이 빠진 주발을 던질

게 틀림없기 때문이다. 당장은 재빨리 도망칠 수 있겠지만 엄마와 같이 돌아오면 아까는 왜 내뺐느냐고 소리 지르며 더 심한 짓을 하기 때문이다. 우물가 기둥에 꽁꽁 묶어서 하룻밤 방치해 둘지도 모른다. 분지는 그런 일을 한두 번 당한 것이 아니었지만, 욱하면 무슨 일을 벌일지 알 수 없는 아버지의 성질을 잘 아는 공동주택 이웃들은 한 번도 분지를 도와주지 않았다.

분지는 벼락이 무서워서 소리 내어 울었다. 울음소리는 천둥소리가 감춰 주었다. 볼을 흐르는 눈물은 빗물이 감춰 주었다. 굵은 빗방울은 얇은 옷을 통해 분지의 창백한 피부를 매섭게 때렸지만 아버지 주먹에 비하면 쓰다듬어 주는 거나 마찬가지였다. 그래서 일곱 살 분지는 물고기 배때기처럼 핏기 없는 발가락을 진흙에 박은 채 비가 그칠 때까지 서 있다. 끈기 있게 서 있다. 빗물이 몸을 차디차게 식혀도 그대로 서 있다―.

그 장면에서 흠칫하며 잠에서 깨어났다. 현재 열여섯 살이고 외톨이인 분지는 얇은 담요 위에서 눈을 번쩍 떴다.

'또 꿈을 꾸었구나…….'

가위 눌리다가 발로 차 버렸는지 여기저기 기운 이불옷이 발치에 둘둘 뭉쳐 있다. 이러니 오한이 든 것이다. 잠옷 앞섶은 맥없이 풀어져 있고 얼굴이며 가슴도 땀에 흠뻑 젖었지만 그 땀은 더워서 흘린 땀이 아니라 식은땀이었다. 밤공기가 서늘해서 분지는 한 번 재채기를 했다.

뜻밖에 요란하게 터진 재채기 소리에 분지는 목을 움츠리고 귀를 세웠다. 위에서 자는 가쿠조는 나이 탓인지 묘하게 귀가 밝다. 하지만 잠시 가만히 있어도 아무런 기척이 없어서 일단 마음을 놓았다. 가쿠조는 잔소리하는 일이 거의 없는 주인이지만 잠을 방해받는 것은 몹시 싫어한다.

가쿠조는 벌써 환갑에 가까워졌지만 아무리 봐도 홀아비다. 아내나 자식이 있는지, 혹은 있었는지조차 분지는 알지 못한다. 이 히사고야를 혼자 꾸리고 늘 뚱한 얼굴을 하고 있다. 간이식당 주인이란 사람이 저래도 되나 싶을 정도로 무뚝뚝하다. 단골손님들하고도 잡담 한마디 나누는 일이 없다.

별종이라면 별종이라고 할 수 있다. 외롭다는 말을 모른 채 지금까지 살아왔는지도 모른다. 동물을 싫어해서 강아지 한 마리 키운 적 없고 금붕어 장수에게조차 좋은 얼굴을 한 적이 없을 정도이니 사람이라는 동물 또한 싫어하는 건지도 모른다.

사실 그런 주인이기 때문에 분지도 그럭저럭 버티고 있다. 이것저것 캐묻는 사람이라면 사흘도 일하지 못했을지도 모른다.

분지는 가만히 잠자리에서 나와 봉당으로 내려가 물을 마셨다. 땀은 말랐지만 목이 말랐다. 꿈은 아직도 목덜미 근방에 들러붙어 있었다.

봉당은 차갑게 식었다. 분지는 계절이 달라졌음을 피부로 느꼈다. 벌써 가을이다.

히사고야에서는 벌써 열흘 전부터 전채로 유자된장 무침을 내놓고 있다. 모레부터는 다라다라 축제9월 11일부터 21일까지 에도 시바다이진구 신사에서 십일일 동안 열리는 축제. 기간이 길어서 다라다라[=따분하게 늘어지는] 축제라 불렸는데, 인기 있는 신사여서 참배객이 많아 문전성시를 이루었기 때문에 기간이 길었다. 축제 동안 신사에서는 나쁜 기운을 물리쳐 준다는 생강을 팔았다. 본래 신사 주변은 유명한 생강 산지였다가 열려서 길상물을 좋아하는 가쿠조를 위해 분지도 생강을 사러 나간다. 달력은 사정없이 넘어간다. 그래, 벌써 가을이구나. 그렇게 생각하니 마음이 오그라드는 듯했다.

재작년 이맘때만 해도 기분이 좋았다. 일 년만 지나면 어엿한 어른의 모습으로 비계에서 비계로 겅중겅중 뛰어다니고 있겠지. 그러다가 비상종 난타하는 소리가 들리면 대장을 따라 화재 현장으로 달려가겠지, 하면서.

그런데 지금 이 꼴이 뭐냐.

밥도 팔고 술도 파는 간이식당 히사고야에서 비쩍 마른 늙은이 가쿠조에게 혹사당하고 있다. 밤에 문을 닫은 뒤에는 야간 경비를 위해 이 비좁은 방에 누워, 머리 위를 앵앵거리는 파리를 쫓거나 틈새 바람을 맞으며 잠을 잔다.

이게 무슨 꼴이냔 말이다.

분지는 한숨을 지었다. 한숨의 꼬리가 희미하게 떨린 것 같았고 그래서 더 비참한 기분이 들었다.

나는 소방수가 될 사람이었다. 지금쯤 소방수로 활약하고 있어야 했다. 평대원으로 출발하겠지만 머지않아 사다리 담당이 될 테고, 언젠가는 화재 현장 맨 꼭대기에 올라가 소방 깃대를 휘두르게 될 것이다. 꼭 그렇게 되고 말겠다고 결심했다.

그런데 지금은 이렇게 식은땀을 흘리다 깨어나 맨발로 봉당에 내려와서 서늘한 밤기운에 옹송그리고 있다.

그러니까 어릴 시절이 꿈에 보이는 것이다. 그때도 지금처럼 비참했으니까.

지금처럼 겁쟁이였으니까.

열 살 때까지 거의 매일 밤 담요를 적셨다. 무서운 꿈을 꾸면 엄마 이불옷으로 파고들었고, 그 때문에 또 아버지한테 얻어맞곤 했다. 술버릇 나쁘고 날품팔이 목수 일로 버는 몇 푼 안 되는 돈도 모두 술값으로 써 버리는 아버지의 악쓰는 소리는 어린 분지에게 무엇보다 무서운 것이었다.

그 아버지도 이제 이승에 없다. 사 년 전에 죽었다. 술에 취해서 요란하게 코를 골며 자다가 그대로 눈을 뜨지 않았다. 아버지가 죽어서 어머니도 이제야 조금 편하게 살 수 있겠다 싶었는데 그로부터 반년도 지나기 전에 아버지를 따르듯이 죽고 말았다. 고통을 지팡이 삼아 근근이 버텨 온 사람이라 막상 고통거리가 사라지니까 쓰러져 버린 게지, 라고 공동주택 아주머니들 가운데 누군가가 말했다. 이렇게 비참한 이야기도 없을 거라고 분지는 생각했다.

분지는 그렇게 외톨이가 되었다. 어머니에게는 형제가 많았지만 모두 가난뱅이뿐이었다. 그래도 혼자 남은 조카를 나름대로 돌봐 주어서 부모 없는 외톨이 신세는 면할 수 있었다. 다만 앉은자리 데울 새 없이 이집 저집 돌림을 당해야 했다. 분지에게 삼촌과 이모 들은 성질 급한 센베 과자집 주인 같은 사람들이었다. 젓가락 끝으로 쉴 새 없이 분지를 찌르고 뒤집고 이리 굴렸다 저리 굴렸다 했으니까.

분지가 열세 살 된 해 겨울, 그때 신세를 지고 있던 삼촌 집 근처에서 화재가 일어났는데 마침 불어온 북풍을 타고 동네가 네 곳이나 불타 버린 대화재로 커졌다. 삼촌 일가는 겨우 목숨만 건졌고 집은 홀랑 타고 말았다. 에도 시중에서는 화재가 잦다지만 분지도 이렇게 호되게 당한 적은 처음이었다.

그리고 이때 처음으로 소방수들을 가까이서 보았다.

지금도 또렷이 기억한다. 핫피직공, 하인, 소방수 등이 걸치는 겉옷으로, 옷고름이 없고 소매통이 넓어 일하기에 편하다를 입고 가죽 두건을 쓴 작은 사내가 사다리도 거추장스럽다는 듯이 빗물받이통빗물을 받아 둔 나무통으로, 마치마다 소방용으로 일정 개수를 길가에 비치하는 것이 의무였다을 딛고 가볍게 지붕으로 올라가는 모습을. 어디로 도망쳐야 하는지 몰라 우왕좌왕하는 사람들을 헤치고 구경꾼들도 밀어젖히며 현장으로 달려드는 남자들을. 휘두르는 깃대의 장식에 불티가 쏟아져도 움찔하지 않는 깃대 담당의 손을. 비명과 고함 소리, 나무망치로 집을 때려 부수는 소란한 소음 속에서도 누구 하나 못 들을 수 없을 만큼 카랑카랑한 목소리가 화살처럼 똑바로 날아가 여기저기에 바쁘게 지시를 내렸던 것을. 그 목소리의 주인—그 사람이 대장이었다—이 입은 가죽 하오리의 등에 불길이 벌겋게 비치고, 거기에 용 한 마리 문양이 들어가 있던 것을.

그야말로 꿈같은 장면이었다. 두려움도 모른 채 넋 놓고 구경했다. 그러다가 결심했다. 어른이 되면 꼭 소방수가 되겠다고.

이모와 삼촌 들에게 그 이야기를 하자 다들 코웃음을 쳤다. 특히 큰삼촌이 노골적이었다. 너처럼 매가리 없는 녀석이 잘도 소방수가 되겠다, 라고 하며 사정없이 무시했고 분지가 대꾸하면 거의 두 번에 한 번꼴로 손찌검을 했다. 삼촌들로서는 누이동생과 그 술주정뱅이 남편이 일찍 죽는 바람에 군식구 하나를 떠안게 되었으니 달갑지 않을 수밖에 없었고, 게다가 그 군식구를 먹이는 것도 힘든 판에 그런 꿈까지 응원해 줄 수는 없었을 것이다.

하지만 아무리 냉담하게 비웃음을 받아도, 아무리 무시를 당해도 꿈을 포기할 수 없었다. 거기에 분지의 전부가 있었다. 술에 취해 사는 아버지가 무서웠던 것, 어머니가 눈물로 살다 간 것, 우물가 기둥에 묶인 뒤 배고파 죽을 뻔했던 것, 이모와 삼촌 들에게 눈총받고 사촌들에게 구박받은 것까지 전부 털어 버릴 수 있게 해 주는 것이 거기에 있었다. 그것이 분지의 지팡이가 되었다.

그 후 꼭 재작년 가을 이맘때였다. 그 꿈의 한 자락이 분지의 머릿속에서 나와 소매를 끌고 그가 걸어가야 할 방향을 일러 준 것이.

2

그때 분지는 둘째 외삼촌 집에서 지냈다. 아자부 우동자카 고개 초입에 있는 작지만 알찬 종이가게였다. 종이 장사를 하자면 완력이 필요하고, 손이나 입술은 메마르고 피부도 상한다. 이 집에는 분지보다 나이 어린 딸만 둘 있고 남자가 부족했으므로 분지는 부려먹기 좋은 일꾼이었다. 일에 치여 원하는 대로 외출도 못 하고 하루 일이 끝나면 쓰러져 잘 뿐이었다.

그런데 그 집에서 갑자기 데릴사위를 들이게 되었다. 사위는 대부업자의 차남으로, 덕분에 종이가게는 갑자기 재정이 좋아졌다. 마음만 먹으면 일꾼도 고용할 수 있었다. 분지에게는 자유를 얻을 유일한 기회처럼 보였다. 그 집에 들어온 데릴사위 또한 아무리 사촌이라지만 분지 같은 식객이 한 지붕 아래에 있는 것을 그다지 좋게 보지 않는 것 같기도 해서 이런 사정을 잘 이용하면 쉽게 이 집을 탈출할 수 있겠다고 생각했다.

그의 짐작은 적중했다. 종이가게 주인은 무급 일꾼을 내보낼 수 없는 듯한 기색이었지만 사위에게는 따로 생각이 있었다. 분지를 어디 다른 곳으로 취직시키자고 말한 것이다.

분지는 겉으로는 동의하는 얼굴을 하고 있었다. 그리하여 드디어 결혼이니 뭐니 해서 종이가게 사람들의 관심이 다른 데로 쏠려 있던 어느 날 밤 참새 눈물만 한 저금과 옷 보따리 하나를 안고 집을 나왔다.

갈 곳은 생각해 두었다. 분지의 일방적인 계획일 뿐이었지만 갈 곳이 있었다. 어디든 좋으니 도비 패가 보이는 대로 찾아가, 처음에는 어떤 허드렛일을 해도 좋으니 써 달라고 부탁하는 것이다. 달리 갈 데도 없다, 가족도 없다, 써 주지 않으면 길바닥에 쓰러져 죽는 수밖에 없다고 버티는 것이다. 기술 좋은 도비가 되고 싶기도 하지만 무엇보다 소방수가 되고 싶다고 간절하게 호소한다면 분지의 열의를, 크고 단단한 꿈을 어느 도비 패 대장 중 한 사람쯤은 알아줄 것이다.

될 대로 되라는 식으로 보이는 열네 살 소년이 그런 태도로 목적을 이루는 데는 닷새가 걸렸다. 단단히 마음먹은 분지도 허기와 피로로 휘청거렸다.

분지를 받아 준 사람은 강 건너 후카가와 부동명왕당不動明王堂 옆에 사는 이스케라는 우두머리 도비였다. 처음에는 허드렛일이나 해야 할 텐데 그래도 해 보겠어? 라는 이스케의 말에 분지는 땅바닥에 이마를 찧으며 절을 했다. 너무 기뻐서 눈물이 났다.

소방수 패는 오카와 강 서쪽에 열 개 패가 있고 강 동쪽의 혼조 후카가와에는 열여섯 개 패가 자리 잡고 있다. 분지도 그 정도는 알고 있었다. 하지만 막상 패에 들어가 보니 이스케 패는 도비 패로서도 규모가 작은 편이고 소방수 패 중에서는 격이 가장 떨어진다—라기보다는 소방수 패로 인정받지 못하는 말석의 지위를 갖고 있을 뿐이라는 것을 알았다. 그래서 분지는 밥도 넘기기 힘들 정도로 낙담했다.

그러자 이스케가 웃으며 말했다. "처음에는 맨 밑바닥 패의 일개 인부로 시작하더라도 계속 그 상태로 남아 있는 건 아니다. 네 마음가짐과 노력에 따라서는 다른 패나 다른 대장에게 연결해 줄 수 있어. 평대원도, 사다리 담당도 될 수 있어."

분지는 그 말을 믿었다. 그러자 다시 살 것 같았다. 밥 짓기, 빨래, 이불 널기, 이스케의 어깨를 주무르는 일까지 하며 몸을 아끼지 않고 일했다. 도비 기술도 어깨 너머로 조금씩 배웠다. 꿈은 이루어진다. 적어도 그 입구에는 섰다. 이제 남은 일은 걷든 달리든 앞으로 나아가는 것이었다.

하지만 다른 누구도 아닌 분지의 마음이 그 꿈을 배반했다.

작년 봄이었다. 달이 환한 쾌청한 밤이었다. 미지근한 먼지바람이 강하게 불어 여기저기 문들을 덜컹거리게 했다.

불이 시작된 곳은 후루이시바의 상가 한쪽이었다. 불은 바람을 타고 금세 기바 쪽으로 번질 기세였다. 수로가 많은 곳이기는 해도 일단 불길이 거세어지면 좁은 수로쯤은 쉽게 건너서 번지고 만다. 더구나 기바는 목재가 막대하게 쌓여 있는 곳이다. 일단 불길이 번지면 손쓸 길이 없어진다.

소집을 받자 이스케는 얼마 안 되는 수하를 데리고 출동했다. 분지 또한 따라와도 좋다는 허락이 떨어졌다.

"절대로 나한테서 떨어지지 마라. 불에 가까이 가지 마라. 공연한 짓은 하지 마라. 지시한 것만 하면 돼."

분지는 가슴이 일찌감치 쿵쾅거리는 것을 느끼며 이스케의 지시를 들었다. 멀리서 혹은 가까이서 미친 듯이 때리는 비상종 소리가 분지의 머릿속에서도 울리고 있었다.

'오늘 처음으로 공을 세우는 거다.'

어린애 같은 패기가 있었다. 이스케의 지시를 명심하긴 했지만 나만은 괜찮다는 자부심도 있었다. 나는 소방수가 되는 것이 꿈이었던 사람이다. 무엇이 두려울까.

그러나―.

바람과 화염과 비명, 집을 부술 때 나오는 먼지와 연기 속에서 그런 자부심은 허무하게 사라져 버렸다.

분지는 무서웠다. 어릴 때 만난 대화재에서 겨우 목숨만 건져나와 처음으로 소방수를 눈앞에서 본 그때도 느껴 보지 못한 공포를, 배 속 깊숙이 스며드는 공포를, 처음 출동한 화재 현장에서 맛보았던 것이다.

이스케는 불에 가까이 가지 말라고 경고했다. 분지의 경거망동을 막으려는 말이었을 것이다. 하지만 막상 닥치고 보니 그런 경고는 필요 없었다. 화재 현장으로 들어가 어떤 구경꾼보다 가까이서 불길을 마주하고 그 열기에 볼이 뜨거워지고 보니 몸이 굳어서 꼼짝도 할 수 없었다.

왜지? 왜 이렇게 무섭지? 왜 다리가 움츠러들지? 그렇게 꿈꾸던 순간인데. 그토록 바랐던 일인데. 그 꿈을 조금이나마 이루기 시작한 참인데 왜 이렇게 무서운 거지?

어째서 머리로 생각했던 것처럼 움직여지지 않지?

다행히 대형 화재로는 번지지 않았다. 이스케 일행은 동트기 전에 철수했다.

철수하는 길에 이스케가 말했다. "분지, 너 왜 그래? 꼭 뱀 만난 개구리 꼴이더구먼."

그 순간 실이 툭 끊어졌다. 분지는 소리 죽여 울기 시작했다.

그 뒤로 몇 달 동안 비슷한 일을 두 번 겪었다. 화재 현장에 출동할 때마다 몸이 굳어 버리고 혀는 꼬이고 무릎 아래가 곤약처럼 흐물흐물해져서 몸을 제대로 움직일 수 없었다.

"뭐, 그러다 익숙해지겠지"라고 말해 주던 이스케도 분지의 심상치 않은 소심함에 눈살을 찌푸리게 되었다.

그러다가 작년 말에 결국 통고를 받았다.

"나도 화재 때마다 너를 데리고 다니다가 네가 몸이 뻣뻣하게 굳은 채 불에 타 죽는 것을 볼 수 없다. 오히려 너를 구하려다가 다른 사람들이 위험해지는 꼴도 그냥 보고 있을 수 없고. 분지, 너는 아직 어려. 무리할 거 없다. 잠시 이곳을 떠나 이리저리 생각해 보고 나서 시작해도 늦지 않아. 네가 하고 싶은 일을 하면 돼. 일자리라면 내가 알아봐 줄 수 있다."

분지는 쉽게 수긍할 수 없었다. 어떻게 수긍할 수 있겠는가. 울다시피 하면서 다시 한 번만, 다시 한 번만 기회를 주세요, 라고 매달린 뒤 다음 비상종을 기다렸다.

하지만 다음번에도 결과는 마찬가지였다. 아니, 더욱 나빴다.

어떻게든 참으려고 애썼다가 도리어 재앙을 불러서 분지는 팔에 화상을 입으며 동료에게 구조되었고 그 과정에서 동료도 다치고 말았다.

패로 돌아오자 분지가 뭐라고 하기도 전에 이스케가 말없이 고개를 가로저었다.

그 결과가 지금의 이 생활이다.

히사고야 가쿠조는 이스케와 예전부터 아는 사이라고 했다. 나이 차이는 많이 나지만 서로 편하게 부탁할 수 있는 사이라고. 히사고야에서도 마침 일손이 필요해 젊은이를 찾던 참이라고 했다.

"가쿠조 씨 밑에서 일하며 잠시 더 생각해 보는 게 좋을 거다. 의외로 간이식당이 성미에 맞으면 다행이고."

이스케는 그렇게 따뜻하게 말해 주었지만 속으로는 넌더리를 냈을 것이다. 비웃었을 것이다. 역시 어린애가 하는 말을 곧이곧대로 들은 내가 바보였지, 라며. 분지는 그렇게 생각하자 얼굴이 화끈거렸다.

정월부터 히사고야에서 생활했는데 벌써 가을이 되었다. 분지에게는 아무것도 보이지 않았다. 아무것도 알 수 없었다. 여기서 일하는 것이 성미에 맞는지 어떤지도 알 수 없었다. 화재 현장에 출동한다면 또 벌벌 떨고 말지 어떨지도 알 수 없었다.

아니, 내가 정말 소방수 같은 용감한 사내가 될 수 있을지 어떨지도 알 수 없어졌다.

그래서 그런 꿈도 꿨던 거라고 생각했다. 아버지가 무서웠던 어린 시절의 모습을. 분지 내면에 내내 살아 있는 겁쟁이 모습을.

마음속에 남아 있는 멋진 꿈의 부스러기와 머릿속에서 지워지지 않는 나쁜 꿈의 토막들. 봉당에 우두커니 서 있던 분지는 히사고야 바로 옆을 지나가는 다테가와 강물에 그런 꿈들을 전부 흘려보내고 싶었다.

3

"간밤엔 밤잠을 설치더구나."

동트기 무섭게 일어나 쌀을 씻고 있는데 등 뒤에서 가쿠조의 목소리가 들려왔다.

분지는 잠깐 말문이 막혔다. 역시 밤중에 일어나 부스럭거린 것을 알아챘구나 싶었다.

"죄송합니다."

그러자 가쿠조는 가만히 말했다. "지난밤만이 아니야. 자주 그러더군. 네가 여기서 일하게 된 뒤로 다 셀 수도 없을 정도야."

분지는 식은땀이 났다. 그렇게 심했나.

"바쁜 아침이니 길게 얘기할 수는 없지만 이 말만은 해 두지."

가쿠조는 말을 이었다. 분지가 슬쩍 살펴보니 잠에서 막 깨어나 부은 듯한 얼굴을 하고 있었다. 언제나처럼 표정이 없고 무뚝뚝하게 발치에 흘려버리는 듯한 말투였다.

"너 같은 놈은 많아. 소방수가 되고 싶었지만 그러지 못한 놈들이라면 너 말고도 많다. 그렇게 부끄러운 일이 아니야. 너무 연연하지 마라."

분지는 쌀뜨물에 손을 담근 채 굳었다.

이스케는 분지를 히사고야에 소개할 때 단지 일자리를 찾는 젊은이라고만 설명해 두었다고 했다. 자세한 사정은 알리지 않았다고 했다.

그건 거짓말이었나. 가쿠조는 처음부터 다 알고 있었나.

그러자 가쿠조가 짧은 목을 갸웃거리듯이 하면서 분지를 바라보고 덧붙였다.

"이스케를 원망하지 마라. 그놈도 너를 어떻게든 자립시키려고 걱정이 많다. 그래서 나한테 맡긴 거고."

분지는 목이 조이는 듯한 심정이 들었다.

"그럼, 혹시 여기에서 일손을 찾고 있었다는 얘기는 사실이 아니었던 건가요? 대장님이 부탁해서 저를 받아 주신 겁니까?"

가쿠조는 잠자코 있었다. 그 침묵이 대답이 되었다.

이윽고 가쿠조는 분지를 외면한 채 말했다.

"이 얘기는 네가 이렇게 번민하지만 않았다면 내 속에만 담아 둘 생각이었다. 죽는 날까지."

"죄송합니다." 분지는 고개를 숙인 채 주억거렸다.

"저는 도저히 구제할 길이 없는 겁쟁이예요. 저도 이런 제가 싫습니다."

불쑥 눈물이 터졌다. 그 눈물을 훔칠 의지도 사라져 버렸다.

"이런 저를 어떻게든 바꾸고 싶습니다. 겁쟁이 기질을 없앨 수만 있다면 어떤 일이라도 하겠어요. 아무리 험악한 일이라도, 아무리 나쁜 짓이라도."

"함부로 그런 소리 하는 거 아니다."

가쿠조가 꾸짖었다. 말투가 날카로웠다.

"너무 연연하지 마라. 알겠냐?"

이야기는 그걸로 끝났다. 분지는 입안에서 희미하게 "예" 하고 웅얼거리고 그날 일을 시작했다.

한낮에 하는 일은 평소와 다를 것이 없었고 가쿠조와 더는 그에 관한 이야기를 나누지도 않았지만, 그 이후로는 매일 밤마다 꿈을 꾸었다. 역시 가쿠조가 모든 것을 알고 있었다는 사실이 마음속에 무겁게 가라앉아 있었다. 낮 동안에는 잊을 수 있는 꺼림칙함과 수치심이 밤만 되면 악몽을 불러오는 것이다.

꿈을 꿀 때마다 꼬마 시절처럼 담요에 실례를 한 건 아닌가 하고 당황했을 만큼 식은땀에 흠뻑 젖었고, 때로는 소스라치게 놀라며 깨어났다. 몇 번이나 반복되어도 마음은 결코 적응하지 못했고 꿈은 늘 분지의 몸을 괴롭혔다. 그리고 잠귀 밝은 가쿠조가 한밤중에 자기가 그러고 있는 것을 위층 잠자리에서 어떻게 듣고 있을지를 생각할 때마다 머릿속 가득 비웃음이 울려 퍼졌다. 겁쟁이, 겁쟁이, 겁쟁이—.

그렇게 한 달이 지났을 때 저녁 손님이 뜸해지자 가쿠조가 불쑥 "오늘은 일찌감치 문을 닫자"라고 말했다.

"무슨 일이 있나요?"

"너에게 해 주고 싶은 얘기가 있다."

드디어 때가 되었나, 라는 생각에 분지는 고개를 떨어뜨렸다. 이렇게 골치 아픈 녀석을 계속 곁에 둘 수 없다면서 쫓아내려는 건가.

포렴을 거둬들이고 화덕의 불을 끄자 가쿠조는 분지를 재촉해 좁은 사다리를 올랐다. 분지는 사방등처럼 생긴 이 건물의 이층에 처음 올라가 본다는 사실을 새삼 떠올렸다.

메마른 다다미를 밟으며 방을 가로지른 가쿠조가 종 모양 등에 불을 붙였다. 방 한구석에 담요와 이불옷을 반듯하게 개켜 놓았다. 분지는 검은 연기를 올리며 타는 등불 기름 냄새와 희미한 먼지내를 맡았다.

가쿠조는 반듯하게 무릎을 꿇고 앉은 분지에게는 눈길도 주지 않고 방 서쪽 구석에 있는 반 칸짜리 반침을 연 뒤 몸을 절반쯤 집어넣다시피 한 채 잠시 부스럭거렸다. 이윽고 뒤로 물러나며 반침에서 몸을 뺐을 때는 오른손에 뭔가를 들고 있었다. 분지는 어슴푸레한 방 안에서 시선을 모았다.

"이걸 봐."

가쿠조는 그리 말하며 손에 든 것을 분지의 눈앞에 내밀었다.

'고양이 두건'일반 두건보다 머리를 더 많이 가리고 눈만 보이게 한 두건으로, 속에 석면을 넣

^{어 불에 타는 것을 막았다}이라 불리는 소방용 두건이었다.

꽤 오래된 두건인지 가죽이 접힌 자리의 물이 하얗게 빠졌다. 여기저기가 닳아서 부드러워졌고 안면을 가리는 부분이나 뒤로 늘어뜨려 목덜미를 보호하는 부분의 가장자리는 그을려 있었다. 닳도록 쓴 물건이었다.

"이것은……."

자기도 모르게 중얼거린 분지에게 가쿠조가 고개를 끄덕여 보였다. "내가 쓰던 거야. 예전에 내가 소방수였을 때. 벌써 수십 년 전 얘기지만."

가죽 두건에 복면을 이어 붙인 고양이 두건은 소방수를 상징하는 장비 가운데 하나다. 분지도 잘 알고 있었다.

"주인님도 소방수였습니까?"

가쿠조는 손에 쥔 두건을 천천히 펼치며 어딘지 체념한 투로 "그렇다"라고 대답했다.

"소방수로 얼마나 일하셨어요?"

"글쎄, 이삼 년이었을 거다"라며 희미하게 웃는다. "나는 겁쟁이였으니까."

분지는 말없이 가쿠조의 얼굴을 쳐다보았다. 그러자 가쿠조는 두건으로 시선을 떨어뜨린 채 상의 한쪽을 벗더니 빙글 등을 돌렸다.

분지의 눈이 휘둥그레졌다. 가쿠조의 앙상한 등에 화상 흉터가 여러 개 있었다. 왼쪽 견갑골 바로 위에는 깊이 베였다가 아문 듯한 쐐기 모양의 흉터가 멍처럼 남아 있었다.

"나는 겁쟁이였어." 가쿠조는 상의를 다시 입으면서 고개를 들어 분지의 눈을 쳐다보고 또 그렇게 말했다. "그래서 소방수 패에서 도망쳐 나왔다."

분지는 바짝 말라버린 듯한 목으로 침을 넘기고 겨우 말했다. "그렇게 심하게 다쳤을 만큼 화재 현장에 있었던 주인님이 어떻게 겁쟁이였다는 겁니까."

가쿠조는 다시 눈길을 내렸다. 그러고는 천천히 경이라도 외는 듯한 투로 말했다. "사정상 내가 어느 패에 있었는지는 말하지 않겠다. 왜 그래야 하는지는 너도 잘 알겠지만."

소방수를 꿈꾸며 그 패에 들어간 것은 너와 마찬가지로 열여섯 살이었을 때의 일이다―라고 말을 이었다.

"내 출신도 너랑 별반 다를 게 없어서 의지할 가족도 없었다. 가진 것도 없었고 걱정해 줄 사람도 없었다. 나는 그저 소방수가 되고 싶었다. 너처럼."

그 이후도 다르지 않았다.

"패에 들어가 막상 화재 현장에 출동하자 겁에 질려 아무 짓도 못 했다. 너보다 훨씬 심했을 거다. 나도 나 자신을 알 수 없게 되었지. 왜 그렇게 오줌을 지릴 만큼 겁을 집어먹을까, 도망치고 싶을까―라고 생각하면 내 머리를 박살내고 싶더라."

이러다 곧 익숙해진다, 금방 적응한다, 라고 자신을 속이며 반년을 버텼다. 하지만 전혀 익숙해지지 않았다.

"나는 분했고 비참했다. 배짱이란 걸 돈으로 살 수만 있다면 강도든 살인이든 저질러서 그 돈을 마련할 텐데, 라는 생각까지 했다. 주위 사람들이 나를 보는 눈초리가 점점 싸늘해지는 것도 깨달았다. 아무도 나랑 장난을 치려고 하질 않더군. 이젠 웃으며 등을 다독여 주지도 않아. 너는 틀렸다, 나가 버려, 잘 가라. 누구 얼굴에나 그렇게 쓰여 있었지."

가쿠조는 무릎 위에서 뼈가 불거진 주먹을 꼭 쥐었다. "하지만 나는 포기하고 싶지 않았다."

수십 년이 지났지만 억울함은 조금도 누그러지지 않고 주름살 깊은 가쿠조의 눈꼬리와 입가에 선명하게 떠올라 있었다.

"한참 그러고 있을 때 엉뚱하게도 안마사를 만나게 되었지. 우리 패에 드나들던 노인인데, 그때 이미 일흔이 다 되었어."

직업이 직업인 만큼 인사성은 좋았지만 평소라면 가쿠조 같은 신참은 알은척도 하지 않던 그 안마사가 그때는 무슨 일인지 먼저 다가왔다고 한다. 묘하게 차분한 목소리로 따로 하고 싶은 이야기가 있다고 하며.

"그러더니 처음부터 툭 까놓고 말하더군."

대장님한테 들었는데 당신 이 패에서 쫓겨날 것 같더군. 이대로 가면 당신 때문에 목숨을 잃는 동료가 나올 거라면서 말이야.

"이 늙은이를 확 때려 버릴까 싶었다. 안마사도 내 감정을 눈치챘는지 빙글빙글 웃으며, 자, 자, 화낼 거 없네, 하고 달래더군."

당신에게 득이 될 얘기를 가져왔으니까.

그러고는 품속에서 소방 두건을 꺼냈다.

"그게 이거였다." 가쿠조는 그렇게 말하고 다시 두건을 꼭 쥐었다. "이건 다루마오뚝이처럼 생긴 전통 인형을 가리킨다. 구 년 동안 좌선을 한 달마 대사의 모습을 본떴다고 한다 고양이라는 두건이라더군."

"다루마 고양이?"

가쿠조는 무릎을 앞으로 디밀며 힘없는 등불 아래 그 소방 두건을 내밀었다.

"잘 봐. 위에 고양이 그림을 그려 놓았어. 이젠 거의 다 지워져 버렸지만."

분지는 눈을 가늘게 뜨며 고개를 두건 가까이 숙이고 자세히 살펴보았다. 선만 겨우 남아 있긴 하지만 분명히 온몸의 털을 부풀리며 웅크리고 앉은 채 눈을 감은 고양이가 그려져 있었다. 다리를 몸 밑에 감추고 동그랗게 앉아 있으니까 아닌 게 아니라 다루마처럼 보인다.

이게 신통한 길상물이라네.

"안마사가 그렇게 말하더군. 이 다루마 고양이가 화재 현장에서 당신을 지켜 줄 거야. 이걸 쓰고 가면 겁에 질리지도 않아. 내 목숨이라도 걸고 장담할 수 있네, 라고 말이야."

분지는 가쿠조의 앙상한 턱을 올려다보았다. 가쿠조가 빙긋이 웃었다.

"그때는 나도 믿지 않았어. 사람 놀리지 말라고 짜증을 냈지. 하지만 안마사는 끈질기게 똑같은 말을 하면서, 나는 당신을 도와주고 싶을 뿐이라는 거야. 사실 돈을 받고 팔려는 것도 아니었어. 거저 주겠다고. 한번 속는 셈치고 이걸 쓰고 화재 현장에 가보라면서."

겁에 질린 스스로를 싫어하면서 패에서 쫓겨날지도 모른다는 생각에 안절부절못하던 가쿠조는 결국 그 두건을 받아들었다.

"너라도 그렇게 했겠지. 지푸라기라도 붙잡고 싶을 테니까."

분지는 말없이 고개를 끄덕였다.

"마치 말을 맞춰 둔 것처럼 바로 그날 대장이 나를 부르더군. 얼굴만 봐도 무슨 말을 꺼낼지 알 수 있었어. 나는 눈물을 흘리며 한 번만, 딱 한 번만 더 지켜봐 달라고 애원했다. 그래서 겨우 남을 수 있었지. 대장은 인상을 잔뜩 구겼지만."

"그래서……," 그래서 정말 겁이 없어졌는지 분지는 빨리 알고 싶었다. "그래서 어떻든가요?"

가쿠조는 선선히 대답했다. "안마사 말이 맞았어. 나는 다루마 고양이 두건을 쓰고 나서 거짓말처럼 용감해졌다. 화재 현장이 무섭지 않았지."

분지는 저도 모르게 가쿠조의 손에 있는 낡은 두건을 보았다.

"안 믿어지지? 하지만 사실이다."

"왜죠? 왜 갑자기―."

"다 보였으니까." 가쿠조가 대답했다.

"보여요?"

"그래. 이 두건을 쓰고 나가면 멀리서 비상종 소리가 들릴 때부터, 연기 냄새가 나기 전부터 그날의 화재 현장이 마치 환영처럼 머릿속에 또렷이 떠오르는 거다. 불길이 어떤 식으로 커지는지, 어디로 옮겨 붙는지, 어느 패의 깃대가 어떻게 등장하는지, 구경꾼들은 어느 쪽으로 몰려들지. 전부 보이는 거야. 지주가 어디에 있는 바지랑대를 집어 들고 소방 현장 앞에 어떻게 세우며 다니는지, 그런 것까지 다 보여. 시작될 때부터 끝날 때까지의 화재 양상을 샅샅이 보여 주는 거지."

가쿠조는 눈을 휘둥그레 뜬 분지에게 웃어 보였다.

"나도 처음에는 내 머리가 이상해졌나 싶었다. 하지만 곧 생각을 바꾸었다. 그날의 화재 현장은 내가 환영으로 본 것과 조금도 다르지 않았으니까. 완전히 똑같았어. 그래서 나는 무섭지 않았다. 어느 지붕이 불길에 무너져 내릴지, 풍향이 어떻게 변할지, 어디에 있는 누가 어떤 사고를 당할지 전부 알았으니까. 내가 위험에 빠지지 않으려면, 또 훌륭하게 활약하려면 어디에 위치를 잡아야 하는지 정도도 쉽게 판단할 수 있었지."

며칠 후 안마사가 찾아와 그 두건이 어떻더냐고 물었다.

"당신이 말한 대로였다고 대답하자 안마사는 아주 기뻐하며 웃더군. 지금 생각하면 나는 그 이상하리만치 기뻐하는 얼굴을 보면서 더 경계를 해야 했지만 그때는 그저 의기양양해서 세상에 무서운 게 하나도 없는 기분이 들었지."

안마사는 고맙다고 하는 가쿠조를 제지하면서 이렇게 얘기했다고 한다.

다만 이 두건을 계속 쓰고 있으면 조금 손해를 볼 수도 있네. 하지만 뭐 대단한 손해는 아니야. 당신이 소방수로 이름을 날린다면 그 정도는 괜찮다고 납득할 수 있을 만큼 소소한 대가야. 그러니까 걱정할 거 없네.

어떤 손해냐고 가쿠조는 물었다. 그러자 안마사는 희미하게 웃으며 대답했다.

당신을 싫어하는 사람이 생긴다고 하면 될까.

"그건 주위의 질투를 사게 될 거라는 의미냐고 묻자 안마사는 그냥 웃기만 하더군. 그래서 나는 그렇게 이해하고 말았지. 그리고 그 정도라면 상관없다고 생각한 거야."

가쿠조는 힘주어 고개를 저었다.

"나는 바보였다."

어금니를 꽉 깨문 듯한 목소리로 그렇게 말했다.

"더 캐물었어야 했는데, 그렇게 하지 않았어. 안마사가 왜 그렇게 빙글빙글 웃는지, 아니 애초에 왜 그놈이 안마를 하고 다니는지, 그걸 물어봤어야 했는데."

"무슨 말씀이세요?"

"그 안마사도 예전에 소방수였거든. 그 패에 있던 사람들은 다 그 사실을 알고 있었어. 나도 알았고. 안마사의 목덜미에도 화상 흉터가 여러 개 남아 있었지."

젊은 날의 가쿠조가 안마사에게 한 질문은 왜 이 두건에 그런 신통력이 있느냐, 이 '다루마 고양이'에는 어떤 내력이 있느냐는 질문뿐이었다. 안마사는 대답했다.

나도 자세히는 몰라. 다만 다루마 고양이라 불리던, 백 년이나 묵어서 신통력을 갖게 된 늙은 고양이를 죽여서 그 가죽으로 만든 두건이라더군.

분지가 그 말을 머릿속에서 곱씹을 때 가쿠조가 말했다.

"이 다루마 고양이를 너에게 빌려줄까 한다."

분지는 눈을 크게 떴다.

"네 고생이 이만저만이 아니었지. 그걸 보면서 나도 몇십 년 만에 이걸 반침에서 끄집어낼 마음이 생긴 거다. 네가 전에 말했지. 겁을 없앨 수만 있다면 무슨 짓이라도 하겠다고. 네가 정말로 그럴 수 있는지 시험해 봐라. 이걸 너에게 주마. 이걸 쓰고 화재 현장에 가 보면 된다. 그리고 불길이 잡히면 바로 나에게 돌아와라. 그러고 나서 네가 어떻게 할지를 결정하자."

"제게 이걸……."

"그래. 써 봐. 틀림없이 내가 말한 일들이 일어날 거다. 하늘을 나는 것처럼 기분이 좋아질 거다. 그럼 바로 나에게 와라. 네가 이 다루마 고양이와, 이것이 가져다줄 손해를 저울에 달아서 어느 쪽을 택할지 결정할 수 있도록 도와줄 테니까."

"주인님이 말입니까?"

"그래. 내가 바로 산 증거 아니냐."

가쿠조의 말투는 스스로를 조롱하는 것처럼 들렸다. 입술이 일그러져 있다.

하지만 가쿠조는 이내 정색하더니 분지가 어둠 속에서 두려움을 느끼고 저도 모르게 몸을 뒤로 젖혔을 만큼 날카로운 눈빛을 띠고 말했다.

"분지, 너는 겁쟁이다. 스스로 믿은 것처럼 배포 있는 남자가 아니다. 이대로는 소방수가 될 수 없을지도 몰라. 그게 얼마나 괴롭고 비참한 일인지 나는 아주 잘 알지. 네놈의 고통이 진짜라는 것을 알기 때문에 나도 이렇게 소싯적 얘기를 한 거다. 알겠니?"

분지는 힘주어 고개를 끄덕였다. 몇 번이고 끄덕였다. 그러자 가쿠조는 씁쓸한 표정을 지으며 미간을 찡그렸다.

"하지만 겁쟁이에게는 겁쟁이의 삶이 있다. 잔인하게 들리겠지만 나는 그렇게 생각한다. 네가 고통스러워하는 까닭은 겁쟁이인 자기로부터 어떻게든 도망치고 싶어 하기 때문이야. 무슨 수를 써서라도 도망치고 싶어 하기 때문이라고. 하지만 분지, 그건 진실된 게 아니야. 겁쟁이인 자신을 소중하게 받아주는 길이 어딘가에 틀림없이 있을 거다. 겁쟁이인 자신에게서 도망치면 안 돼. 한 번 도망치면 평생 도망치며 살게 된다. 나처럼."

할 이야기는 여기까지라고 말한 가쿠조는 분지의 손에 다루마 고양이를 쥐여 주고 등을 돌렸다.

이스케를 찾아가 다시 한 번 기회를 달라고 애원하자 생각보다 선선히 받아 주었다. 어차피 또 똑같은 일이 벌어질 거라고 생각했기 때문인지도 모른다.

게다가 분지도 아직은 반신반의했다. 가쿠조의 진지한 말투는 오히려 섬뜩할 정도였지만, 별난 늙은이가 소싯적 이야기를 조금 과장스럽게 늘어놓은 거라고 생각할 수도 있었다.

다루마 고양이는 한낮에 햇빛 아래서 보면 그냥 꾀죄죄한 고물이었다. 써 보아도 특별한 것은 없었다. 가죽이 아주 얇아져서 과연 이게 도움이 될지 의심도 들었다. 이스케가 보았다면 대체 어디에서 그런 고물을 구해 왔느냐고 꾸짖을지도 모른다.

하지만—.

이스케 패로 복귀하고 나서 보름 뒤 축삼시丑三時오전 두시부터 두시 반에 아이오이초 일각에서 불이 나자, 떨리는 손으로 다루마 고양이를 쓰고 이스케를 따라 화재 현장으로 달려간 분지는 가쿠조의 이야기에 한 치의 거짓도 없음을 알았다.

그 환영은 두건을 쓰기 무섭게 나타났다. 마치 분지의 머릿속에서 환각의 꽃이 피어난 것 같았다.

불타는 공동주택이 보였다. 치솟는 불길이 보였다. 용토수펌프식으로 물을 뿜어내는 도구로, 1764년에 막부가 각 마치에 나눠 주었다. 물줄기가 가늘고 자주 끊겨서 큰 도움은 되지 못했다 한 대가 상태가 좋지 않을 뿐 아니라 하필 그 용토수에 불이 옮겨 붙고 평대원 하나가 크게 다치는 장면도 보였다. 어디가 불에 타지 않고 어디가 위험한지는 물론이고 바람과 불티 상태까지 눈에 전부 보였다.

이제 아무것도 무섭지 않았다.

다행히 바람이 없는 밤이라 한때 크게 번졌던 불길을 동트기 전에 진화할 수 있었다. 분지는 어깨를 두드리며 칭찬과 위로를 건네는 주위 소방대 동료들에게 머리 숙여 인사한 뒤 곧장 가쿠조에게 달려갔다. 그을음과 진흙으로 범벅이 된 채, 오른손에는 다루마 고양이를 꼭 쥐고서.

"주인님!"

출입문에 빗장을 질러 놓지 않았다. 가쿠조도 비상종 소리를 들었을 테니 오늘 밤 분지가 출동했으리라 짐작했을 것이다. 그래서 분지가 문을 열고 돌아오기를 기다려 주었다.

"주인님, 해냈어요, 제가 해냈습니다!"

뛰어들며 큰 소리로 부르자 위층에서 목소리가 들렸다. "나 여기 있다."

분지는 하늘을 나는 듯이 계단을 뛰어 올라갔다.

"주인님!"

오늘 밤은 등이 켜져 있지 않았다. 좁은 방을 비추는 것은 손가락 폭만큼 열어 둔 덧창 틈새로 비껴드는 반달 빛뿐이었다.

일어난 가쿠조는 이쪽에 등을 보인 채 침상 위에 앉아 있었다.

"내가 말한 대로였느냐?"라고 물었다.

"말씀하신 대로였어요."

"다루마 고양이가 화재 현장에서 잘 보여 주었나 보구나."

"뭐든지 다요!"

가쿠조의 목소리가 문득 싸늘해졌다. "그럼 너는 이제 어느 쪽을 택할 거지?"

"네?"

"전에 말했지? 다루마 고양이는 너에게 해를 끼칠 거라고. 너는 해를 입더라도 그것을 갖고 싶으냐? 그것이 주는 가짜 용기를 원하느냐?"

"가짜 용기가 아니에요!"

분지는 저도 모르게 거친 목소리로 말했다.

"이건 저에게 구세주예요. 이것 때문에 조금 질투를 받더라도 저는 아무렇지 않아요."

"질투 정도가 아니야." 가쿠조가 낮은 목소리로 말했다. "미움을 산다. 남들과 어울릴 수 없게 돼."

"그런 거, 아무래도 상관없어요."

악을 쓰는 듯한 분지의 말을 지워 버리려는 것처럼 가쿠조가 목청을 돋웠다.

"그럼 보여 주지. 다루마 고양이의 과보를. 이것 때문에 예전에 소방수였던 남자는 안마사가 되었다. 제 손으로 제 눈을 찌르지 않고서는 살 수 없게 되었으니까에도 시대에 대체로 장님은 시력이 필요치 않은 안마 기술을 배워 안마사가 되었다. 그리고 그 안마사는 혼자만 고통받는 것이 억울해서 그걸 나에게 건네주었다. 어리석게도 나는 그걸 붙잡았지. 붙잡은 탓에 처자식도 가져 보지 못하고 소방대에도 있을 수 없게 되고, 외톨이가 되었어. 그럼에도 여전히 밤에는 마음 놓고 잠을 자지 못해. 불빛 없는 곳에서 누군가 내 얼굴을 몰래 들여다보지 않을까 생각하면 목숨이 줄어드는 것 같으니까."

"……주인님?"

"봐라, 이게 다루마 고양이가 내리는 응보다."

가쿠조가 돌아앉았다. 분지는 그의 두 눈이 희미한 달빛밖에 없는 어둠 속에서 샛노랗게 황황히 빛나는 것을 보았다. 흡사 고양이 눈 같았다.

그날 동틀 녘이 다 되었을 때 히사고야 이층에서 불이 났다. 불은 묘하게 살아 올라 히사고야를 다 태우고 꺼졌다. 다만 이웃에는 전혀 옮겨 붙지 않았다.

잿더미에서 까맣게 탄 사체 하나가 나왔다. 가쿠조로 짐작되었다. 등에 쓰는 기름 냄새가 진했다. 방화로 보였다.

사람들은 의아해했다. 가쿠조가 머리에 가죽 두건을 쓰고 벗겨지지 않도록 턱 밑 부분을 꼭 누른 채 죽은 점을. 기름 냄새가 특히 그 가죽 두건에서 심하게 난 점을.

다만 분지만은 이상하게 생각하지 않았다.

'분지, 도망치지 마. 한 번 도망치면 평생 도망치며 살게 돼. 나처럼.'

그 말만이 자꾸 되살아나 귓전에 울렸다.

제8화

고소데의
손

1

이젠 너도 자기가 입을 고소데 정도는 스스로 알아보고 구입할 수 있으면 좋겠다 싶어서 오늘은 혼자 외출하게 했는데, 그래, 어땠니? 아까부터 아주 기분 좋은 얼굴이던데.

좋은 옷을 건졌다고? 엄마가 해 준 이야기를 단단히 명심하고 정말 신중하게 다녀왔겠지?

어디까지 가 봤니? 오, 우시고메까지 가 봤다고? 돌아오는 시간이 늦었던 데다 네가 본래 꼼꼼한 아이라서 혹시 그러지 않았을까 짐작했지만, 정말 발품을 꽤 팔았구나.

우시고메의 어디까지 갔니? 거기는 헌옷가게들로 유명한 곳이라 가게가 많을 텐데. 후루카와바시 다리맡 한길 왼쪽의 세 번째 가게? 옆에 염색집이 있다고? 통 짐작이 안 가네. 엄마도 그쪽에는 오랫동안 가 보지 않아서. 그렇다면 새로 생긴 가게이겠구나.

어디 좀 펼쳐 보렴. 엄마도 좀 보자.

오오…….

이건 이요조메_{나뭇결처럼 보이는 줄무늬 염색 직물}로구나. 이번에도 아주 차분한 쥐색을 골라 왔네. 물론 검은 공단_{고소데의 허리띠나 목깃에 자주 쓰였다}에는 잘 어울릴지 모르지만, 그게 너한테 어울리려나. 로코차_{일본}

전통 염료색 명칭으로, 갈색에 가까운 색이다가 훨씬 더 낫겠다.

어머, 히쭉히쭉 웃는구나? 미리 못 박아 두지만 아무리 세상에서 유행한다고 해도 엄마는 네가 기모노 자락 밖으로 히지리멘오글쪼글한 심홍색 직물이나 유젠 무늬산수, 꽃 등을 화려한 색채로 나타낸 문양 나가주반기모노 속에 입는 긴 옷을 칠칠맞지 못하게 드러낸 채 밖을 돌아다니게 할 생각은 요만큼도 없단다. 골난 척해 봐야 소용없어. 알겠니? 그런 미즈차야신사나 사찰의 경내나 인파가 많은 길가에 위치한, 차를 마시며 쉬는 다방 같은 곳 여자 같은 짓을 하다가는 평생 시집도 못 갈 거다.

그런데 너, 이걸 얼마에 사 왔니? 어머, 정말 싸네. 그래서 아까부터 그렇게 정신 나간 아이처럼 실실 웃었구나.

알았다. 그래, 엄마도 네 말대로 정말 싸다고 생각해. 그러니까 이 고소데를 꼼꼼히 살펴볼 수 있도록 잠깐 혼자 있게 해 주겠니?

아니, 무슨 트집을 잡으려는 건 아니야. 우리 딸이 얼마나 물건을 잘 사 왔는지 찬찬히 살펴보고 싶어서 그래.

게다가 오늘 저녁엔 가게가 엄청 바쁠 거거든. 하시리소바완전히 익지 않은 메밀을 수확해서 만든 국수를 먹으러 오는 손님이 많으니까. 그러니까 지금부터 아빠를 도와서 기분 좋게 해 드리면 다음번에는 허리띠도 하나 사 달라고 할 수 있을지 모르잖니.

자, 엄마 말대로 얌전히 저쪽으로 가 있으렴.

오쓰루니? 좋아, 들어와.

어머나, 왜 갑자기 소리는 지르고 그래? 아무튼 앉아 봐. 그래,

물론 네가 사 온 고소데를 엄마가 해체했지. 하지만 다 이유가 있단다. 지금부터 그 이유를 얘기해 줄 테니까 울더라도 엄마 얘기 다 듣고 나서 우는 게 어떻겠니? 이런, 휴지 줄 테니까 눈물 좀 닦아.

오쓰루, 엄마가 지금부터 하는 이야기를 믿고 안 믿고는 다 네 마음에 달렸어. 하지만 엄마는 얘기해 주는 게 좋겠다고 생각해서, 다 너를 위한 일이라고 생각해서 얘기해 주는 거야.

뭐라? 엄마는 만날 그런다고? 그렇지 뭐. 엄마라는 사람들은 엄마가 되는 순간부터 그렇게 되어 버리니까. 다 부처님이 주관하시는 일이지.

이제 엄마 얘기 들을 준비가 되었니? 다시 한 번 코 풀고. 예쁜 딸이 이게 뭐니.

자, 그럼.

너, '쓰쿠모 신'이라는 말 들어 봤니? 없어? 하긴 오사키짱이나 오이토짱 같은 아이들하고만 어울리다가는 백 년이 지나도 들어 볼 일이 없겠지.

'쓰쿠모 신'이라는 건, 우리가 집에서 쓰는 물건들—그래, 나무통이나 국자, 솥, 머리빗과 거울, 빗자루나 총채, 그런 것과 관계가 있는 거야. 우리 주위에 있는 그런 도구들을 아주 오랫동안 쓰다 보면 그 물건이 생물처럼 정기를 띠게 될 수가 있어. 그걸 가리키는 말이야.

사실 그건 진짜 신, 좋은 일을 해 주는 신이 아니야. 말하자면 요괴 같은 거지. 사람을 놀라게 하고 겁을 주고 때로는 재앙을 내리는 그거 말이야. 원한을 품고 있기 때문이지.

도구라는 것은 뭐든 백 년을 묵으면 혼을 갖게 된대. 그래서 아주 오래된 물건은 함부로 다루지 않는 게 좋다는 거야. 대개 도구는 백 년을 버티기 힘드니까 너무 무서워할 것은 없지만.

그래, 보통은 한동안 쓰다 보면 망가져서 내다 버리지. 그래서 도저히 혼을 갖는 단계까지 남아 있질 않아. 하지만 드물게 아주 오래 묵은 도구가 존재하지. 일 년만 지나면 백 년이 되는데 처분을 당하면 어떻게 될까. 그 도구 처지에서는 당연히 진심으로 안타까워하고 깊은 원한을 품겠지? 그렇지. 그래서 진짜 영혼은 갖추지 못한 요괴로 변해 버리는 거야. 그것이 '쓰쿠모 신'이란다. '쓰쿠모'라는 건 '구십구九十九'라는 뜻이야. 알겠니?

그래서 부엌에서 쓰는 국자에도 혼이 깃들 수 있어. 하물며 사람이 몸에 지닌 것, 마음을 의지하는 물건이라면 더욱 신경 써서 다루어야 하지. 너는 엄마와 헌옷가게에 갈 때마다 엄마 보고 구두쇠라고 불평하지만, 엄마는 돈이 아까워서만 그러는 건 아니야. 전 주인의 혼, 게다가 옷을 아까워하거나 원망하는 혼이 남아 있는 것을 돈 주고 살 수는 없어서 늘 꼼꼼히 살펴본 거란다.

특히 옷에는 여자의 마음이 스며드는 일이 많으니까……

엄마가 그런 생각을 하게 된 까닭은 어릴 때 이상한 일을 한 번 겪어서란다. 이제 그 이야기를 해 줄게.

2

엄마 나이 열 살 때였다. 계절은 딱 지금—가을 피안^{彼岸}_{각각 춘분과}
_{추분의 전후 삼 일간을 합한 칠 일간. 이때 죽은 자에게 공물을 바치는 풍습이 있다} 전이 아니었
나 싶구나.

너도 알겠지만 엄마의 아버지는 채소 행상을 했는데, 그때는
후카가와 후유키초라는 곳에서 살았단다. 그래, 그 목재 도매상
후유키야가 있는 곳이야. 이제 공동주택 이름은 잊었지만 관리인
은 이헤에라는 노인이었는데, 늘 지팡이를 짚고 다녔지. 여기저
기 혹이 불거진 굵은 지팡이였어. 개구쟁이들이 못된 짓으로 속
을 썩이면 그걸로 궁둥이를 후려치는 조금 무서운 사람이었단다.

엄마가 살던 방은 기도에서 두 번째 왼쪽 방이고, 거리에 면한
방에는 두부 장수 부부가 살았어. 엄마네는 가난해서 늘 먹을 것
이 모자랐는데 그 두부 장수가 종종 두부를 공짜로 주어서 얼마
나 도움이 됐는지 몰라.

지금 생각해 보면 꿈만 같구나. 당장 내일 먹을 것도 없었던 엄
마가 지금은 이렇게 잘나가는 국수집 안주인 소리를 듣고 있고,
아빠가 있고 너도 있고…….

에고, 아니지, 엉뚱한 얘기로 빠지고 말았구나, 안 그래도 바쁜
날인데.

그런데 그때 옆방에 산조라는 사람이 살고 있었어. 나이가 벌
써 예순에 가까웠고 머리카락은 겨우 상투를 틀 정도로 성겼지.

산조 씨는 어릴 적 엄마 눈으로 봐도 아주 쓸쓸하게 사는 사람
이었단다. 홀몸 살림인데다—내내 혼자 살아왔다는 소문이 있었
지—누가 찾아오는 일도 없었고 가족도 본 적이 전혀 없으니까.
방 안을 들여다본 사람 얘기로는 불단이나 위패도 없었다니까 가
족을 앞세우고 혼자가 된 것도 아니고, 여하튼 외톨이였다는 거
야. 게다가 공동주택 주민들하고도 얼굴을 마주치면 눈인사나 하
는 것이 다였어. 별난 사람, 남들과 어울리는 걸 싫어하는 사람이
었겠지.

아까 말한 이헤에라는 관리인은 입이 무거워서, 공동주택 주민
들이 수군거리는 풍문을 한 번도 입에 담아 본 적이 없는 노인이
야. 누가 그런 얘기를 꺼내려고 하면 무서운 눈으로 노려봐서 입
을 막아 버리지. 그래서 이런저런 일들이 일어난 뒤에도 결국 이
산조 씨에 대해 엄마나 공동주택 주민들이나 제대로 아는 것이
없었단다.

이런저런 일들이 뭐냐고? 성미도 급하지. 그걸 지금부터 얘기
하려고 하잖니.

사건의 시작은 산조 씨가 어느 헌옷가게에서 고소데를 하나 사
온 거였어.

3

남자가, 그것도 예순이나 된 노인이 여자가 입는 고소데를 사오다니, 이상하지? 그래, 보통은 이상한 일이지. 하지만 산조 씨는 예외였어. 주머니 장수였으니까.

너도 알지? 가끔 료고쿠바시 근처에도 있잖니. 길가에서 비단보, 장갑, 담뱃대 주머니 등의 예쁜 소품을 대나무 막대에 주렁주렁 걸어 놓고 팔잖니. 산조 씨도 그런 걸 파는 사람이었어. 남자여도 손재주가 좋았겠지. 그러고 보니 본래 도오리초 근방의 커다란 옷집에서 일하던 사람이라는 소문도 들어 본 적이 있구나.

산조 씨는 헌옷가게나 옷집을 돌아다니며 주머니 재료를 사들였어. 옷집에서는 재단하고 남은 조각을, 헌옷가게에서는 얼룩이빠지지 않는 헌옷을 헐값에 사들인 뒤 쓸 만한 곳을 잘라내서 썼겠지.

아무튼 그 고소데도 산조 씨가 그런 재료로 사 온 거였어. 사실이 또한 모두 나중에야 알게 된 거지만.

산조 씨가 이상하다—그 소식을 제일 먼저 엄마네 집에 알려준 사람은 건너편에 살던 오스즈라는 속요 강사였어. 그 사람이찾아온 때는 저녁이었는데 엄마는 그날 일을 똑똑히 기억하고 있단다. 여름이 되돌아왔나 싶을 정도의 날씨여서 다들 땀을 뻘뻘흘렸지.

그래서 오스즈 씨의 이마를 흐르는 땀을 보았을 때도 처음에는 엄마도 엄마의 어머니도 더위 탓이라고 생각했어. 그런데 가만 보니 오스즈 씨가 달달 떨고 있는 게 아니겠니.

"왜 그래, 오스즈 씨" 하고 엄마의 어머니가 물었지.

그러자 오스즈 씨는 우리 집으로 뛰어들어 와 엄마의 어머니에게 매달리는 거야.

마침 그때 엄마와 엄마의 어머니는 둘이서 등롱에 종이 바르는 부업을 하고 있을 때라 손이 풀로 끈적끈적했어. 오스즈라는 여자는 속요 강사로 살아가는 사람답게 늘 세련되었고 깨끗한 것을 좋아해서 평소라면 등롱에 종이를 바르던 끈적끈적한 손을 덥석 잡을 사람이 아니야. 그런데 물에 빠진 사람이 막대기 잡는 것처럼 덥석 잡더구나.

"방금 산조 씨네에 갔다 왔는데요"라고 숨을 헐떡이며 말하더라고. "지갑을 하나 살까 해서요."

"산조 씨가 돌아왔어?" 엄마의 어머니가 물었어.

오스즈 씨는 고개를 절레절레 저었지.

"아직 아니에요. 그런데 문이 열려 있어서ㅡ."

지금은 그렇지 않겠지만 삼십 년 전 후유키초 뒷골목 공동주택에서는 외출할 때나 잘 때나 문단속 따위 하지 않았거든. 없어지면 안 되는 물건이란 것을 아무도 갖고 있지 않았으니까.

"안에 들어가서 기다려 볼까 했죠. 방 입구에 걸터앉아 잠깐 기다리고 있었는데……."

"있었는데?"

오스즈 씨는 우리 옆방, 그러니까 아이가 짜증이 나서 발길질이라도 하면 우습게 구멍이 날 만큼 얇은 벽 하나를 사이에 둔 산조 씨 방을 경계라도 하는 양 목소리를 낮췄어. 마치 옆방에서 누가 귀라도 쫑긋 세우고 있는 것처럼.

그러고는 이렇게 말한 거야.

"방에 있는 횃대에 고소데 한 벌이 걸려 있었어요. 연둣빛을 띤 아주 예쁜 고소데예요. 비단실로 자수가 놓여 있고요."

"아, 그건 산조 씨가 주머니 만들 때 쓸 재료잖아. 재료를 사 오면 습기를 빼려고 얼마 동안 횃대에 걸어 둔다던데."

오스즈 씨는 다시 옆방 쪽을 살피는 표정을 띠었어.

"저도 그런 줄 알고 아유 예쁘네, 라고 생각하며 쳐다봤거든요. 한편 너무 좋은 옷이라 산조 씨가 주머니 재료로 해체하기 전에 내가 살 수 없을까 싶었죠."

"그랬더니?"

오스즈 씨는 다시 땀을 흘렸어. 그것이 식은땀임을 엄마도 그제야 알아챘지.

"그 고소데 소매에서 글쎄, 하얀 손 두 개가 쓰윽 나오는 거예요. 그러고는 나를 향해 이리 오라고 손짓을 하지 뭐예요."

오스즈 씨는 그렇게 말하더니 머리를 감싸며 그 자리에 쪼그려 앉아 버렸단다.

엄마는 우물에 거꾸로 처박힌 듯한 기분이 들더라. 너무 무서워서 꼼짝도 못 했어. 그런데 엄마의 어머니는 왠지 화난 얼굴을 하고 오스즈 씨를 붙들어 일으켰어.

"어린애 앞에서 이상한 이야기 하지 마, 오스즈 씨. 밤에 이불이라도 적시면 어쩌려고."

오스즈 씨는 울면서 자기가 지어낸 얘기가 아니라고 했지만 엄마의 어머니는 오스즈 씨를 일단 밖으로 데리고 나갔어. 그러고는 잠시 후에 돌아와 엄마에게 말했지.

"그런 얘기, 신경 쓸 거 없다, 알았지?"

엄마는 고개를 끄덕였어. 그 이야기는 일단 그걸로 끝났단다.

하지만 그날 밤 엄마는 도저히 잠을 이룰 수 없었어.

엄마의 어머니도 입이 가벼운 사람이 아니어서 오스즈 씨가 한 이야기를 남에게—아버지만 빼놓고—전하지 않았고, 아버지도 그런 얘기에 호들갑을 떨 만큼 소심한 사람이 아니어서 그때는 그 정도로 끝났지.

하지만 오스즈 씨 처지에서는 가만히 있을 일이 아니었겠지. 게다가 소문이란 하룻밤에 천 리를 간다고 하잖니. 사흘도 지나기 전에 산조 씨의 헌옷 고소데에서 손이 튀어나왔다는 이야기가 공동주택 주민들에게 다 퍼져 버렸지.

무서운 것일수록 더 보고 싶어진다는 말도 있는데, 그 말이 사실이더라. 그렇게 되자 지금까지 산조 씨와 교류가 없던 사람들까지 앞다투어 산조 씨 집을 엿보게 된 거야.

산조 씨는 얌전한 사람이었지만 바보는 아니었으니까 금방 상황을 눈치챈 것 같아. 하지만 이후 태도가 납득이 가질 않더구나.

평소의 산조 씨라면 자기 집과 관련된 일 때문에 공동주택이 떠들썩해졌을 경우 다른 것은 다 떠나서 일단 사과부터 하고, 잘못이 없어도 고개를 숙여서 원만하게 마무리를 지었겠지. 그 정도로 다른 사람과 어울리는 데 서툴고 소극적인 사람이었으니까.

그런데 그때만큼은 달랐어. 딱 잘라 말한 거야. 우리 집에 그런 고소데는 없다, 뭔가 착각한 거다, 라고 하면서.

엄마는 그렇게 말하는 산조 씨의 얼굴을 보고 생각했어. 마치 아내가 외간 남자를 만난다는 소리를 전해 들은 남자 같다고 말이야. 뭐라고? 엄마는 조숙한 아이였던 것 같다고? 그게 뭐가 어때서. 그 점에서는 너도 비슷한 것 같은데.

그 뒤 안 그래도 데면데면하던 공동주택 주민들과의 관계를 가위로 싹둑 잘라낸 것처럼 산조 씨는 알은척도 안 했어. 누굴 마주쳐도 눈인사조차 하지 않은 거야.

그래도 산조 씨가 집을 비울 때를 노려 여전히 고소데를 엿보려는 사람들이 있었지만, 산조 씨도 짐작했는지 장사하러 나갈 때 고소데를 잘 개서 챙겨 가는 것 같더구나. 횟대에 걸려 있지 않고 수납장에도 없는 걸 봤다는 사람이 있으니까. 이 또한 기가 막히는 일이지.

그렇게 한바탕 소동이 벌어졌지만 보름쯤 지나자 그 이야기도 잦아들었어. 다들 먹고사느라 바빴으니까 남의 얘기를 그렇게 오랫동안 붙들고 있을 여유가 없었던 거지. 게다가 밥 한 술 생기지 않는 일이었으니까.

하지만 산조 씨와 얇은 벽 하나를 사이에 두고 사는 엄마네에
서는 사정이 달랐지. 잠잠해지기는커녕 점점 무서운 쪽으로 흘러간
거야.

무슨 말이냐면, 오쓰루, 산조 씨 방에서 밤마다 웃음소리가 들
렸거든. 분명히 산조 씨 목소리였어.

4

그 노인이 소리 내어 웃다니, 그것만으로도 믿기 힘든 일이었
지. 하지만 사실이야. 매일 잠자리에 누우면 산조 씨가 즐겁게 웃
으면서 그날 장사에 얽힌 이야기며 어디어디에서 보고 들은 재미
난 일들을 말해 주는 소리가 들렸어. 더러는 불평을 늘어놓기도
하고.

도저히 견딜 수가 없더구나, 오쓰루. 엄마네는 매일 차가운 물
에 폭 젖은 담요에서 잠을 자는 듯한 기분을 맛보았어. 하루하루
담요를 벽에서 한 치씩 멀리 떨어뜨려 깔게 되었지만, 그러는 것
도 한계가 뻔했지. 우리 세 식구는 서로 부둥켜안다시피 하고 자
야 했어.

게다가 무서운 일이 하나 더 있었단다.

우리도 피가 마를 지경이었지만 산조 씨는 정말로 하루하루 몸

이 수척해지더구나.

핏기가 빠져나가는 게 보이는 것 같았어. 팔 물건을 매단 대나무 막대를 메고 나갈 때 다리가 후들거릴 지경이었지. 해에 따라 그림자가 길어지고 짧아지는 것을 누구라도 알 수 있듯이 산조 씨가 하루하루 삐쩍 말라가는 것을 쉽게 알 수 있었어.

공동주택의 우리가 살던 구역에는 두부 장수네, 우리 집, 산조 씨가 세 들어 살았는데, 두부 장수네는 잠도 일찍 자고 아침에도 우리보다 빨리 일어났어. 그래서 한밤중에 산조 씨 방에서 일어나는 일을 알 수 있는 것은 우리 가족뿐이었단다. 공동주택의 다른 주민들은 오스즈 씨 일 이후로 산조 씨를 꺼려하는지 다들 피하는 분위기였어.

우리 세 식구는 서로 다른 얘기를 해서 두려움을 잊은 척하거나, 산조 씨에게 손님이라도 왔나, 하며 애써 모르는 척 견뎠어. 하지만 인내심도 드디어 한계에 다다랐다 싶었을 때 마침 관리인이 찾아왔어. 매달 한 번 집세를 받으러 왔거든.

산조 씨를 만나 본 관리인은 심상치 않은 일이 일어나고 있음을 눈치챘지. 관리인은 즉시 이웃사촌이라는 이유로 우리 집을 찾아왔어.

"산조와 이야기를 해 봐도 종잡을 수가 없군. 대체 무슨 일이야?"

내 부모님은 봇물 터진 듯 전부 털어놓았지.

관리인은 가면처럼 험악한 얼굴을 한 채 전말을 다 듣더니 그날 밤 우리 집에서 묵었으면 좋겠다고 했단다. 그래서 산조 씨가 누군가와 대화하는 소리를 자기 귀로 확인하고 돌아갔지.

"며칠만 더 참아 주게. 이런 일을 깨끗이 해결할 수 있는 사람을 어떻게든 찾아볼 테니까"라는 말을 남기고.

"도대체 산조 씨에게 무슨 일이 일어난 걸까요."

아버지가 울상을 하고 묻자 관리인이 대답했지.

"딱하지만 귀신에 씐 게지."

그리고 나흘 정도 흘렀나, 관리인이 어느 절의 지체 높은 스님을 모셔 올 때까지.

그동안 엄마네 식구들은 관리인이 귀신이라고 말한 그 고소데를 딱 한 번 직접 볼 수 있었단다. 그게 잘된 일인지 어떤지는 지금도 모르겠지만.

보름달이 환한 밤이었어. 산조 씨는 그날 밤도 즐겁게 이야기하고 있었지. 그 소리가 문득 끊겼나 싶었는데 문 여는 소리가 들려오더라고.

우리 세 식구는 불을 끄고 방 안에서, 글쎄 얼마나 그러고 있었을까, 서로 얼굴을 마주한 채 숨을 죽였어.

"내가 가서 보고 와야겠어."

아버지가 그렇게 말하며 일어서더구나.

"당신하고 너는 여기 있어."

하지만 아버지를 혼자 보낼 수는 없었지. 엄마의 어머니와 엄마는 손을 잡고 문밖으로 얼굴을 살짝 내밀었어.

그런데 아버지가 바로 옆에서 쪼그리고 있더구나. 물통 뒤에 숨어서 우리에게도 '숨어'라는 손짓을 했어. 그 정도로 가까이에, 거의 바로 눈앞에 산조 씨가 있었던 거야.

산조 씨는 공동주택 기도 옆에 서서 우리에게 등을 보인 채 밤하늘에 동그랗게 뜬 푸르스름한 달을 올려다보고 있더라.

그리고 볼품없이 수척해진 어깨에 그 고소데를 업고 있었어.

그래, 알아. 업는 게 아니라 뒤집어쓰고 있었다고 해야 맞겠지. 하지만 오쓰루, 그때 엄마 눈에는 산조 씨가 그 고소데를 업어 주고 있는 것처럼 보였단다.

오스즈 씨가 말한 대로 어깨와 소매와 밑단에 비단실로 호화로운 자수를 놓은 연둣빛 고소데였어. 그것이 달빛에 빛났단다. 그때는 요즘처럼 사치를 엄격하게 단속하던 시절이 아니었으니까 소매도 넉넉하게 만들었더구나.

산조 씨는 정말 아이라도 업고서 "봐라, 달님이야, 예쁘지?"라고 하며 달구경을 시켜 주는 것처럼 천천히 몸을 좌우로 흔들고 있었어. 똑똑히 듣지는 못했지만 콧노래 같은 것도 흥얼거렸고.

연둣빛 고소데는 산조 씨가 몸을 흔들자 희미한 밤바람에 나풀거렸지. 밑단이나 소매, 허리 부분이 말이야.

그럴 때면 슬쩍 보이는 안감은 온통 심홍색을 띠었어. 피 같은 색이었지.

그리고 오쓰루, 엄마는 봤단다.

둥근 소맷부리를 따라 심홍색 안감이 엿보이는 양 소매에서, 밤인데도 눈에 띄는 새하얀 팔 두 개가 뻗어 나와 산조 씨의 목을 꼭 안고 있는 모습을.

아버지가 채근하는 신호를 보내서 우리는 방으로 물러났어. 잠도 못 자고 하룻밤을 꼬박 새웠지.

엄마의 어머니도 분명히 그걸 봤을 거야. 어떻게 못 볼 수가 있겠니. 하지만 아마 엄마에게 무서운 기억을 심어 주고 싶지 않았겠지. 엄마의 어머니는 죽을 때까지 그날 일을 한 번도 입에 올린 적이 없단다.

그리고 이튿날이었어. 꼭두새벽에 일어난 두부 가게 주인이 우리가 간밤에 보았던 그 자리에서 쓰러져 죽은 산조 씨를 발견했단다.

산조 씨는 혼자 쓰러져 있었다고 해. 고소데는 보이지 않았고.

그래, 자취를 감춰 버린 거야.

아까도 말했지만 관리인과 명망 높으신 스님은 뒤늦게야 왔어. 그래서 우리는 진상을 납득할 수 있는 제대로 된 설명을 듣지 못했단다.

관리인은 산조 씨의 유품을 정리하고 스님에게 부탁해서 산조 씨 방에서 부정을 씻는 의식을 치렀지만, 그 방은 꼬박 일 년 이상 빈 방으로 놔두었지.

관리인은 그 일에 대해 우리에게 아주 짧은 설명만 해 주었어.

하지만 엄마는 다 기억하고 있단다.

"그 고소데는 횡사한 여인의 혼이 깃든 물건일 거야. 헌옷 중에 더러 그런 게 있지. 자세히 살펴보니 핏자국이 남아 있다거나 시신에 곱게 입혔던 것을 벗겨서 내다 판 거였다거나."

"하지만 산조 씨가 왜 그런 옷을……."

애지중지하고 즐겁게 대화를 나누고 끝내는 업어 주며 달구경을 시켜 주었을까. 그렇게 물으려던 아버지에게 관리인이 대답했어.

"산조도 외로웠겠지."

나도 그렇게 생각해. 그 달구경 모습을 본 사람이라면 누구라도 그렇게 생각했을 테지. 산조 씨는 그렇게 죽었지만 그래도 만족했을 거야.

아 참, 또 하나 덧붙여야 할 얘기가 있구나. 속요 강사 오스즈 씨 말이다.

산조 씨가 죽고 고소데가 사라지자 뒤늦게 온 공동주택이 발칵 뒤집히는 소동이 일어났단다. 물론 오스즈 씨도 거기에 휘말렸지. 그런데 오스즈 씨가 이렇게 말했어.

"물론 내가 본 것은 연둣빛 바탕에 비단실로 수를 놓은 고소데였어요. 하지만 안감은 심홍색이 아니었어요. 흰색이었어요. 맹세코 새하얀 색이었다고요."

엄마의 긴 얘기, 듣느라 힘들지 않았니? 특별한 내막이 있는 이야기는 아니지만, 그래도 정말 있었던 일이란다.

아서, 뭘 그렇게 벌벌 떨어. 아무리 그래도 그 고소데가 아직까지 남아 있겠니. 이미 어디서 재가 되어 사라졌겠지. 뭐? 앞으로 평생 연둣빛 기모노는 안 입겠다고? 아이고, 내가 괜히 겁을 준 모양이네.

그런데 오쓰루, 기왕 무서운 얘기 한 김에 한 가지 더 얘기해도 되겠니?

네가 사 온 고소데를 엄마가 이렇게 해체해 버렸지만 말이야. 왜 이런 짓을 했는지 이제는 알겠지? 이상한 데가 없는지 꼼꼼히 살펴보려고 이런 거야. 물건 상태에 비해 값이 너무 싸니까.

그래서 말인데, 오쓰루, 엄마가 이걸 찾았단다. 어떻게 생각하니?

봐 봐, 이거야. 암만 봐도 통이 좁은 것 같더라니 옆구리를 좁혀서 다시 꿰매 놓았더구나. 그 부분을 풀어 보니 이게 나왔단다. 이 찢어진 자리는 뭘까. 위치가 옆구리야. 칼에 찔린 자국일까—.

아, 알았어, 알았어, 뭘 울기까지 하니. 그럼 이 고소데는 엄마가 알아서 헌옷가게에 이유를 설명하고 환불받을게. 아니면 오늘 하룻밤 집 안에 놔두고 무엇이 보이는지 확인해 볼까?

천만에, 너를 놀려 주려고 이러는 거 아니야. 그만 울어. 그만 뚝 하라니까.

제 9 화

맨
님

목
본
존

\

1

집으로 도망쳐 돌아왔지만 아무 소용이 없었다. 아버지에게 죽지 않을 만큼 얻어맞았고 가즈사야에서 금방 사람이 찾아왔다.

"네놈 급료를 삼 년 치나 당겨썼단 말이다. 도망쳐 오면 어쩌자는 거야. 식구들 생각도 좀 해!"

아버지는 큰 소리로 꾸짖고 어머니는 울었다. 하지만 가즈사야 지배인이 찾아오자 나란히 고개를 굽실거리며 스테마쓰의 뒷머리를 찍어 눌러 절을 시킨 뒤 용서해 달라고 애원할 뿐이었다.

지배인은 무서운 얼굴을 하고 있지 않았고 목에 밧줄을 걸어서라도 끌고 가겠다는 기세도 아니었지만, 스테마쓰가 끝내 가게로 돌아가지 않겠다고 버티면 선불로 준 돈은 돌려받아야겠다는 말만 흐리터분한 목소리로 반복했다.

아버지와 어머니는 그때마다 다 닳은 다다미에 이마를 찧다시피 하며 잘못했다고 빌었다. 그 모습을 보니 이제 겨우 열한 살인 스테마쓰도 세상 돌아가는 이치를 알게 된 것 같았다.

그것이 무엇보다 가슴에 사무쳤다. 이제 돌아갈 집은 없는 거다. 아니, 애초에 태어났을 때부터 집이란 것은 없었는지도 모른다. 가난한 놈들은 다 그런 거다.

"힘들겠지만 엄마 돕는다 생각하고 가서 일해라. 네가 애써 주지 않으면 식구들은 다 목매 죽는 수밖에 없다."

어머니는 울면서 그렇게 말했다. 얼마나 힘들면 돌아왔니, 라는 말은 한마디도 하지 않았다.

지배인은 스테마쓰를 데리고 도오리초의 가게까지 돌아가는 동안 한마디도 하지 않았다. 오카와 강을 건너오는 겨울바람에 귓불이 찢어질 것 같은 아침이었다. 어제 해 질 무렵 바쿠로초로 심부름 갔을 때 료고쿠바시 다리가 '집이 바로 저기에 있는데, 엄마가 바로 저기에 있는데, 건너렴, 어서 건너렴' 하고 부르는 것처럼 보였다. 뛰어가는 스테마쓰의 작은 발 아래를, 집으로, 나고 자란 그 작은 방으로 데려다주는 것처럼, 흘러가듯이 지나쳐 간 다리 상판 한 장 한 장이 오늘 아침에는 햇빛 아래 죽은 말의 배때기처럼 허옇게 바래 보였다.

"오늘 하루는 굶는다."

가즈사야의 통용문에 도착했을 때 지배인이 마침내 입을 떼는가 싶었는데 겨우 그 말만 했다. 이젠 눈물도 말라 버린 스테마쓰였지만 배에서는 꼬르륵 소리가 났다.

스테마쓰는 오 형제 중 장남으로 태어났다. 아버지는 품팔이 목수에도 못 미치는 날품팔이 인부인데, 그나마 번 돈을 거의 다 술값으로 써 버렸다. 어머니는 환하게 웃어 볼 일이 없는 생활에 목까지 빠진 채 하루하루 조금씩 닳아가고 있었다.

그런 형편이므로 스테마쓰가 지금까지 어느 가게에 일꾼으로 팔려 가지 않은 것이 오히려 이상한 일인지도 모른다. 실은 몇 군데에서 제안이 들어온 듯한데, 공동주택 안에서도 두드러지게 가난한 살림과 애초에 그다지 밝다고 할 수 없는 어머니의 표정, 술주정꾼 아버지의 고약한 평판이 겹쳐서 "그 집 아이들은 손버릇이 나빠", "그 집 아이들은 데려다 쓰기 힘들어"라는 말들이 나돌아 이제는 제안마저 끊기고 만 것 같다.

그러므로 니혼바시 도오리초의 포목 도매상 가즈사야에 수습 점원으로 들어가는 이야기에 아버지와 어머니가 간절하게 매달렸던 것이다.

"그 가게에 들어가기만 하면 너는 더 이상 배곯지 않아도 되고 엄마랑 식구들도 살 수 있단다."

어머니는 스테마쓰를 설득하고, 아무리 힘들어도 열심히 일해야 한다면서 그의 손을 꼭 잡고 눈물을 흘렸던 것이다.

힘들어서 못 견디겠으면 돌아와도 괜찮다는 말은 결코 하지 않았다.

하지만 어린 스테마쓰는 어머니가 차마 말은 못 해도 속으로는 그렇게 생각할 거라고 믿었다. 그래서 수습 점원으로 들어가는 이야기에도 고개를 끄덕였다. 힘들면 돌아갈 집이 있다고 생각했으니까.

하지만 착각이었다. 이제 돌아갈 집은 없다. 돌아가도 어머니는 울기만 할 뿐이다.

가게로 끌려 돌아온 날, 주린 배를 안고 옷감 감는 작업을 거들면서도 머릿속에는 어머니의 우는 얼굴만 자꾸 떠올랐다. 외롭고 힘들어서 돌아왔어, 라며 우는 스테마쓰를 쳐다보려 하지도 않고 양손으로 얼굴을 가린 채 울던 어머니의 모습이 지워도 지워도 되살아났다.

"또 정신 판다, 옷감이 비뚤어지고 있잖아!"

한 살 많은 수습 점원에게 매섭게 얻어맞고서야 정신을 차렸지만 귓속에서는 어머니의 울음소리가 가실 줄 몰랐다. 아무래도 사라지지 않았다.

2

큰주인님께서 부르신다—라고 부름을 받은 것은 지배인에게 끌려 돌아온 뒤 며칠 지났을 때의 일이었다.

"오늘 저녁 자기 전에 큰주인님 방으로 가자. 내가 데려갈 테니까 말끔하게 준비하고 있다가 부르면 맑은 정신으로 나서야 한다."

큰주인님? 주인님이 아니고?

스테마쓰뿐만 아니라 같은 방에 있던 다른 점원들도 의아함을 느낀 모양이다. 다들 스테마쓰의 얼굴을 쳐다보며 놀리는 듯하기도 하고 수상쩍게 보는 듯하기도 한 표정을 띠었다.

"예, 알겠습니다."

양손으로 바닥을 짚고 공손하게 절한 스테마쓰는 그 시선들을 피해 얼굴을 돌렸다. 가슴이 콩닥거렸다. 쫓아내려는 건가?

그날 밤 예고대로 스테마쓰를 데리러 온 지배인은 스테마쓰의 옷차림과 머리를 점검한 뒤 한 손에 불을 들고 복도를 성큼성큼 앞장서서 걸었다. 가즈사야 건물은 지은 지 오십 년쯤 되었는데, 증축을 거듭한 탓에 복도가 미로 같았다. 지배인을 따라 걷는 반들반들하게 닦인 복도는 수습 점원으로 들어온 뒤 처음으로 밟아 보았다. 아니, 하녀로 일하는 여자들 말고는, 스테마쓰뿐 아니라 대부분의 점원이 이렇게 건물 안쪽까지 들어가 본 적이 없을 게 분명했다.

지배인은 안쪽으로 이어지는 복도의 왼쪽으로 접어들어 다른 건물로 연결되는 복도를 건넜다. 스테마쓰는 바깥 공기를 쐬자 재채기가 나오려고 해서 황급히 손으로 입을 틀어막았다. 보름달에 가까운 달이 하늘을 푸르스름하게 비추었고 정원 여기저기에 심어 놓은 나무들이 차디차게 빛나고 있었다. 서리가 내리고 있는 것이다.

복도에 있는 첫 번째 장지문을 열자 다다미 세 장만 한 방이 있었다. 지배인은 스테마쓰를 재촉해 무릎을 꿇게 한 뒤 자신도 무릎을 가지런히 모으고 꿇어앉아 안쪽 맹장지를 향해 말했다.

"큰주인님, 스테마쓰가 왔습니다."

한 호흡을 두고 노인의 목소리가 들렸다. "들어오게."

지배인이 무릎걸음으로 다가가 맹장지를 열었다. 사방등 불빛 아래, 도코노마방에서 바닥이 높은 곳으로 이 위에 화병 등을 올려놓았고 뒤의 벽에는 족자를 걸어 놓았다 쪽에 머리 부분을 향하게 한 따뜻해 보이는 담요 위에 작은 노인이 앉아 있었다. 큰주인이었다.

지배인이 팔꿈치를 잡고 재촉하자 스테마쓰는 무릎걸음으로 문지방 앞까지 엉금엉금 나아갔다. 그 자리에서 머리를 조아리고 절을 했다. 맹장지 건너편과 이쪽은 온도부터가 달랐다.

"고개 들어 봐. 이리 오렴."

큰주인은 스테마쓰에게 직접 이른 뒤 이어서 지배인에게 말했다. "수고했다. 넌 그만 물러가거라. 스테마쓰도 나중에 혼자서 돌아갈 수 있을 거다."

지배인은 잠깐 머뭇거리는 듯하더니 큰주인이 고갯짓으로 재촉하자 목례를 하고 방을 나갔다. 나가기 전에 '실수 없도록 해'라는 식으로 스테마쓰를 응시하며 다짐 놓기를 잊지 않았다.

"이리 가까이 오거라. 맹장지를 닫으렴. 춥다."

큰주인이 이르자 스테마쓰는 얼른 일어나 맹장지를 꼭 닫았다. 닫힌 맹장지 앞에서 다시 무릎을 꿇고 앉아 몸을 웅크렸다. 그러자 큰주인은 웃음이 묻어나는 목소리로 말했다.

"거기 있으면 얘기하기가 힘들잖니. 이렇게 늙은 몸이라 귀도 어둡고 목소리도 가늘다. 좀 더 가까이. 그래, 그 화로 앞에 앉아라. 얘기가 길어질 테니 불을 쬐면서 들어. 오늘 밤에는 더 추워질 게다."

무대에 나오는 꼭두각시처럼 스테마쓰는 노인이 시키는 대로 주저주저 자리를 옮겼다. 화로에 숯이 넉넉하게 담겨 있었다. 문득 보니 방 저쪽에도 똑같은 화로가 있었다. 이래서 따뜻하구나. 스테마쓰에게는 꿈같은 일이었다.

"금방 졸음이 올지 모르니 얼른 얘기를 시작해야겠다."

큰주인은 미소를 지었다. 나이 탓인지 본래 그런 건지 체구도 스테마쓰와 거의 다를 게 없다. 양 귓불은 뒤로 바짝 붙었고 하얀 상투의 크기도 스테마쓰의 가운뎃손가락 정도밖에 안 될 만큼 전체적으로 머리카락이 성기다. 그래서 머리가 아주 작아 보였다.

큰주인님 연세가 어떻게 되시지? 현재의 주인님이 물려받은 지 벌써 이십 년 이상 지났다는 이야기를 들은 적이 있으니 가령 예순 살에 은퇴했다고 해도 벌써 여든을 넘긴 셈이다.

"너를 여기로 부른 까닭은 다름이 아니라 보여 주고 싶은 게 있어서야."

큰주인은 그렇게 말하고 천천히 침상에서 일어나려고 했다. 하지만 좀처럼 일어서지 못했다. 스스로 생각해도 한심한지 이윽고 웃음을 터뜨리며,

"스테마쓰, 저기 도코노마에 둔 기다란 상자를 좀 가져오겠니" 라고 말했다.

먹으로만 그린 그림이 걸린 도코노마를 쳐다보니 노란 국화를 꽂꽂이한 화반 옆에 낡아 보이는 기다란 상자가 놓여 있었다. 스테마쓰는 일어나 그 상자를 두 손으로 안고 큰주인 곁으로 가져

갔다.

가까이 가자 큰주인한테서는 건초 향기 비슷한 냄새가 났다.

"이걸 보렴."

큰주인은 긴 상자를 묶고 있던 끈을 풀고 안에서 두루마리 같은 것을 꺼냈다.

펼쳐 보니 족자 그림이었다.

도코노마에 걸린 그림처럼 먹으로만 그린 것이었다. 스테마쓰는 가즈사야에 수습으로 들어와 처음으로 이 세상에 그런 그림을 장식하는 집이 있다는 것을 알았을 정도라 도코노마도, 그 위에 걸린 족자도 그에게는 다 진기한 것들이었다.

하지만 그런 스테마쓰의 눈에도 이 족자 그림은 이상해 보였다.

한 남자가 그려져 있다. 상인풍 상투를 틀었고 줄무늬 옷을 입었다. 지배인 정도의 연배로 보이고 머리카락은 조금 하얗다.

그 남자는 새끼줄로 목을 매단 상태였다. 분명히 그렇게 그려 놓았다. 두 발은 지면에서 한 자쯤 떠 있고 벗겨진 한쪽 신발이 뒤집힌 채 땅바닥에 떨어져 있다.

그럼에도 남자는 싱글벙글 웃고 있다. 꽤 즐거워 보이는 표정이었다.

스테마쓰가 눈을 동그랗게 뜨고 족자 그림을 들여다보자 큰주인은 족자 속 남자처럼 즐겁게 웃으며 말했다.

"놀랍지? 묘한 그림이지?"

"……예."

"이게 우리 가즈사야의 가보란다."

"가보?"

"그래. 가즈사야에게는 대흑천 님大黑天 일본의 칠복신 중 하나로 재물운 등을 관장한다보다, 오이세 님이세 신궁의 별칭보다, 세상의 어떤 신보다 중요한 신이다. 나는 이것을 목맨 본존님이라고 부르지."

3

아주 오래전 일이다—하고 큰주인은 이야기를 시작했다.

"나도 소싯적에 너처럼 수습 점원으로 가게에서 일한 적이 있다. 너보다 한참 어릴 때, 세는나이로 아홉 살 때 아사쿠사의 이하라야라는 헌옷가게에 들어갔지."

큰주인도 수습 점원이었다니. 그 사실이 스테마쓰에게 소박한 놀라움을 주었다.

"놀랐니? 우리 가게 사람이라면 다들 아는 줄 알았는데. 나는 수습 점원으로 시작해서 자수성가하여 이 가즈사야를 일으켰다. 그러니 너희 현재 주인이 2대인 셈이지. 어려움을 모르고 커서 걱정한 적도 있지만."

스테마쓰에게는 하늘 같은 주인님을 이렇게 말하다니. 낯설기도 하고 재미있기도 했다.

큰주인은 말을 이었다. "이하라야에서 보낸 생활은 지금 너의 수습 점원 생활보다 훨씬 힘들었다. 그때는 세상이 전체적으로 요즘보다 훨씬 가난했으니까."

큰주인은 뭐가 그리 재미있는지 목구멍을 울리며 쿠쿠쿠 웃었다.

"그리고 나도 너처럼 가난한 집에서 태어났다. 집에 있다가는 먹고살 길이 막막했어. 그러니까 어른들이 나를 수습 점원으로 가게에 맡겼겠지."

큰주인님이 나를 잘 알고 계시네—스테마쓰는 의아했다. 고작 수습 점원, 그것도 맨 밑바닥 수습 점원을.

그 의아함이 스테마쓰의 얼굴에 드러났을까. 큰주인이 말했다. "나는 우리 가게 사람들을 잘 알고 있어. 아직은 아들에게 다 맡겨 둘 수 없으니까. 그러니까 오늘 너를 여기로 부른 거다. 실은 말이다, 스테마쓰, 나도 한 번 그 이하라야에서 도망쳐 집으로 돌아간 적이 있단다."

도망쳐 돌아가도 뾰족한 수가 없었다. 금방 다시 끌려왔고, 집에서도 누구 하나 따뜻하게 맞아 주지 않았다. 바로 얼마 전 스테마쓰가 뼈저리게 경험한 것이 큰주인 입에서 흘러나왔다.

"다시 이하라야로 끌려와 겁에 질려 있을 때 지배인이 나를 불러서 이런 얘기를 들려주었단다."

"이…… 목맨 본존님에 대해서 말인가요?"

"그래. 어떠냐, 이 본존님은 어딘지 점원처럼 생기지 않았니?"

정말 그랬다.

"나에게 그 이야기를 해 준 지배인은 하치베에라는 사람이었다. 이하라야에서 삼십 년이나 일했는데 그때까지 장가도 가지 않고 가게에서 기숙했지. 그 사람이 말이다, 스테마쓰, 아직 수습 점원이던 나에게 자기도 예전에 가게에 들어온 지 얼마 안 되었을 때 외로움과 괴로움을 못 이기고 집으로 도망쳤다가 다시 끌려온 적이 있다고 이야기해 주었단다. 이상하지? 다들 똑같은 일을 겪었다니 말이다.

하지만 수습 점원 하치베에 씨는 너나 나처럼 체념하고 가게 일이나 할 것을 결심하기보다는 다시 끌려 돌아온 직후에 아예 죽어 버리자고 생각했단다. 그래서 밤중에 몰래 잠자리에서 빠져나와 창고로 갔지. 목을 매는 데에는 거기가 알맞아. 거기 흙벽에 박혀 있는 고리에 밧줄을 걸면 쉽거든에도 시대 건축물은 기본적으로 목조였으나 상가의 창고는 화재와 파괴를 막기 위해 두툼한 흙벽에 기와 지붕을 얹었고 창문을 매우 작게 냈다. 창고는 대개 운하에 면했으므로 습기와 수해에 대비해 흙벽을 회반죽으로 마감했다."

스테마쓰는 창고의 두툼한 흙벽을 떠올렸다. 새하얀 회반죽을 바른 흙벽에 고리 모양의 굵고 단단한 못이 여러 개 박혀 있다. 창고 벽에 새로 회반죽 칠을 하거나 지붕을 보수할 때 비계를 짜기 쉽도록, 또는 화재가 일어나면 소방수가 지붕에 오를 때 발을 디딜 자리로 그렇게 박아 둔 거라고, 막 일하러 들어왔을 때 들은 적이 있다.

과연 그 고리라면 거기에 목매는 밧줄을 걸어도 될 것 같았다.

창고는 눈에 안 띄고 나중에 뒤처리하기도 편할 테니까 남에게 폐도 덜 끼칠 것이다.

"그래서 수습 점원 하치베에 씨는 목을 매려고 창고로 갔지. 헌 옷가게이므로 목을 매달 줄로 헌 허리띠 같은 걸 준비해 갔다고 하더군. 그런데 창고에 이미 누가 있었어. 마침 오늘처럼 보름달에 가까운 밝은 달이 뜬 밤이라 창고 쇠고리에 누군가 매달려 있는 모습이 희미하게 보였다는 거야."

스테마쓰는 아무 말도 못 하고 큰주인 얼굴을, 뒤이어 이 이상한 목맨 남자를 그린 족자 그림을 들여다보았다. 그림 속 남자가 싱글벙글 웃음으로 응하는 듯했다.

"깜짝 놀라서 올려다보는 수습 점원 하치베에 씨에게 그 목매단 남자가 이렇게 말했지. '오, 안녕하신가. 미안하지만 여기엔 이미 빈자리가 없는데.'"

이런 일이 있을 수 있나? 아니, 있을 수 없지. 목매단 사람이 말을 걸다니.

큰주인은 더욱 즐거운 표정을 지었다.

"그래, 지금의 너처럼 나도 그 얘기를 거짓말이라 생각했어. 하지만 하치베에 씨는 아주 진지했어. 분명히 봤다는 거야. 그리고 남자에게서 그런 말을 듣자 순순히 '아, 그렇습니까, 실례했습니다'라는 기분이 들고 말았다더군. 쇠고리는 거기 말고도 여러 군데에 박혀 있으니까 그 남자 말처럼 빈자리가 없는 건 아니었지만, 나란히 목을 매달고 싶지는 않았겠지. 얼른 방으로 돌아가 이

불을 뒤집어쓰고 자 버렸다더구나."

하지만 역시 마음에 걸렸다. 내가 혹시 원령 같은 걸 본 게 아닐까. 이튿날 아침이 되자 그런 생각이 들었다. 한낮에 창고에 가 봐도 벽에는 아무것도 매달려 있지 않았으므로 더욱 그런 생각이 들었다.

"그래서 이튿날 밤 다시 가 보았지. 그 남자는 역시 그 자리에 매달려 있었어. 목을 매달고도 꽤 기분이 좋아 보였다는구나. 다리를 대롱거리며 '오, 또 만났네. 안녕하신가. 한데 여기는 자리가 꽉 찼는데'라고 했다는 거야.

이번에는 수습 점원 하치베에 씨도 소름이 오싹 돋아서 뒤도 돌아보지 않고 도망쳐 나왔다더군. 그런데 그를 뒤쫓듯이 목매단 남자의 목소리가 들려왔대. '정 배가 고프면 오미치에게 부탁해 봐'라고 말이야. 오미치는 당시 이하라야에서 일하던 하녀로, 붙임성이라고는 요만큼도 없는 여자였대. 그런 하녀에게 부탁해 보라니, 당치도 않은 말을 하는 묘한 유령이네, 싶었지. 그래, 수습 점원 하치베에 씨는 그걸 유령이라고 생각했다는 거야."

그런데 그 '유령'이 해 준 말은 사실이었다.

"이튿날 아무래도 그 말이 마음에 걸려서, 배가 고파서라기보다는 오히려 유령의 그 말 때문에 수습 점원 하치베에 씨는 오미치 씨를 슬쩍 떠보았다는 거야. 배고파 죽겠어요, 하고 말이야. 그러자 오미치 씨는 역시 말 붙이기도 힘든 고약한 얼굴을 하고 있었지만 그날 저녁 몰래 밥을 챙겨서 주먹밥을 만들어 주었대.

내가 해 줄 수 있는 일은 해 주고 싶다면서. 실은 지금까지 어린 수습 점원들에게 그렇게 몰래 밥을 챙겨 주었다더군."

스테마쓰는 이야기에 매혹된 기분을 느끼며 큰주인을 쳐다보았다.

"그래서 하치베에 씨는 이렇게 생각했단다. 가게 창고의 목맨 남자는 예전에 죽은 이하라야 점원의 유령이 아닐까 하고. 그래서 그날 밤에도 용기를 내서 창고에 가 봤다는 거야. 그러자 역시 목맨 남자는 거기에 있었지. 이번에도 '안녕하신가. 여기엔 빈자리가 없는데'라고 말했대."

수습 점원 하치베에는 새하얀 창고 벽을 등진 채 다리를 대롱거리는 목맨 남자를 올려다보면서 떨리는 목소리를 가다듬고 물었다.

"그쪽은 유령이에요?"

그러자 목맨 남자가 씩 웃으며 소매 밖으로 손을 내밀어 크게 저었다.

"아니야."

"그럼 뭐에요?"

"나는 신이야."

수습 점원 하치베에는 크게 놀랐다. 창고 벽에 매달린 신도 있나.

"신이라면 왜 그런 곳에 매달려 있어요?"

"여기가 좋으니까. 게다가 달리 있을 데도 없고."

"그쪽은 무슨 신이에요?"

"흐음, 점원의 신이다."

큰주인은 웃는 낯으로 스테마쓰의 얼굴을 들여다보았다.

"어안이 벙벙하다는 말을 들어 봤니? 맥이 빠졌다고 할까, 그런 뜻이란다. 수습 점원 하치베에 씨는 그야말로 그런 심정이 들었어.

그 후 매일 밤 수습 점원 하치베에 씨는 창고에 갔다더군. 그 남자는 매일 밤 목매달고 있었고. 늘 싱글벙글 웃으며 '안녕하신가, 여기엔 이제 빈자리가 없는데'라고 말했다는 거야. 하치베에 씨는 곧 그 남자가 무섭지 않게 되었대. 그도 그럴 것이 그 남자가 오미치 이야기처럼 보탬이 되는 이야기를 많이 들려준다는 것을 알았기 때문이지. 하녀들에 대해서, 부엌살림에 대해서, 지배인의 그날 심기에 대해서, 어디어디서 손님이 만주를 선물로 들고 왔으니 잘하면 얻어먹을 수 있을 거다—그런 것들에 대해서 말이다. 그 사람은 모르는 것이 없었어."

스테마쓰는 주저주저 물었다. 처음에는 목소리도 잘 나오지 않았다. "그래서 수습 점원 하치베에 씨는 이제 죽을 생각은 하지 않았나요?"

큰주인은 고개를 크게 끄덕였다. "죽겠다는 생각은 없어졌지. 뿐만 아니라 가게 일도 전처럼 힘들게만 여기지 않게 되었단다. 그리고 점차 그 사람이 하는 말을 믿게 되었다. 그 창고의 목맨 남자는 정말 신이다, 점원의 신이다, 라고 말이야."

그러는 사이에 섣달그믐이 지나고 설날이 다가왔다. 밤이 되자 수습 점원 하치베에 씨는 몰래 창고에 가 보았다.

남자는 역시 거기에 있었다.

"설날인데 드실 것 좀 가져다 드릴까요, 하고 물어보니 목맨 신은 이렇게 말했다고 한다. '술이나 실컷 마시게 해 주면 고맙겠구먼.' 그래서 하치베에 씨는 부엌에 숨어들어 어렵게 술을 찾아서 남자에게 가져다주었대. 남자는 매우 기뻐하며 고맙다고 했지. 그리고 잠시 후 기분 좋게 노래를 부르기 시작했다는 거야."

"노래요?"

"발로 창고 벽을 툭툭 차 박자를 맞추면서."

나중에 지배인이 된 하치베에 씨는 그때 목맨 신이 불렀던 노래를 수습 점원이던 큰주인에게 들려주었다고 한다.

"옛날 요곡이라더군."

인신매매상의 배가 난바다에서 노를 저어 가네
어차피 팔릴 몸, 뱃사공님, 멀미 나지 않게 얌전히 저어 주시오

16세기 초의 『한음집(閑吟集)』에 수록된 요곡. 당시 인신매매는 법으로 금지되었으나 공공연하게 이루

어졌다

큰주인은 가락을 붙여 천천히 노래했다.

"지배인 하치베에 씨는 이 노래를 내내 잊을 수 없었다고 했어. 아주 구슬픈 노래였다고."

그 뒤에도 수습 점원 하치베에 씨의 창고행은 계속되었다. 그리고 목맨 신의 격려를 받으며 열심히 일하다 보니 일머리를 파악하고 힘겨운 일꾼 생활에도 점차 익숙해졌다.

"반년쯤 지났을 때 하치베에 씨보다 어린 수습 점원이 들어왔다고 한다. 하치베에 씨는 열 살도 되지 않은 그 아이를 보살펴 줘야 할 처지가 된 거지. 그렇게 바쁘다 보니 하루, 이틀 걸러 창고에 출입하게 되었고, 결국 어느 날 열흘이나 가지 못한 것을 깨닫고 밤중에 잠자리를 빠져나와 창고에 가 보니―."

스테마쓰는 무릎을 앞으로 디밀었다. "가 보니까요?"

큰주인은 조용히 말했다. "이미 목맨 남자는 없었다는군. 보이질 않더라는 거야."

수습 점원 하치베에 씨는 울고 싶을 만큼 슬펐다고 한다―라고 큰주인은 이야기를 계속했다.

"하지만 자기 자신을 이렇게 타일렀대. 나는 목맨 신의 가호를 받고 있다, 점원의 신이 지켜 주시고 있다. 그러니까 혼자가 아니다, 열심히 일하고 있으면 반드시 목맨 신이 살펴 주실 거다, 라고 말이야."

인내한 보람이 있어 수습 점원 하치베에 씨는 서른이 되기 전에 중급 점원으로 승진했다. 그 후에도 계속 성실히 일해서 마침내 지배인이 되었다.

"그리고 이 그림은―," 큰주인은 족자를 만졌다. "하치베에 씨가 지배인이 되었을 때 그린 그 목맨 신이란다. 특별히 그림에 재주가 있는 사람은 아니었지만 정성을 다해서 그리니 자기가 생각해도 좋은 그림이 나왔다고 하더구나. 하치베에 씨는 이 그림을 소중히 간직했다. 그리고 지금의 너와 마찬가지로 외로움과 고단함을 못 이기고 도망쳤다가 다시 끌려온 어린 나에게 이걸 보여주며 이야기를 들려준 거야."

큰주인은 목맨 신을 직접 본 적은 없다고 했다. 하지만 그 이야기와, 그걸 들려준 지배인 하치베에 씨의 존재는 이하라야에서 점원으로 계속 일할 수 있게 해 준 튼튼한 버팀목이 되었다.

"하치베에 씨가 그러더구나. 어느 가게 창고의 쇠고리에나 점원의 신이 하나 매달려 있다고. 그러니 힘들어도 꾹 참고 일을 계속해 나가다 보면 반드시 좋은 일이 있을 거라고. 신인데도 그렇게 목을 매고 있는 까닭은 점원의 괴로움을 직접 겪어 보기 위해서고, 창고에 있는 까닭은 밑바닥에서 고생하는 사람들을 위한 신이니까 창고 말고는 있을 자리가 없어서일 거라고."

큰주인은 이하라야에서 중급 점원으로 출세했지만, 장사를 어느 정도 배우자 그동안 착실히 모은 돈을 밑천 삼아 과감하게 독립하여 헌옷 행상을 시작했다. 지금의 가즈사야의 바탕이 된 장사였다.

"내가 독립하려고 이하라야를 나왔을 때 하치베에 씨는 여전히 가게에서 기숙하는 지배인이었어. 몸이 많이 약해진 상태였지. 떠나는 나에게 축하와 이별의 선물로 이 그림을 준 거다."

큰주인님은 이야기는 다 끝났다는 듯이 입을 다물고 미소를 지었다. 스테마쓰는 이제 어찌해야 좋을지 알 수 없었다.

"방으로 돌아가라. 내 얘기는 이게 다다."

그 말을 듣고서야 일어설 수 있었다.

여덟 명이 뒤엉켜 자고 있는 북쪽의 직원들 방에는 이미 누울 자리가 없었다. 안 그래도 잠자리에 들면 누군가에게 이불옷을 빼앗기곤 하는 스테마쓰였다. 아예 체념하고 방구석에 웅크려 앉아 무릎을 안고 그 위에 머리를 얹었다.

'결국은 훈계였네……'

목맨 신? 점원의 신?

세상에 그런 게 어디 있어.

3

그 뒤 스테마쓰는 계속 가즈사야에서 일했지만 큰주인의 이야기를 사실로 믿은 것은 아니었다. 늙은이의 심심풀이 희롱이겠지, 소싯적에 고생한 얘기를 하고 싶었나 보지, 라는 생각도 들었다. 자기도 예전에는 수습 점원이었다 이거지?

하지만 그런 생각 밑에, 그 이야기에 위안받은 듯한 기분도 숨어 있다는 것을 느꼈다. 스테마쓰는 그것이 싫었다. 왠지 노인에게 놀아나는 것 같아서다.

게다가 가게 일이 고달프다는 사실에는 전혀 변함이 없었다.

마침 시치고산여자아이는 세 살·일곱 살 때, 남자아이는 세 살·다섯 살 때 성장을 축하하는 행사 무렵이라 일곱 살 난 소녀가 있는 가즈사야의 내실에 가죽 하오리를 입은 직인이 축하하러 오거나 쓰노다루축하용으로 건네는 붉은색 나무 술통가 들어오는 등 왁자한 일들이 이어졌다. 곁눈으로 그런 풍경을 보자니 외로움과 비참함이 더욱 심해지는 듯했다.

그 탓인지 월말이 되자 스테마쓰는 문득 창고에 가 볼까 싶었다. 도움을 청하기 위해서가 아니다. 확인하러 가는 것이다. 지어낸 이야기라는 걸 확인하고 싶었다.

목맨 신 같은 게 어디 있나. 황당한 이야기다. 그것을 확인하면 이번에야말로 이 가게를 뛰쳐나가자. 이번에는 집으로 돌아가지 않겠다. 어디든 다른 곳으로 가서 사는 거다. 나 하나 먹고사는 거라면 어떻게든 할 수 있다. 동냥을 하더라도 지금보다는 나을 것이고 배도 덜 고플 것이다.

가랑눈이 하늘하늘 내리는 밤이었다. 발소리를 죽여 복도를 지난 뒤 품에서 신발을 꺼내 신고 뒤뜰로 나섰다. 창고로 향했다.

창고 벽은 여전히 하얗고 밋밋하게 서 있었다. 발이 시렸고 손이 곱았고 가루눈이 쌓여 머리는 새하얘졌다.

쇠고리들이 창고 벽들을 따라 늘어서 있었다. 눈 내리는 밤이라 그런지 쇠고리의 그림자들이 하얀 회반죽벽 위로 묘하게 거뭇거뭇 떠올라 있는 듯했다.

목맨 신 따위는 어디에도 없었다. 싱글벙글 웃는 얼굴도 보이지 않았다.

스테마쓰는 한숨을 짓고 돌아섰다. 자, 이제 떠나자. 이따위 가게는 지긋지긋하다. 지어낸 이야기에 속아 넘어갈 정도로 어수룩한 꼬마가 아니다.

그때 등 뒤에서 뭔가가 바닥에 툭 떨어지는 소리가 났다. 스테마쓰는 뒤를 돌아보았다.

그 순간 머리카락이 쭈뼛 곤두섰다.

가장 앞쪽에 있는 쇠고리에 어머니가, 스테마쓰의 어머니가 목을 맨 채 매달려 있었다.

웃음기는 전혀 없다. 괴로운 듯 일그러진 얼굴. 뒤틀린 손가락. 두 눈은 빨갛게 부어올랐고 눈꺼풀이 닫히지 않아 흰자위가 드러났다.

아까 그 소리는 어머니 발에서 신발이 벗겨져 떨어지는 소리였다. 밑창이 닳고 또 닳은 신발이 이쪽으로 신발코를 향한 채 조금 쌓인 가루눈 위에서 뒹굴고 있었다.

소리 없는 비명을 지르며 스테마쓰는 창고로 달려갔다. 어머니 곁으로 다가갔다. 하지만 다음 순간 딱딱하고 차가운 회반죽벽에 머리를 호되게 부딪치고 말았다.

올려다보니 쇠고리에는 아무것도 매달려 있지 않았다.

'꿈인가……'

스테마쓰는 맥이 탁 풀렸다. 어머니의 울음 섞인 목소리가 귓속에 되살아났다. 열심히 일해야 해, 엄마를 돕는다고 생각하고.

엄마를 살린다고 생각하렴.

'네가 애써 주지 않으면 식구들은 다 목매 죽는 수밖에 없다.'

이 가게에서 도망칠 수가 없구나. 나는 이미 이곳에서 도망칠 수 없는 몸이로구나.

그 순간 뭔가가 등골을 관통한 듯이 허리를 곧게 펴며 처음으로 그렇게 생각했다.

훗날 스테마쓰는 가즈사야에서 가장 나이 어린 중급 점원이 되었다. 열여덟 살이었다. 이름도 마쓰키치로 바꾸었다.

그해 봄 큰주인이 백 세를 일기로 타계했다.

마쓰키치는 가게 점원들에게 짐짓 지나가는 말처럼 물어서, 자기 말고도 큰주인에게서 '목맨 본존님' 이야기를 들은 사람이 있는지 알아보았다. 하지만 끝내 확인할 수 없었다. 큰주인의 소지품 중에 진기한 족자가 있다는 소리조차 퍼져 있지 않았고, 목맨 남자를 그린 족자 그림이 가즈사야의 가보라는 이야기 또한 아무리 알아봐도 확인할 수 없었다.

그렇다면 그때 본 족자는 어디로 갔을까.

큰주인이 타계하고 난 뒤 어느 날 밤, 마쓰키치는 오랜만에 창고로 가 보았다.

역시 쇠고리에는 아무것도 매달려 있지 않았다.

마음속에서 천천히 감주가 솟아나는 것처럼 진한 웃음이 치밀어 올랐다.

역시 그때 나는 큰주인님의 거짓말에 넘어간 것 같다.

하지만 덕분에 부모, 형제들이 최소한 가난 때문에 목숨을 잃지는 않았다.

"인신매매상의 배가 난바다에서 노를 저어 가네—."

작은 소리로 읊조리며 마쓰키치는 후후 웃었다.

제 10 화

신이 없는 달

神無月

1

깊은 밤 어둑한 선술집 구석에서 오캇피키가 진갈색 간장통에 걸터앉아 주인을 상대로 술을 마시고 있다.

주인은 예순을 넘긴 지 오래인 작은 노인으로, 머리 위 상투는 은실을 뭉쳐 놓은 듯하고 등도 많이 굽었다. 오캇피키는 삼십대 후반으로 이제야 오야붕이라는 호칭에 걸맞은 풍채를 갖춘 듯한 인상을 풍긴다.

손님 열 명이 들면 꽉 차는 가게이지만 이 시각에는 텅 비었다. 동트기 전에 끈 포럼끈으로 만든 포럼은 흔히 선술집의 대명사처럼 통했다을 간이식 당 간판으로 바꿔 거는 가게이므로 평소라면 벌써 문을 닫았어야 할 터인데, 두 달에 한 번씩 오캇피키가 가게 구석의 이 간장통에 앉는 밤이면 주인도 특별히 그 한 명만을 상대로 깊은 밤까지 말 벗이 되어 주곤 한다. 그러기를 벌써 몇 년 됐다.

오캇피키는 상어 껍질 수정회 하나를 안주로 놓고 데운 청주를 자작하며 홀짝거리고 있었다. 청화 백자 술병이 바닥나면 주인은 가볍게 손을 뻗어 새로 데운 술병으로 바꾸어 준다. 오캇피키가 늘 하는 주문은 그렇게 세 병 나가면 이제 그만 마시라고 말려 달 라는 것이었다.

둘은 그다지 많은 말을 나누지는 않았다. 오캇피키는 말없이 술만 마셨고 주인도 말없이 설거지하거나 내일 아침을 위해 재료를 준비했다. 종종 칼도마 소리가 났다. 누렇게 바랜 사방등 불빛 아래 하얀 김이 뭉게뭉게 흔들렸다.

계산대 건너에 있는 주인 뒤쪽 벽에 차림표 세 장과 달력 한 장이 나란히 붙어 있다. 오캇피키는 그것을 올려다보았다. 매일 써 붙이는 차림표 종이는 하얗지만 정월 초부터 오늘에 이르기까지 요리할 때마다 나오는 연기에 그슬린 달력은 갈색으로 물들었다.

달력도 우리네랑 똑같네, 꼼짝없이 나이를 먹으니—오캇피키는 문득 그런 생각을 했다.

"올해도 벌써 시월이네."

오캇피키가 술병을 기울이며 가만히 입을 뗐다. 고개를 숙인 채 손을 놀리던 주인은 입가에 희미한 미소를 띠고 머리를 끄덕일 뿐이었다.

"시월이라. 기분 나쁜 달이지. 기억하슈, 쥔장? 꼭 작년 이맘때였지, 내가 얘기한 것이."

주인은 또 고개를 끄덕였다. 옆에 있던 자루에서 파를 하나 집어들고 썰기 시작했다.

"파는 썰어서 뭘 하게?"

"낫토 된장국을 끓이려고요."

"아, 그거 좋지. 그런데 내가 벌써 그렇게 마셨나."

"그게 세 병째예요."

주인은 파를 다 썰자 손을 씻었다. 물이 픽픽 소리를 내며 끓고 있다. 주인은 술병에 술이 얼마나 남았는지 살피며 말했다.

"작년에 처음 그 얘기를 하셨을 때도 오야붕은 낫토 된장국을 드시고 돌아가셨는데."

"그랬나. 내가 워낙 좋아하는 국이라서."

오캇피키는 다시 달력을 올려다보고 있었다. 주인도 그 벽으로 고개를 돌렸다.

"오늘은 불멸仏滅음양도에서 흉하다고 보는 날이네요."

"마침 잘됐네. 갑갑한 얘기를 하는 데 딱 어울리는걸."

주인은 미간을 살짝 찡그렸다. "올해에도 일어났나요?"

오캇피키는 고개를 저었다. "아니."

술병을 잔에 기울였다. 마침 병이 비기 시작했다. 오캇피키는 문득 손길을 멈추고 다시 고개를 저었다.

"아니, 아직이야. 아직 일어나지 않았어, 지금까지는."

"그걸 알고 있는 사람은 오야붕뿐입니까?"

"그렇지 않아. 내가 얘기했으니까. 하지만 다들 고개를 갸우뚱 거리네."

오캇피키는 고개를 들어 주인과 눈을 맞추고 씽긋 웃었다.

"그럴 만도 하지. 매년 시월에 딱 한 번만 강도짓을 하고 그 뒤 일 년 내내 얌전히 숨어 지내다니. 그렇게 절도 있는 강도는 대체 어떻게 생겨 먹은 놈인지, 내가 생각해도 너무 이상하다니까."

2

밤도 깊어 '아홉 자 두 칸' 쪽방의 어둑한 방에서 사내 하나가 등불에 의지해 바느질을 하고 있다.

거스러미가 인 낡은 다다미 짚 위에 깨끗한 겉면을 씌워 놓았다. 남자는 그곳에 무릎을 꿇고 앉아 있고, 단단한 무릎에는 색색 가지 천 조각이 덧대어져 있다. 남자 곁에서는 여덟 살짜리 어린 딸이 이불옷을 입고 곤하게 숨소리를 내며 자는 중이다.

남자가 꿰매는 것은 어린 딸에게 줄 작은 공기였다. 남자 옆에는 팥을 담은 작은 소쿠리가 있었고, 자투리 천을 이어 붙인 작은 주머니가 완성되자 단단해 보이는 손으로 팥을 움켜쥐어 그 주머니에 넣었다. 어린 딸의 손에 꼭 맞는 무게와 크기가 되도록 신경 쓰며 꼼꼼하게 공기를 만들어 나갔다. 어릴 때부터 손재주가 있는 편이었고 바느질은 생계 수단이기도 하다. 남자의 손놀림에는 망설임이 없었고 매끄러웠다.

딸에게 줄 공기를 만드는 것은 남자에게 한 해에 한 번뿐인 중요한 행사였다. 딸은 그 공기를 가지고 즐겁게 놀았다. 아빠가 만들어 주는 공기는 아이에게 소중한 보물이었다. 젖먹이 때부터 몸이 약해 줄곧 누워 있느라 밖에 나가 놀지도 못하고 자란 딸에게 아빠가 만든 공기는 유일무이한 낙이었다.

딸은 지금도 가끔 방심할 수 없는 고열을 앓았다. 단골 의원은 친절했지만 그 온화한 얼굴을 수심으로 흐리며 이 아이는 어른이 되기는 힘들겠다고 말했다. 언제까지 살 수 있을지 자신도 정확하게 말해 줄 수 없다고 했다.

"선천적으로 어디 좋지 않은 데가 있는 것 같네."

약으로 달랠 수는 있어도 근치는 못 한다고, 안타까워하며 고했던 것이다.

하지만 의원의 그 말에 남자는 "키워 보기 전에는 모를 일이지요"라고 대꾸했다. 저는 딸을 낳고 산고로 죽은 아내에게 약속했습니다. 이 아이를 훌륭하게 키우겠다고. 아내 목숨을 주고 얻은 딸이니까요. 그러니 돈이 얼마나 들든 상관없습니다. 비싼 약이라도 괜찮으니 얼마든지 써 주세요. 선생님이 할 수 있는 모든 치료를 해 주세요—.

남자는 공기를 꿰매고 있다. 입가에는 미소가 달렸다. 밤은 점점 깊어 가지만 남자는 아직 시간이 있음을 알고 있다. 이 공기를 다 만들면 집을 나설 시간이 될 것이다.

3

"그 강도 사건이 일어났을 때가, 그래, 오 년 전 시월, 아마 십일일 한밤중이었을 거야."

세 번째 술병과 주인을 상대로 오캇피키는 이야기를 시작했다.

"그 건이 내 구역에서 일어났어. 사루에 목재 창고 구역막부에서 쓰는 목재를 모아 둔 구역 바로 뒤에 있는 엔슈야라는 전당포에서였지. 피해 액수는 열 냥 정도. 이때는 그래도 그 정도밖에 안 됐다네. 전당 포 주인 부부와 사환 한 명이 밧줄에 묶인 정도로 끝났어. 강도는 체구가 큰 남자 한 명. 검은 윗도리와 모모히키통이 좁아 작업에 편리한 바지를 입었고, 까만 복면으로 얼굴 전체를 가렸다는 거야."

"열 냥이라니 강도치고는 소심하네요."

주인은 그렇게 말하고 곰방대를 빨았다. 하얀 김과 연기가 뒤 섞였다.

"나도 그렇게 생각했어. 게다가 그 강도는 딱히 전당포 사람들 을 해치지도 않았어. 물론 칼로 위협은 했지만, 그랬던 것을 빼면 마치 탁발 나온 중 같은 인상을 풍겼다는 거야. 전당포 주인도 그 렇게 생각하는 게 좀 우습다고 하면서 쓴웃음을 짓더군."

오캇피키는 천천히 잔을 비우고 눈을 껌벅거렸다. 머릿속에 남 아 있는 광경을 떠올리려는 것이다.

"그 강도는 창고에 돈과 값나가는 물건이 넘쳐 나는 전당포를 털러 왔으면서 주인을 위협해 바로 옆 문갑에 든 열 냥만 빼앗아 달아났어. 난폭한 짓은 하지 않았다는 거야. 전당포 사람들이 시 끄럽게 소란을 피울까 봐 두려워했는지도 모르지. 그래서 이건 초보자의 짓이라고 생각했어. 첫 범행이었을 거라고. 혼자 왔다 는 것도 다른 강도들과 다른 점이지. 이놈은 성실한 놈이야. 성실 한 놈인데 무슨 사정으로 돈이 필요했겠지. 어쩌면 이걸 끝으로 그런 짓을 그만두지 않을까 싶었어."

"그래서 오야붕도 큰 열의를 내지 않았던 거군요?"

주인은 웃음이 희미하게 밴 목소리로 그렇게 물었다. 오캇피키도 결국 웃었다.

"그런지도 모르지. 해서 결국 범인은 알아내지 못했어."

오캇피키는 술병을 기울였다. 남은 술이 별로 없었다. 주인은 담배를 끄고 낫토 된장국을 불에 얹었다.

"다만 그때도 한 가지가 마음에 걸렸어. 수법이 너무나 깔끔한 거야. 통용문 자물쇠를 따고, 생판 타인의 집 안을, 심지어 불 하나 없이 척척 통과해서 주인 부부의 침실에 들어갔다? 이놈은 전당포 구조를 아주 잘 아는 놈이 틀림없어. 아니면 전당포 주인의 지인인지도 모르지. 내가 그렇게 말하자 이번에는 전당포 주인의 얼굴이 파랗게 질리더군. 털어서 먼지 안 나오는 놈은 없을 테니까. 나에게 몇 푼 찔러주며 큰 재산을 빼앗긴 것도 아니니까 조사는 적당한 선에서 끝내 달라고 부탁할 정도였어."

주인은 또 잠자코 미소를 지었다. 오캇피키가 그 몇 푼을 챙겼는지 물리쳤는지는 묻지 않았다.

"그래서 나도 그걸로 잊어버렸지." 오캇피키는 말을 이었다. "겨우 열 냥, 그것도 전당포의 열 냥이야. 쉽게 잊어버렸어. 그로부터 삼 년이 지났을 때 그 일을 다시 떠올렸지."

술병이 비었다. 오캇피키는 수정회 접시도 젓가락으로 깨끗이 비웠다.

"술은 이걸로 그만"이라고 한 뒤 다시 눈을 껌벅이며 벽에 붙은 달력을 올려다보았다.

"삼 년 후 연말이었어. 소소한 도난 사건 참고인의 조사를 면제해 주기 위해 체포된 범인의 범행 행적을 조사하기 위해 범인이 들른 가게의 주인 등을 비롯한 관계자들은 참고인으로서 출두하라는 명을 받는다. 참고인이 부교쇼에 출두할 때는 자기 구역의 책임자와 동행하고 시간도 꼬박 하루를 할애해야 했으므로 경제적 부담과 시간 낭비가 막심했다. 그래서 오캇피키에게 합의한 금액을 건네고 조사를 면제받는 관행이 있었다 간다 쪽의 오캇피키를 만났지. 평소 이름을 알고 지내는 사이였으니까 그쪽하고는 금방 얘기가 끝났어. 그 뒤 이런저런 대화를 나누었는데 이런 소리를 하는 거야. 시월에 사루가쿠초의 국수가게에서 별난 강도 사건이 일어났다고. 들어 보니 삼 년 전 전당포 사건 때의 수법과 거의 똑같더군. 덩치 커다란 남자가 혼자 범행했다는 것. 까만 복면을 썼고 내부 구조를 잘 알고 있더라는 것. 피를 보지 않았다는 것. 그리고 그때 빼앗긴 돈은 여덟 냥이었다더군."

주인은 낫토 된장국을 공기에 담아 밥과 함께 오캇피키 앞에 내주었다. 아직 조금 덜 절었습니다만, 하며 구기즈케 잎과 줄기를 제거하지 않은 무 등을 소금에 절인 것 가 담긴 작은 접시를 곁들였다.

"고마워. 이거 맛있겠네."

오캇피키는 젓가락을 들고 소리를 내며 낫토 된장국을 마셨다.

"그래서 오야붕이 기억을 되살렸군요" 하고 주인이 말했다. "삼 년 전 강도 사건의 범인이 저지른 게 아닐까 하고 말이죠."

오캇피키는 공기에 얼굴을 묻은 채 고개를 끄덕였다. 더운 김이 그의 코끝을 반들거리게 했다.

"이거 묘하네 싶었지. 아니, 왠지 궁금해지는 거야. 대체 어떤 놈인지. 그래서 잠깐 조사해 보았어. 내가 모르는 어느 구역에서, 시월에, 동일 수법 사건이 일어난 사례가 있는지를 말이야."

"사례가 있던가요?"

"그래, 있었어. 있는 정도가 아니야. 내가 맡았던 전당포 사건이 처음이 아니었어. 네 번째 사건이었더군. 그 사건 전에 이미 비슷한 사건이 세 번이나 일어났어. 시작은 팔 년 전이야. 팔 년 전부터 매년 딱 한 번, 어김없이 시월에, 내가 확인한 것과 똑같은 수법의 강도 사건이 일어난 거야. 빼앗긴 돈도 다섯 냥에서 많아야 열 냥 정도. 피해자가 어렵지 않게, 무리 없이, 무난하게 당장 내놓을 만한 액수지. 돈만 빼앗고 재빨리 도망친 점도 똑같아."

"괜한 욕심은 부리지 않는다는 것일까요."

"내가 보기에는 그래. 당한 측에게도 그리 커다란 타격은 아니야. 그렇다면 집요하게 추적당할 염려도 그만큼 줄겠지."

주인은 그렇죠, 그렇죠, 하면서 고개를 끄덕였다.

"게다가 이 결과를 보더라도 놈이 성실하다는 걸 알 수 있어. 노름이나 계집질을 하려고 범행을 한 거라면 좀 더 무리를 했을 거야. 빼앗는 금액도 해마다 늘어났을 테고."

"하지만 이자는 달랐다?"

"응, 그렇다고 생각해. 사전에 준비를 단단히 한 다음, 연중행사처럼 말끔하게 저지를 수 있었던 까닭은 이놈이 빚에 쫓기는 얼간이가 아니어서야."

게다가 머리도 좋은 놈 같아, 라고 하며 오캇피키는 끄응, 소리를 냈다.

"놈이 노린 집은 놀라울 정도로 제각각이야. 오카와 강 건너편이었다가 이쪽이었다가, 남쪽이었다가 북쪽이었다가. 그러니 아무도 연관성을 눈치채지 못했지."

오캇피키는 고개를 절레절레 저었다. 주인 보고 그러는 것이 아니라 누군가 다른 대화 상대가 있어서 그자에게 그러는 것만 같았다.

"다만 에도를 벗어난 적은 없더군. 원정을 하지 않은 거지. 이 점도 역시 마음에 걸려. 역시 성실하게 살아가는 놈이라고 추측했어. 집을 오래 비울 수가 없는 처지일 거야."

4

공기가 다섯 개 완성되었다.

어린 딸은 곤히 자고 있다. 남자는 반짇고리를 정리하고 등잔 심지를 줄여 불을 약하게 한 다음 소리 없이 일어나 복장을 갖추었다.

팔 년 전 딸의 목숨을 이승에 붙들어 두려면 성실히 일해서 버는 돈만으로는 안 된다는 것을 알았을 때 남자는 마음을 굳혔다.

그렇다면 다른 수단으로 돈을 마련하자.

그럴 수만 있다면 남에게 폐를 끼치고 싶지 않았다. 하지만 양자택일을 하라고 한다면, 그 선택에 내 자식의 목숨이 달려 있다면 더 망설일 여유가 없었다.

지금까지는 생각대로 잘되어 왔다. 그 결심은 잘못되지 않았다. 후회도 없었다.

'다만…….'

작년에는 큰일 날 뻔했다. 정말 위험천만했다. 지금 생각해도 가슴이 오그라드는 것 같다.

상대방이 그렇게 덤벼들지만 않았어도 칼부림 없이 끝났을 텐데.

두려웠다. 그런 상황은 질색이다. 역시 이렇게 위험한 짓은 오래 계속할 것이 못 된다며 팔 년 만에 처음으로 마음이 약해졌다.

'올해는 조금 더 많이 가져와야겠어.'

가능하다면 앞으로 몇 년 동안 아무 짓 하지 않아도 될 만한 금액을.

5

"작년의 그 일을 만나기 전에는 나도 시월이면 나타나는 그 묘한 강도는 그냥 놔둬도 좋을 것 같았어."

오캇피키는 밥과 낫토 된장국을 다 비우고 주인과 함께 담배를 피웠다.

"그놈은 재갈을 물고 있는 말 같은 놈이다. 제 고삐를 제가 쥐고 있는 놈이지. 아무한테도 칼부림을 하지 않고 꼭 필요한 금액만 빼앗아 달아난다. 어지간한 실수가 없는 한 앞으로도 잡힐 일이 없지 않을까. 아니, 굳이 잡을 것도 없지 않나. 나는 그렇게 생각한 거야. 놈은 돈이 필요해서 이런 짓을 하는 거다. 필요한 돈이 생기면 그만둘 것이다. 절도나 강도질이 생업인 놈은 아니니까, 하고 말이지."

잠자코 이쪽을 쳐다보는 주인의 표정을 보고 오캇피키는 쑥스러워하는 웃음을 지었다.

"쥔장 얼굴에 다 쓰여 있네. 그건 섣부른 생각이다, 라고 말이야. 맞아. 놈은 작년에 처음으로 사람을 다치게 했어. 칼로 찔렀지. 구루마자카 옆 대부업자의 집에서. 그 집 아들의 성질이 불같은 것이 탈이었어."

주인은 미소를 지었다. "그 이유 때문만은 아니겠지요, 오야붕."

"오, 그렇게 생각하나?"

"설령 그 대부업자 아들의 성질이 사납지 않았더라도 강도 행각을 계속하다가는 조만간 사람을 찔렀을 겁니다. 그다음에도 뻔하지요. 끝내는 살인하는 단계까지 가 버릴 겁니다. 세상일이라는 게 다 그렇지 않습니까. 강물처럼 모두 흘러가고 있어요. 같은 자리에 멈춰 있질 않아요."

오캇피키는 달력을 쳐다보던 그 눈초리로 주인을 쳐다보았다. 주인장도 달력이나 한가지네, 라고 생각했다. 지나온 햇수만큼 착실하게 나이가 들었어.

"아마 그렇겠지."

"그럼요, 오야붕. 게다가 작년 사건은 아마 그놈한테도 버거웠을 겁니다. 그렇다면 올해에는 조금 더 큰돈을 빼앗으려고 할지도 몰라요."

"왜지?"

"그렇게 해 둬야 앞으로 몇 년간은 위험한 짓을 하지 않을 수 있을 테니까. 혹은 거액을 탈취한다면 아예 손을 씻을 수 있을지도 모르고요."

오캇피키는 주인 얼굴을 계속 쳐다보고 있었다.

"그런가……."

"그렇고말고요. 그러니까 무리를 감수할지도 모릅니다. 지금까지 하지 않았던 위험한 짓을."

오캇피키는 양 주먹을 꼭 쥐었다. "그렇다면 무슨 일이 있어도 놈을 잡아야겠군. 아무도 말릴 수 없는 놈이 되기 전에, 정말로 사람을 죽이기 전에 발목을 잡아서 끌어내야겠지. 하지만 어떻게 해야 할지 모르겠어—."

"단서가 전혀 없나요?"

주인의 물음에 오캇피키는 낯을 찡그렸다.

"전혀. 피해를 당한 집들 사이에 연관성이 없어. 개중에는 뒤가 켕기는 짓으로 돈을 벌어서 사람들에게 손가락질당하는 집도 있지만, 대개는 지극히 정상적으로 벌어먹고 사는 집들이야. 업종도 제각각이고."

그러더니 오캇피키는 어깨를 움츠리고 후후 웃었다.

"아, 그렇지, 한 가지 묘한 점이 있었어. 팥이야."

"팥?"

"그래. 작년에 대부업자 집이 털렸을 때 그 집을 샅샅이 조사한 동료가 그랬는데, 강도가 아들을 찌르고 정신없이 도망친 자리에 팥알 하나가 떨어져 있더라는 거야. 당시 대부업자 집에서는 팥을 먹은 적이 없으니 틀림없이 놈이 떨어뜨렸을 거라더군."

오캇피키는 여전히 웃으며 말했다.

"이봐, 쥔장, 강도짓을 하러 가는데 팥을 가져가다니, 대체 어떤 놈일까."

6

남자는 옷을 갈아입고 까만 두건을 품에 넣은 뒤 허리를 구부려 딸의 잠든 얼굴을 들여다보았다.

'얘야, 오타요.'

속으로 불러 보았다.

'아빠는 지금 나간다. 그리 오래 걸리진 않아. 동트기 전에는 돌아올 거야.'

손바닥을 가까이 대고 딸의 따뜻한 숨결을 느꼈다. 그의 온몸을 데워 주는 듯했다.

'위험하지 않을 거야, 오타요. 아무렴.'

남자는 그제야 고개를 들고 벽에 붙은 하치만 신사의 달력_{막부 공인 달력이 존재했지만 유명 사찰 등도 저마다 달력을 발행했고 신도들은 일종의 길상물로서 달력을 구입했다. 종파에 따라 날짜별 길흉 해석과 행사 등이 기록되어 있었으므로 달력 내용은 서로 달랐다}을 쳐다보았다.

신무월^{神無月}_{일본에서 음력 시월을 뜻하는 별칭.}

오타요, 너는 시월 말에 태어났단다. 그리고 앞으로도 시월 말을 아주 많이 맞게 될 거야. 매년 시월 말이면 이 세상에 태어난 것을 축하해 줄게. 아빠가 반드시, 반드시 그렇게 해 줄게.

그런데 오타요. 너는 운이 조금 나빴단다. 어째서 시월에 태어났는지.

시월이 어떤 달인지 아니? 이 나라의 신들이 모두 이즈모로 가 버리시는 달이란다. 신이 자리를 비우시는 달이란 말이지_{이즈모는 현재 시마네 현의 일부. 매년 음력 시월에 일본의 팔백만 신이 인간의 혼인과 운명을 결정짓는 회의를 열기 위해 이즈모 신사에 모이기 때문에 일본 전역에서 신들이 자취를 감춘다는 속설이 있다. 따라서 이즈모에서는 시월을 '신이 있는 달(神在月)'이라고 표현한다.}

그래서 네가 아픈 몸을 타고난 거란다. 네 엄마도 너와 자리바꿈하듯 죽고 말았지. 다 신이 자리를 비우신 탓이다. 자상하게 보살펴 주실 수 없었던 거야.

아빠는 그래도 신을 원망하지 않아. 그건 벌 받을 짓이고, 신을 원망하면 더욱 나쁜 일이 생기니까.

하지만 너를 행복하게 해 주려면 돈이 필요해. 그 돈을 마련하기 위해 아빠는 신이 기뻐하실 것 같지 않은 짓을 한단다. 신이 지켜보시면 곤란한 일을 한단다.

그래서 시월에 하는 거야. 신이 자리를 비우신 탓에 생겨난 불행을 조금이라도 덜기 위해, 신이 자리를 비우신 사이에 그 짓을 하는 거란다. 알겠니, 오타요?

남자는 조용히 딸의 곁을 떠나 아까 만든 공기를 하나 쥐어 보았다. 가볍게 던져 보았다. 새 공기는 경쾌한 소리를 냈다. 팥은 소쿠리에 아직 많이 남아 있다. 남자는 소쿠리에서 팥 몇 알을 쥐어 소매 속에 떨어뜨렸다.

오타요, 이달 말에는 이 팥으로 팥밥을 짓자^{팥에는 액운과 망령을 쫓는 주술적 힘이 있다고 믿었다.} 매년 그래 왔던 것처럼 올해도 그렇게 하자꾸나. 꼭 지어 먹자.

야음에 나가는 아빠를 지켜 주실 신은 없단다. 하지만 그 대신 이 소매 속에 있는 팥이 아빠를 네 곁으로 무사히 데려다줄 거야. 작년에도 그랬던 것처럼. 늘 그랬던 것처럼.

아빠는 반드시 돌아온다. 그리고 월말에는 팥밥을 지어서 신이 돌아오시는 것을, 그래서 또 한 해를 즐겁게 살 수 있게 된 것을 축하하자꾸나.

"그럼 다녀오마, 오타요."

그 말을 가만히 속삭이고 남자는 집을 나섰다.

7

오캇피키는 담배를 피우고 주인은 찻잔을 닦고 있다. 기름이
다 됐는지 불빛이 사뭇 약해졌다.

"목수가 아닐까 짐작해 본 적도 있어."

오캇피키가 천장을 향해 연기를 뿜어 올리며 말했다.

"목수?"

"그래. 그 강도는 집 안 구조를 잘 알았어. 그래서 목수가 아닐
까 생각한 거지. 그 집을 짓거나 수리한 적이 있는 놈이 아닐까
하고 말이야."

"오호." 주인은 설거지하던 손길을 멈추고 잠깐 생각에 잠겼다.

"강도를 당한 집 중에는 지은 지 얼마 안 된 집도 있고 작년에
현관 마루를 수리한 것처럼 보이는 집도 있었어. 그래서 범인은
목수가 틀림없을 거라 생각했는데."

"아니었나요?"

"한참을 돌아다니며 조사해 봤지만 나오는 게 없더군."

오캇피키는 담뱃대 대통을 탁 쳐서 불을 껐다.

"물론 목수를 부른 적 있다 해도 그 집들이 일을 맡긴 목수 또

한 제각각이었고, 지난 백 년 동안 목수를 부른 적이 없다는 집도 있었으니."

주인은 유감스러운 듯이 한숨을 지었다.

"전부 오야붕 지역에서 일어난 사건들도 아니니 조사하기가 쉽지 않겠네요."

"그렇지. 제일 열심히 나서 줄 듯한 데가 작년에 대부업자 건을 조사했던 구루마자카 패인데. 운 나쁘게도 그 대부업자는 뒤가 구린 놈인가 봐. 다소 뒷돈을 써도 좋으니 조사 없이 끝내 달라고 했대. 애초에 사망자도 없는 사건이니 아무도 의욕을 내지 않았지. 열을 내고 있는 건 나 하나뿐이야. 체면이 말이 아니게 됐어."

주인은 다시 설거지로 돌아갔다. 오캇피키는 멍하니 천장을 쳐다보았다.

"어떻게든 그놈을 잡아 보고 싶은 거군요."

주인의 말투에 비웃는 기색은 전혀 없었다.

"정말 빠른 시일 안에 어떻게 하지 않으면 큰일 나겠어. 아까 말한 대로 놈이 정말로 사람을 죽이기 전에 잡아야 하기도 하지만, 그 반대의 경우도 걱정이야. 작년에는 놈이 대부업자의 아들을 찌르고 도망쳤어. 하지만 올해는 어떻게 될지 알 수 없지. 놈이 찔릴 수도 있고. 가령 올해는 도망친다고 해도 앞으로 어떻게 될지 모르잖아. 내년, 내후년엔 또 무슨 일이 일어날지 모르지."

"그놈도 나이를 먹을 테니까요."

오캇피키의 말에 주인은 눈길을 들고 고개를 끄덕였다.

"달력은 인정사정 안 봐주거든요, 오야붕."

오캇피키는 누렇게 바랜 달력을 쳐다보았다. 흐르는 시간이 특별할 것도 없는 글자들의 연쇄 속에 갇혀 있다. 이렇게 쳐다보니 얼마나 무서운 물건인가 싶었다.

"왜 시월이지?" 오캇피키가 중얼거렸다. "왜 하필 시월이지? 왜 시월을 택할까. 통 모르겠네. 팥알 못지않게 이상한 일 아닌가."

주인이 잠시 뜸을 두었다가 말했다. "그건 역시 놈이 성실하다는 걸 보여 주는 게 아닐까요."

"무슨 말이지? 가령 시월에만 수입이 없어지는 직업이라서, 그 달을 버티는 데 필요한 돈을 강도짓으로 마련한다는 말인가?"

"아뇨, 아뇨." 주인은 고개를 저었다. "강도가 죽을죄라는 것은 잘 알지만 그래도 도저히 저지르지 않을 수 없는 이유가 있어서 저질렀을 겁니다. 그러니까 시월을 택한 거죠."

"통 모를 소리군."

"신이 자리를 비우신 달이잖아요. 신이 지켜보고 계시지 않은 달이라고요."

오캇피키는 멍하니 입을 벌렸다가 와락 웃음을 터뜨렸다.

"그건 좀 그런데. 설마 그렇게 순진한 놈일까. 역시 뭔가 사정이 있어서 시월이 범행을 저지르기에 좋은 때인 거겠지. 아니면 시월마다 형편이 안 좋아지니까 강도짓을 벌이는 건지도—."

대체 어떤 놈이냔 말이다. 오캇피키의 머릿속을 무력한 질문이

맴돈다.

"근데요, 오야붕." 주인이 불렀다. "아까 말씀하신 목수일지도 모른다는 짐작은 괜찮은 생각인지도 모릅니다."

"집 구조를 잘 아니까?"

"네, 그렇죠."

"하지만 목수 쪽으로는 성과가 없었다니까."

"그러니까 드리는 말씀입니다. 목수 외에 남의 집 구조를 잘 알 수 있는 직업은 없습니까?"

오캇피키가 낯을 찡그렸다. "그야 여러 가지 고려해 봤지. 기름 장수나 생선 장수. 단골손님 집에는 직접 방문하니까. 의원일 수도 있다고 생각했어. 왕진을 가면 안방까지 들어가니까. 하지만 그런 자들까지 모두 점검해 보았는데, 아니더라고. 강도를 당한 집들을 두루 출입한 자는 한 명도 찾아내지 못했어. 나오는 게 없더군."

주인은 참을성 있게 오캇피키의 한탄을 들었다. 그러고는 천천히 말했다.

"하나가 빠졌군요, 오야붕."

"빠져?"

"가령 다다미 직인은 어떻습니까."

오캇피키는 눈을 휘둥그레 떴다.

"다다미 직인!"

"연말이면 여유가 있는 집에서는 다다미를 교체하잖아요. 하다못해 겉면만이라도 교체하지요. 그럴 때 부르는 기술자라면 집 안 구조를 샅샅이 알 수 있어요."

곰곰이 생각에 잠긴 오캇피키에게 주인이 내처 말했다.

"번듯한 가게를 가진 다다미 직인이라면 그렇게 아무 동네에나 출입하지 않지요. 하지만 품팔이 다다미 직인이라면 어떨까요. 필요할 때마다 고용되는 직인이라면 북쪽이고 남쪽이고 가리지 않고 돌아다니지 않겠습니까. 강도를 당한 집이 그전에 다다미를 교체한 적이 있는지 조사해 보면 어떨까요."

오캇피키는 주인의 눈을 똑바로 쳐다보았다. 그러고는 벌떡 일어섰다.

"고맙네. 너무 늦지 않았어야 할 텐데."

8

남자는 야음을 틈타 밖으로 나섰다. 공동주택의 기도를 나설 때 잠깐 고개를 들어 위를 보았다. 그의 이름이 적힌 명패가 희미한 달빛을 받고 있었다.

'다다미 직인 이치조.'

남자는 밤길을 서둘러 걸었다. 해마다 단 한 번만 하는 일인 만큼 팥 몇 알을 소매 속에 넣고서.

오캇피키는 밤길을 서둘러 걸었다. 얼굴도 모르고 그림자도 볼수 없는 묘한 강도의 뒷덜미를 조금이라도 빨리 낚아채기 위해.

밤이 깊은지라 두 남자는 밤길을 뛰기 시작한다. 스쳐 지날 일이 없는 두 사람의 뒷모습을 각자의 뒤에서 달이 비추고 있다.

그리고 야음의 어느 깊은 곳에서는 병약한 딸이 편안한 잠에 빠져 꿈을 꾸고 있다.

신은 이즈모 지방으로 떠나고 없다.

제
11
화

와비스케
동백꽃

1

아까부터 고소한 냄새가 난다 했더니 며느리 가요가 된장죽을
끓이고 있었다.

곱게 으깬 된장을 냄비에 살짝 볶은 뒤 물을 부어 된장국을 만
들고, 물에 만 밥을 넣고 파를 썰어 넣는다. 여기에 생강즙을 떨
어뜨려 식기 전에 먹으면 어떤 약보다 감기에 잘 듣는다. 사흘째
떨어질 줄 모르는 미열에 시달리며 축축 늘어지는 몸을 주체하지
못하던 고혜에게는 고마운 성찬이었다.

전당업이라는 장사 때문에 성격이 그리됐는지, 아니면 원래 그
런 기질을 타고 났는데 마침 생업하고 잘 맞은 건지 고혜에는 매
사 꼼꼼하고 까다로웠는데, 그가 열심히 노력한 보람이 있어서
전당포 시치젠은 그의 부친 대보다 배에 가까운 재산을 쌓아올렸
다. 그래서 작년에 환갑을 맞으며 은퇴하여 공식적으로는 아들
내외에게 가게를 맡기고 물러난 자세를 취했어도 역시 아직은 뒤
에서 고삐를 놓지 않았다.

하지만 책임이라는 옷을 벗어 버리고 편안한 뒷자리라는 옷을
걸치자 제일 먼저 몸이 정직한 반응을 보였다. 지금까지 한나절
도 드러누운 적이 없는 점이 자랑거리였던 고혜에인데 요즘은 별

것 아닌 고뿔에도 금방 드러눕고 만다. 게다가 전당포 위층의 소박한 살림집 안쪽에 있는 자기 방에 드러누운 채 끼니와 차까지 받아먹는 형편이다. 아무리 병자라도 이부자리에서 밥상을 받고 차를 마신다는 것은 상인에게는 도저히 있을 수 없는, 게으름뱅이나 하는 짓이라고 생각해 왔다. 고헤에는 그렇게 단언해 마지 않던 자신의 지난 모습을 생각하니 조금 수치스러웠다.

그 탓인지 며느리 가요가 쟁반에 된장 냄새 풍기는 일인용 질냄비를 받치며 들어왔을 때도 사실은 몹시 반가운데 기쁨을 순순히 얼굴에 드러낼 수 없어서,

"그렇게 중병에 걸린 사람은 아니란다. 다른 사람들과 함께 저쪽에서 밥도 먹었는걸"이라고 제법 큰소리를 치는 고헤에였다.

가요가 아들 이치타로에게 시집온 지 삼 년이 지났지만 아직 자식이 없었다. 하지만 그것도 금실이 너무 좋은 탓일 거라는 소문이 날 만큼 둘은 사이가 좋았다. 이치타로는 속에 있는 것과 반대되는 말만 하는 아버지의 버릇을 잘 알았고, 가요는 그런 남편에게서 알뜰하게 조언을 받고 있는 터라 시아버지 고헤에가 조금 고까운 말을 한다고 해서 기분 나빠하지 않았다. 지금도 고헤에의 이부자리 옆 작은 앉은뱅이 탁자에 쟁반을 내려놓고 얼른 식사 준비를 마쳤다.

그러고는 윗몸을 일으키고 앉은 시아버지 뒤로 돌아가 실내 방한복을 걸쳐 주려고 했다. 고헤에는 뭐라고 꿍얼거리면서도 얌전히 실내 방한복 소매에 팔을 끼워 넣었다. 젊어서 상처하고 홀

아비 몸으로 이치타로와 시치젠을 번듯하게 키워 낸 고혜에는 이 젊은 며느리가 집안에 들어오고 나서야 가족에게 응석 부리는 맛을 조금 안 것 같았다.

"열이 약간 떨어진 것도 같네요."

가요가 된장죽을 천천히 입으로 나르는 고혜에의 얼굴을 흡족한 듯 지켜보며 말했다.

"떨어진 지 오래됐다. 예전 같았으면 벌써 털고 일어나 계산대 뒤에 앉아 있었겠지."

"정말 다행이에요." 가요는 방긋 웃었다. "그럼 아버님께 손님을 모셔도 되겠네요."

"손님?" 고혜에는 된장죽의 하얀 김 속에서 고개를 들었다. "나한테 손님이?"

가요는 고개를 끄덕였다. "점심때 지나서 간판장이 요스케 씨가 들르셨어요. 아버님 건강만 괜찮으시면 저녁때 잠깐 뵙고 싶다고 하시더군요. 긴히 상의드릴 일이 있는 것 같아서 아마 괜찮을 거라고 대답해 두었습니다만."

"요스케가?"

"예."

"바둑을 두자는 건가?"

"바둑은 감기가 다 나은 뒤에 두기로 하셨잖아요."

그랬다. 해서 고혜에도 내심 그날을 기다리고 있다.

"설마 돈 빌려 달라는 얘기는 아닐 테고."

"설마요." 가요는 웃었다. "요스케 씨에게 저희 시치젠은 아무 보탬도 안 되는 가게일 거예요."

고헤에도 가요 말이 맞다는 것을 안다. 그런데 요스케가 뭔가 아쉬운 게 있어서 고헤에와 상의하러 온다는 것은 아무래도 생각하기 힘든 일이었다.

"오모요 씨에게 혼담이라도 들어왔는지도 모르죠." 가요가 그렇게 말하고 고개를 갸웃거렸다. "그러고 보니 세토모노초에 있는 큰 도매상 장남이 오모요 씨를 마음에 두고 있더라는 소문을 들은 적이 있어요."

오모요는 요스케의 장녀 이름이다. 올해 열여덟 살이 되는, 덩치 크고 억척스럽고 일 잘하는 딸이다. 요스케에게는 오모요를 비롯해 세 딸이 있는데, 이 딸들을 무사히 시집보낼 때까지는 죽으려야 죽을 수도 없다는 것이 그의 입버릇이다. 특히 술에 취하면 내내 그 말을 반복한다.

"혼담이라면 나하고 상의할 일이 아니지." 고헤에가 말했다. "나는 홀아비라 중매인 노릇도 못하는 몸인데."

"그럼 역시 돈 문제일까요? 시집을 보내자면 여러 가지로 쓸데가 많을 테니까요."

그렇게 추측하고 있을 필요도 없었던 것이, 고헤에가 된장죽을 다 먹고 땀을 훔치자 아래층에서 사환이 부르더니 요스케가 왔다고 고했던 것이다.

작은 몸뚱이 위에 작고 동그란 머리를 얹은 간판장이 요스케는 벌써 쉰이 넘었는데 늘 작은 두 눈을 개구쟁이처럼 바쁘게 움직인다. 강풍이라도 불면 날아가 버릴 것 같은 체격이지만, 그 또한 간판장이라는 직업과 잘 어울려 보인다는 점이 재미있다. 바람을 타고 높은 지붕으로 휙 날아올라 허리에 손을 받치고 '지붕 간판'의 상태를 살피거나 '세움 간판' 위에 얹은 기와지붕을 수리하는 등 간판 일이라면 뭐든 척척 해낼 사람처럼 보이는 것이다.

전당포 시치젠과 요스케가 인연을 맺은 지 그럭저럭 십 년쯤 되지 않았을까. 같은 업계 사람들에게서 아이오이초의 요스케라는 간판장이가 만든 간판이 여기저기서 평이 좋다는 소문을 듣고, 마침 교체해 볼까 싶었던 시치젠의 간판을 그에게 맡긴 것이 인연의 시작이었다.

당시부터 요스케의 간판은 구석구석 창의적 고안이 담긴 것으로 유명했다. 날이 저문 뒤에도 손님이 급하게 달려오는 경우가 있는 약국의 세움 간판에는, 멀리서 등롱으로 비추어도 옥호가 선명히 보이도록 은박을 사용한다거나, 장부 종류를 파는 가게에는 간판 대신에 진짜 대형 장부를 매달아 지나가는 사람들이 그것을 들추면 안에 실린 가격표를 볼 수 있게 해 놓았다.

그런데 의뢰를 받고 방문한 요스케는, 전당포 간판은 아쉽게도 궁리하는 보람을 찾기 힘든 간판 가운데 하나라고 말했다. 결국 시치젠의 간판은 지극히 평범한, 거는 방식의 오각형 간판으로 낙착되었다. 전당포 간판이 너무 눈에 띄면 도리어 손님들이 싫어한다는 것이다. 고혜에도 그 주장을 납득했다.

그뿐이라면 특별히 언급할 것 없는 간판장이와 전당포 주인의 인연이었을 텐데, 이런저런 이야기를 나누다 보니 요스케가 바둑을 즐긴다는—아니, 즐긴다기보다는 일밖에 모르고 여가라는 것을 전혀 몰랐던 그가 마흔 지나 처음 배운 유일한 도락이 바둑이라는 사실을 알고 나서는 분위기가 완전히 바뀌었다. 그즈음 고혜에도 마찬가지여서, 쉰 지나 배운 바둑에 푹 빠져 있었던 것이다. 둘은 눈 깜짝할 사이에 호적수가 되어 열흘에 한 번은 바둑판을 가운데 놓고 씨름하는 사이가 되었다.

요스케가 만든 걸작 간판 가운데 묘진시타의 기원 간판이 있다. 얼핏 보면, 바둑판처럼 만든 나무판에 지저깨비를 깎아 만든 흰 돌, 검은 돌을 늘어놓고 '기원'이라는 글자를 크게 적어 놓았을 뿐인 간판으로, 이런 간판이라면 시중의 기원이란 기원에는 다 매달려 있다. 하지만 바둑을 사랑하는 사람이라면 이 간판을 처음 본 순간, 거기 놓인 흰 돌과 검은 돌의 위치가 하루하루 바뀌고, 더구나 치열한 대국 양상을 시시각각 반영하고 있다는 사실을 바로 눈치챈다. 실은 요스케가 이 착상을 떠올리고 수많은 기사를 매혹할 기보를 간판 위에 보여 줄 수 있는 방법을 고안할 때 고혜에도 함께 지혜를 짜냈다.

그러므로 시치젠의 고혜에와 간판장이 요스케는 내내 만만한 바둑 친구로서의 관계를 이어 왔다. 대국을 할 때는 요스케가 고혜에를 방문하여 다음 날 장사에 지장이 없을 만큼 밤샘을 하고 돌아갔고, 이는 오랫동안 습관처럼 이어졌다. 고헤에가 은퇴한 뒤에도 변함없이 계속해 왔다. 이번에 고헤에가 감기에 걸리기 전에도 둘은 박빙의 승부를 벌였다.

그 요스케가 새삼스레 무엇을 상의하겠다는 말일까.

방에 들어온 요스케는 여전히 이부자리에 앉아 있는 고헤에를 보자 조금 주저하는 얼굴을 했다.

"상관없어." 고헤에가 얼른 달래 주었다. "이제 감기는 거의 다 떨어졌어. 다만 자네에게 옮으면 장사에 지장이 있을 텐데."

"저야 아직 튼튼하고 늘 바깥으로만 돌아다니며 바람을 쐬니까 그런 걱정은 안 하셔도 됩니다."

요스케는 고헤에가 은퇴한 뒤로 종종 이렇게 노인 취급을 한다. 이를 얄밉게 느끼기도 하고, 조금은 우월감을 품기도 하는 고헤에였다. 요스케가 고헤에 나이가 되어도 지금의 고헤에처럼 유유자적한 은퇴 생활을 즐길 수 있을지 의심스럽기 때문이다. 요스케도 그걸 아는지라 밉살스러운 말을 던지는 것이리라.

다과를 내온 가요가 요스케와 가벼운 잡담을 하고 나갔고, 요스케는 고쳐 앉으며 얌전히 무릎을 모았다.

"실은요, 시치젠 씨, 제가 요즘 조금 골치 아픈 일에 휘말렸습니다. 해서 시치젠 씨의 지혜를 청해 볼까 합니다."

고헤에는 요스케를 '요 씨'라고 편하게 부르지만, 요스케는 고헤에를 꼬박꼬박 '시치젠 씨'라고 부른다. 이걸 보더라도 요스케의 성실함과 고지식함을 알 수 있다.

안 그래도 가무잡잡한 요스케의 낯이 한층 어두워 보였다. 고헤에는 정말 골치 아픈 일인 모양이군, 하고 생각했다.

본인이 말한 대로 요스케는 지금까지 일 년 내내 밖으로만 돌아다니며 열심히 일해 왔다. 그래서 얼굴이고 손발이고 할 것 없이 다 볕에 그을린 정도를 지나 거의 무두질한 가죽 같은 빛깔을 띠었다. 한 번 보면 잊기 힘든 얼굴이다.

언젠가 가요가 화로에 주전자를 올려놓고 깜빡 잊어서 까맣게 태운 적이 있다. 고헤에는 얼른 뒤처리를 하는 며느리와 까맣게 탄 주전자를 번갈아 보며 이 주전자가 무엇인가를 닮았는데, 그게 뭐더라, 하며 기억을 더듬고 있었다. 청소를 하던 가요도 똑같은 생각을 한 모양이었다.

둘은 거의 동시에 웃음을 터뜨렸다. 깔깔 웃으며 각자 생각한 바를 말해 보았다. 그래서 둘 다 '이 주전자는 간판장이 요 씨를 꼭 닮았다'고 생각했음을 확인할 수 있었다. 요스케의 얼굴은 그렇게 생겼던 것이다.

그 얼굴이 지금은 근심스럽게 가라앉았다. 볼살이 일그러져 있다. 보통 골치 아픈 일이 아닌 듯했다. 고헤에는 먼저 말을 꺼내 보았다.

"집안에 무슨 일이라도 있나?"

요스케의 무릎이 주저하듯 멈칫거렸다.

"부인이나 따님 일인가?"

그러자 요스케가 말하기 힘들다는 듯이 말했다. "그런 점도 있고······."

고헤에가 웃었다. "이런, 자네가 이렇게 심각한데 웃어서 미안하네. 하지만 이렇게 맞선 자리에 나온 아가씨처럼 고개만 숙이고 있으면 얘기가 되질 않잖아. 대체 무슨 일인데?"

고헤에의 웃음소리가 요스케의 기분을 편안하게 해 주었는지 그도 희미한 미소를 지었다. 그러고는 가만히 한숨을 짓고 평소처럼 눈알을 바쁘게 움직이며 이렇게 말했다.

"실은요, 시치젠 씨, 저에게 숨겨 둔 자식이 생기고 말았습니다."

2

고헤에 입에서 냉큼 나온 소리는 "자네한테, 여자가 있었다고?"라는 것이었다.

요스케는 마치 살인을 저질렀냐고 추궁이라도 받은 사람처럼 목이 부러져라 격하게 도리질을 했다.

"당치 않아요. 맹세코 그런 일은 절대 없습니다. 무엇보다 이런 얼굴을 좋다고 할 여자가 있을 리 없잖습니까. 시치젠 씨쯤 되는 부자라면 모를까."

고헤에도 이 말에 당황했다. "허튼소리 말게. 며느리가 들으면 어쩌려고."

한참 지난 이야기지만 요스케는 고헤에가 미즈차야 여자를 후처로 들일까 생각한 적이 있다는 것을 안다. 그 이야기는 결국 무산되었다. 그 여자에게는 남자가 있었고 전당포 재산을 노려 고헤에에게 접근했다는 사실이 분명해졌기 때문이다. 고헤에에게는 쓰라린 기억이었다.

"아무튼 저는 그런 적이 없습니다." 요스케는 그렇게 단언하고 무릎을 조금 디밀었다. "근데요, 시치겐 씨, 제가 출입문 앞에 걸어 두는 초롱을 만들 때면 꼭 와비스케 동백을 그린다는 거, 잘 아시죠."

저렴한 메밀국수 가게나 작은 선술집 등은 손님들 시선을 끌기 위한 간판 겸 밤에 가게 앞을 밝히는 조명으로 쓰려고 초롱을 내건다. 이때 초롱에 바르는 창호지에 가게 이름이나 취급하는 품목을 써 넣는다. 요스케는 개당 얼마 받지 못하는 이런 초롱을 의뢰받아도 선선히 응한다.

그리고 다른 간판장이라면 옥호나 '메밀국수'니 '밥'이니 하는 글자만 쓰고 말지만 요스케는 반드시 그림을 곁들였다. 그 그림은 늘 와비스케 동백 그림이었다.

와비스케 동백은 당동백唐椿이라고도 한다. 동백과 비슷한 빨간색, 분홍색, 흰색 꽃을 피우는데, 어디서나 흔히 볼 수 있는 꽃은 아니다. 빛깔은 동백처럼 아름다운데 쓸쓸히 고개를 숙이며 피어 있는 그 모습이 와비·사비와비는 투박하고 검소한 정서. 사비는 한적하고 쓸쓸한 정서를 말하며 일본 문화의 전통적인 미의식이다를 받드는 풍류인에게서 사랑받았고,

특히 다인이 선호하는 정원수이다. 하이쿠에서는 겨울의 계절어이기도 하다.

"그럼, 잘 알지. 자네가 좋아하는 꽃이잖아."

고헤에는 요스케한테서 한참 젊은 시절부터 와비스케 동백을 그리게 되었다고 들었다. 전에 왜 그런 희귀한 꽃을 그리느냐고 물어보자 요스케는 조금 쑥스러워하며 대답했다.

예전에 간판가게에서 일을 배우던 시절에 울타리 너머 이웃에 의원 부녀가 살았는데, 그 집 작은 뜰에 와비스케 동백이 있었다고 한다. 물론 그때는 그 나무 이름을 몰랐다.

"그 의원 딸은 정말 고왔어요. 하지만 저 같은 놈과는 신분이 달랐으니 감히 말 붙일 염도 못 냈죠. 그쪽도 그리 부자로 보이지는 않았지만, 그래도 격이 달랐으니까요."

젊은 요스케는 늘 고개를 살짝 숙이고 있는 청초한 의원 딸과 초록 잎 사이에 숨다시피 하며 피어나는 이 꽃을 사랑했다. 그러던 어느 날 혼자 뜰에 나와 있는 그 아가씨를 보고 일생일대의 용기를 쥐어짜서 말을 걸어 보았다고 한다.

"참 아름다운 꽃입니다. 그건 무슨 꽃입니까."

그러자 아가씨는 와비스케 동백이라고 일러 주었다. 동백 같은 화려함은 없지만 음전한 꽃이라 제가 특별히 좋아하는 꽃이에요.

그 아가씨는 얼마 후 시집을 가서 요스케의 짝사랑도 싱겁게 끝나 버렸지만 와비스케 동백을 향한 마음만은 남았다. 그는 대체로 건조한 글자만 나열하고 끝내는 초롱 작업에 이 분홍빛 와비스케 동백 그림을 곁들이게 되었다.

"처음에는 아련한 마음으로 그렸죠. 아무 일도 없었다면 잠시 그러다가 제풀에 그만두었을 겁니다. 그런데 그림을 곁들인 제 초롱이 점점 소문이 났어요. 원래 귀한 꽃이라 손님들이 그걸 보고 걸음을 멈추더라는 겁니다. 저는 그 말에 자신감을 얻어 간판장이로 독립할 수 있었습니다. 그러니 의원 딸을 잊을 때가 되었는데도 와비스케 동백 그림을 계속 그리게 된 겁니다. 저에게는 행운을 준 꽃이니까."

그로부터 이십여 년 동안 초롱에 분홍빛 와비스케 동백을 계속 그려 왔다. 시치젠을 알게 된 당시에도 마찬가지였다. 그리고 누가 왜 그런 그림을 그리느냐고 물으면 상대가 한 번 보고 말 손님일 경우,

"예쁘잖아요. 제가 좋아하는 꽃입니다"라고 대답하고, 상대가 시치젠 주인처럼 잘 아는 사람인 경우에는 옛날의 풋풋한 연정부터 들려주었다.

그런데 이 년쯤 전, 하마초 나루 옆 요릿집의 초롱을 만들 때,

"그곳 여주인이 상당한 미인이라서 그만."

여주인은 오래 거래해 온 고객은 아니었지만 왜 와비스케 동백을 그리게 되었느냐고 물었을 때 솔직하게 이야기해 주었다. 그러자 그 아름다운 여주인은 아주 재미있다는 듯이 깔깔거리며 웃었다고 한다.

"얼굴에서 불이 나는 줄 알았습니다."

그 여주인은 성격이 고약한 사람이었는지, 요릿집에 드나드는 손님이나 지인에게 틈만 나면 초롱을 보여 주며 요스케 이야기를 전하고 편리한 화젯거리로 삼았다고 한다.

"상대가 고객이니 화를 낼 수도 없었지요."

게다가 그 여주인에게서 이야기를 듣고 요스케에게 초롱을 의뢰하는 손님도 있었다. 그런 손님들은 요스케에게서 직접 예전 짝사랑 이야기를 듣고 싶어 했다. 그저 재미 삼아서.

"너무들 하니까 결국 저도 화가 나더군요. 그래서 아무렇게나 말해 버린 겁니다."

"아무렇게나?"

"네. 하마초 나루의 요릿집 여주인한테 사실대로 말한 게 아니다, 진짜 이유는 이거다, 하면서."

졸지에 지어낸 이야기이므로 복잡한 줄거리를 만들 수 없었다. 해서 마침 그때 요스케의 딸들이 즐겨 보던 기뵤시18세기 말부터 19세기 초까지 유행한, 그림을 곁들인 이야기책에서 내용을 빌려 왔다.

"그 기뵤시의 내용은 대화재로 생이별을 하게 된 모녀의 고생담 같은 것이어서 아주 재미있었습니다."

요스케는 거기서 가장 재미난 부분을 간추려서 이야기를 지어 냈다.

"예전에 대화재 때 딸을 하나 잃어버렸다. 나는 딸이 살아 있다고 믿는다. 헤어질 때는 어린아이였지만 이 아버지가 와비스케 동백을 좋아한다는 것은 알고 있다. 그래서 초롱을 의뢰받을 때마다 와비스케 동백을 그린 거다. 그것이 어디서 딸에 눈에 띄면 다시 만날 수 있을지도 모르니까. 그래서 그 꽃을 그리고 있는 거라고 말이죠."

고헤에는 흐음 하고 소리 냈다. 요스케치고는 교묘하게 지어낸 이야기였다.

"이 정도 사연이라면 아무도 웃지 않을 줄 알았는데, 사람들이 내 마음 같지 않더군요. 진짜예요? 하며 여전히 실실 웃더라니까요."

요스케는 천성적으로 거짓말이나 실없는 농담을 못 하는 사람이다. 넌더리가 난 요스케는 이후 어디서 누가 물어도 와비스케 동백을 그리게 된 까닭은 아예 언급하지 말자고 작심했고 내내 그렇게 해 왔다고 한다.

"그럼 그걸로 끝난 일 아닌가. 남의 과거를 존중할 줄 모르고 풍류도 모르는 자들은 계속 그렇게 살라고 내버려 두면 되지."

고헤에의 말에 요스케는 뒤통수를 쓸며 고개를 끄덕였다.

"시치젠 씨 말씀이 맞습니다. 그래서 그렇게 끝난 줄 알았습니다만."

요스케는 주위를 경계하듯 목소리를 낮췄다. 고헤에도 상체를 앞으로 내밀었다.

"그래서, 그 뒤에 무슨 일이 있었는데?"

"그 뒤에……."

요스케는 말하기 곤란한 듯 우물거리다가 작게 혼잣말처럼 말했다.

"제가 딱 한 번 화가 나서 꾸며 낸 이야기가 얼마 전에 독이 되어 돌아온 겁니다."

"그 얘기는, 그러니까⋯⋯."

그제야 고헤에도 아하, 하며 짐작했다. 감춰 둔 자식이 생겼다는 이야기와 연결되나?

"바로 그겁니다." 요스케는 어이가 없다는 표정을 띠었다. "사오일 전이었어요. 제가 만든 초롱을 보고 그 가게 사람에게서 사연을 알게 되었다는 여자가 찾아왔습니다."

이야기의 방향을 짐작하며 낯을 찡그리는 고헤에에게 요스케는 스스로도 한심하다는 듯이 고개를 끄덕여 보였다.

"아빠, 제가 바로 그 생이별을 한 딸이에요, 이러더군요."

3

그런 말로 나타난 가짜 딸은 이름이 오유키라고 했다. 나이는 스물넷, 사는 곳은 네즈 신사 근처였다.

겨우 감기 기운을 떨쳐낸 고헤에가 잔뜩 풀이 죽은 요스케를 대신해 오유키의 집을 찾아갔는데, 얼핏 봐도 모종의 일을 생업으로 삼은 여자의 집이라 알 수 있는 민가였다. 세간에서는 사내의 첩 노릇을 '생업'이라고 하지 않을지도 모르지만.

공교롭게도 오유키는 집에 없는 듯했다. 헛걸음을 했나, 하며 실망했지만 시간을 때울 겸 이웃집 몇 군데를 돌아다니며 오유키란 여자에 대해 아는 대로 말해 달라고 하자 다들 흔쾌히 이야기해 주었고, 거의 다 험담이었다.

오유키의 생활비를 대 주는 남자는 니혼바시에 큰 가게를 둔 상인으로, 나이가 많이 차이 나는 듯하다. 오유키가 이곳에 이사 온 지 대략 삼 년쯤 지났지만 그동안 이웃에 인사하러 온 적 없고 오다가다 만나도 웃는 낯 한 번 보여 준 적이 없다. 너희 가난뱅이들하고는 엮이고 싶지 않다는 식이지만 근처 젊은 사내들에게는 아무렇지 않게 추파를 던진다. 집에 서방이 없을 때는 빈둥빈둥 놀면서 지내고, 서방이 오면 대낮에도 술을 마시며 시끄럽게 굴고, 그러다가 덧창까지 꽁꽁 닫아걸고 꼼짝도 하지 않는다—고 한다.

"자기 말로는 게이샤 출신이라던데, 가끔 들리는 샤미센 소리나 노랫소리는, 원 세상에, 그런 엉터리가 없어요. 그냥 몸 파는 여자예요."

길 건너에 사는 방물 장수 부인이 콧방울을 씰룩이며 말했다.

"그 서방이란 자도 어지간히 여색을 밝히나 봐요. 그 나이를 해 가지고, 세상에 그런 꼴불견도 없다우."

오유키는 늘 옷도 잘 입고 다니고 빗이나 고우가이도 모두 값비싼 것으로 꽂고 식모도 한 명 두었다고 한다. 이런 점들도 근처 부인들을 화나게 하는 원인인 것 같았다.

어떤 사람인지는 몰라도 오유키를 첩으로 둔 남자는 취향만큼은 그리 나쁘지 않은 것 같군, 하고 고헤에는 생각했다. 그 집과 정원의 분위기가 매우 차분해서 첩의 살림집이라기보다는 은퇴한 노인이 사는 곳 같았다. 집을 빙 두른 담장 너머로 보았을 뿐이라 확실히는 알 수 없었지만, 지붕 생김새로 보건대 아무래도 부지 안에 다실도 있는 것 같았다.

오유키가 무슨 생각으로 요스케에게 그런 장난을 치는지 고헤에는 통 짐작이 가지 않았다. 그냥 재미로 장난치는 거라면 용서하기 어렵지만, 부유한 상인의 숨겨 둔 첩인데 생전 본 적도 없는 간판장이를 상대로 장난을 칠 만큼 한가하단 말인가. 하긴 그녀에게 시간은 주체하지 못할 만큼 많이 있겠지만, 남자가 여자에게 자유를 그렇게 넉넉히 허용할 것 같지는 않았다.

오유키는 지금까지 요스케 집에 두 번 찾아왔다고 한다. 처음 찾아왔을 때는 '생이별을 한 딸입니다'라는 그녀의 한마디에 사정을 모르는 부인과 딸들은 크게 놀랐고 집안이 발칵 뒤집혔다. 그런데도 두 번째 방문 때는 과자 꾸러미를 들고 나타나 천연덕스럽게 '동생들에게 줄 선물이에요'라고 말해서 오모요를 비롯한 세 자매는 분통을 터뜨렸다고 한다.

'통 모르겠군······.'

고헤에는 굳게 닫힌 오유키네 문을 바라보며 속으로 중얼거렸다. 역시 사람 입이 화근이지, 라고 생각했다. 요스케가 화가 나서 생각난 대로 떠든 이야기가 어디를 어떻게 돌았는지 이 여자

귀에까지 들어가 이런 사달이 난 것이다.

이야기를 지어낸 당사자인 요스케는 당혹감에 주눅 든 터라 늙은 사람이 주제도 모르고 중재역을 떠맡고 나서긴 했으나 실은 고헤에도 어떻게 타이르고 충고해서 어리석은 장난을 그만두게 할지 대책이 없었다. 무엇보다 상대방 속을 읽을 수가 없었다.

'일단 만나고 나서 방법을 생각해 볼까 싶었는데 얼굴도 볼 수 없고.'

드러내 놓고 살 수는 없어도 유복하게 지내는 젊은 여자이니 쉰 넘은 간판장이를 협박해서 돈을 뜯어내려는 것도 아니리라. 과자 꾸러미를 들고 찾아오다니, 장난을 치는 것은 분명한데 어딘가 진지한 구석도 느껴진다. 묘한 여자란 말이야……

고헤에는 그렇게 생각에 잠긴 탓에 바로 곁에 누가 다가왔다는 것도 알아차리지 못했다. 상대방이 말을 걸었을 때는 펄쩍 뛸 만큼 놀랐다.

"그쪽은, 혹시 아빠가 보낸 사람?"

돌아보니 눈에 띄는 줄무늬 기모노를 입고 빨간 입술연지를 바른 젊은 여자가 의심쩍어하는 눈초리로 쳐다보고 있었다. 보라색 보통이를 안고 있다.

아빠라고? 고헤에는 헛기침을 하며 마음을 가다듬었다.

"그쪽이 오유키 씨인가?"

"그런데요."

오유키는 품평이라도 하듯 고헤에를 훑어보고 있었다.

"나는 간판장이 요스케 씨와 잘 알고 지내는 사람이야. 실은 그쪽의 그 '아빠' 일로 얘기를 해 보려고 왔는데."

"할 얘기 없어요."

오유키는 고헤에를 가볍게 지나쳐 문을 열고 어깨 너머로 말했다.

"생이별을 했다가 이제야 겨우 만났어요. 앞으로 아빠에게 그저 효도하고 싶을 뿐이에요. 동생들한테도 예쁜 옷 입혀 주고 맛난 것을 사 주고 싶을 뿐이라고요. 왜 안 그렇겠어요, 피를 나눈 가족인데."

고헤에는 오유키에게 한 발 다가섰다. "그게 거짓말이고 요스케가 생각나는 대로 지어낸 얘기라는 건 그쪽도 잘 알잖아? 요스케 씨는 지금 반쯤 정신이 나갔어. 보아하니 살림이 궁한 사람도 아닌 것 같은데, 그렇게 성실하게 사는 사람을 곤란하게 해서 뭘 어쩌겠다는 거지? 장난을 쳐도 적당히 쳐야지. 이쯤에서 그만두는 게 어때."

문을 열고 잰걸음으로 들어간 오유키는 따지려는 것처럼 뒤돌아 노려보더니 날카롭게 말했다.

"내가 뭘 하든 무슨 상관이에요. 당신은 관계없는 사람이잖아요. 이건 가족 일이에요."

"이봐……."

다가서려는 고헤에의 눈앞에서 문이 쾅 소리를 내며 닫혔다.

'이런!'

고헤에는 달랠 길 없는 분노에 숨을 길게 토했다. 그런데 징검 돌 너머 저편 현관 진입로 옆에 자리 잡은 정원수들 속에 붉은 무언가가 있는 것이 대문 틈새로 얼핏 보였다.

가만히 보니 와비스케 동백꽃이었다.

역시, 하고 수긍했다. 이 나무가 있어도 이상할 것이 없었다. 첩 살림집에 다실을 지을 만큼 풍류를 아는 남자가 아닌가. 풍류를 위해 뜰에 와비스케 동백 한두 그루를 심었다 해도 이상하지 않다.

남자가 얻어 준 오유키의 집에 와비스케 동백꽃이라.

물론 그렇다고 의문이 해소되는 것은 아니었다. 막무가내로 안에 들어갈 수도 없으니 고헤에는 맥없이 걸음을 돌려야 했다.

간판장이 일가와 오유키의 기묘한 교류는 그 후에도 한동안 띄엄띄엄 이어졌다. 오유키는 문득 생각난 듯이 요스케 집에 불쑥 나타나 친부를 대하듯이 요스케에게 말을 건네고 '동생들'을 웃는 낯으로 대했다. 또 그때마다 어김없이 선물을 들고 나타났다. 문전박대를 해도 소용이 없어서 돌려보내도 자꾸 다시 찾아왔다. 다만 일각쯤 지나면 제풀에 안절부절못하다가 "그럼 다음에 또 올게요"라는 말을 남기고 돌아간다고 한다.

요스케는 그럴 때마다 오유키의 행동을 설명하고 "어떻게 하죠?"라고 의견을 물었지만 고헤에한테도 뾰족한 방법이 없었다. 그 뒤 고헤에가 다시 한 번 오유키를 찾아갔지만 그녀는 역시 집

안으로 들이지 않았고 이야기를 들어 보려고 하지도 않았다.

하루는 고헤에가 며느리 가요에게 물어보았다. 또래 여자로서 너는 오유키를 어떻게 생각하느냐? 그 여자가 왜 이런 장난을 하는 것 같냐?

그런데 가볍게 물은 고헤에가 놀랐을 만큼 가요는 진지한 표정을 지었다. 그러고는 생각에 잠겨 말이 없었다. 고헤에가 도리어 거북해져서 "그렇게 고민할 것 없다"고 말하려 했을 때에야 이렇게 대답했다.

"저는 모르겠습니다, 아버님. 저는 행복하니까요."

가요는 행복이라는 말이 마치 죄스러운 말이라도 되는 양 낮은 목소리로 말했다.

결국 견디다 못한 요스케가 약간의 동정심도 품은 기색으로,

"제가 직접 오유키 집에 찾아가 이야기를 해 볼까요? 시치젠 씨, 같이 가 주시지 않겠습니까?"라고 말한 것은 사태가 벌어지고 세 달째로 접어들었을 때의 일이었다.

"그게 제일 빠를지도 모르겠군."

그런데—.

요스케의 부인과 딸들하고도 충분히 상의하고, 결과에 따라서는 오유키네 동네의 마치야쿠닌에게도 호소해 보자는 데까지 결정하고 나서 요스케와 고헤에는 집을 나섰다. 하지만 그 집에 이미 오유키는 살고 있지 않았다.

집이 빈 것이 아니었다. 인기척이, 게다가 젊은 여자의 웃음소리가 들렸다.

고헤에는 지난번에 왔을 때 이런저런 이야기를 해 준 길 건너 방물 장수 부인에게 물어보았다. 기대한 대로 부인은 사정을 대강 알고 있었다.

"쫓겨났어요, 그 오유키란 여자는."

"쫓겨나요?"

"네. 서방한테 새로 요거"라고 하며 새끼손가락을 세운다. "요게 생겼거든요. 저 집에는 새 여자가 살고 있어요."

부인은 문득 목소리를 낮췄다.

"그 오유키란 여자, 아무래도 꽤 오래전부터 사람이 조금 이상해졌다 싶었어요. 서방도 더는 감당할 수 없었나 봐요. 우리야 자세한 내막은 전혀 모르지만."

"오유키 씨는 언제 나간 겁니까?"

고헤에의 물음에 부인은 고개를 갸웃거렸다. "아주 최근인 것 같아요. 이삼일쯤 됐을까. 확실히는 몰라요. 분명한 건 그 사람이 없어지고 다른 여자가 왔다는 거죠. 이번 여자는요, 글쎄, 제 어미까지 데리고 왔어요. 인사를 하러 왔더라고요, 당당하게. 그때 그 어머니란 사람이 그랬어요. '앞으로 우리 딸이 살게 되었어요. 전에 있던 오유키인지 뭔지 하는 여자는 머리가 조금 이상해져서 이웃 분들과 원만하지 못했던 것 같은데, 앞으로는 사이좋게 지냈으면 좋겠습니다'라고요."

고헤에는 그 집을 돌아다보았다. 요스케도 함께 돌아다보았다.

"오유키 씨는 달랑 맨몸으로 쫓겨난 겁니까?"

"아마 그랬나 봐요. 수레에 짐을 실어 냈으면 우리가 모를 수가 없죠."

고헤에와 요스케는 부인에게 고맙다고 인사하고, 종종 젊은 여자의 새된 목소리가 흘러나오는 그 집 앞으로 다가갔다.

문은 오늘도 굳게 닫혀 있었다.

"문틈으로 들여다보게, 요 씨."

고헤에가 요스케를 재촉했다.

"저기 뜰 안에 와비스케 동백이 있을 거야."

요스케는 짧은 목을 빼고 까치발까지 하고 나서야 붉은 꽃을 알아보고 고개를 바쁘게 끄덕였다.

"그 여자는 왜 쫓겨났을까."

고헤에가 혼잣말처럼 중얼거리자 요스케도 혼잣말처럼 가만히 말했다.

"왜 나를 찾아왔을까."

"그나저나 요 씨의 초롱은 어디서 보았을까."

"내가 지어낸 이야기는 어디서 들은 걸까."

그 초롱에서 오유키는 무엇을 보았을까. 조금씩 망가져 가던 그녀의 머릿속에는 무엇이 떠오르고 있었을까.

'그저 효도하고 싶을 뿐.'

둘은 한동안 말이 없었다. 마침내 고헤에가 말했다. 입 밖에 내기가 매우 힘겨운 말이었다.

"자기가 쫓겨날 걸 알고 있었을까."

요스케는 말이 없었다. 할 말이 없는 것이다. 고헤에 역시 할 말이 없었다.

요스케가 다시 까치발을 하고 문틈을 들여다보았다. 고개 숙인 분홍빛 와비스케 동백꽃이 보였다.

"이제, 꽃도 끝이로구나."

요스케가 가만히 중얼거렸다.

제12화

이라

보라

종

눈

긴은 소지품이라고는 달랑 가위 하나만 들고 이즈쓰야에 들어 갔다. 그래서 떠날 때도 그렇게 할 생각이었다.

주인 내외의 방을 나선 뒤 먼저 측간으로 갔다. 속은 나쁘지 않 았지만 다리가 떨려 견딜 수 없었다.

측간을 나서자 물확의 물로 손을 꼼꼼하게 닦았다. 세수도 했 다. 물확의 물은 맑았다. 그 물에 팔꿈치까지 담그고 눈을 감았 다. 섣달의 물은 손끝의 감각이 사라질 만큼 찼지만 애써 그리하 니 손과 손가락이 완전히 정화되는 기분이었다. 손이 깨끗해지자 옷 밑단을 걷어 올리고 맨발로 중정中庭 땅바닥에 내려간 다음 손 으로 물을 끼얹어 발을 닦았다.

우물가로 나가면 누구와 마주칠 수도 있다. 그러고 싶지 않았 다. 기왕 물을 묻힌 김에 가위도 깨끗이 닦기로 했다. 물을 끼얹 자 가윗날이 반짝 빛나 쇳내가 입안에 번지는 기분이었다.

가위를 닦고 나자 중정 바닥에 물이 흥건했고 하얀 다리에 흙 탕물이 튀어 있었다. 마지막 마무리로 물확을 기울여 두 발에 물 을 좍좍 끼얹자 하얀 손가락이 빨개졌고 살짝 동상에 걸린 새끼 손가락은 이내 가려워졌다. 유쾌할 정도로 간질간질해서 긴은 쿡

쿡 웃었다. 웃으면서 머리 위에 걸쳐 놓았던 수건으로 손발을 깨끗이 닦고 가위의 물기도 닦은 뒤 그 가위를 들고 다시 복도로 올라섰다.

잰걸음으로 통용문으로 돌아갔다. 안에서 빗장을 걸었다. 흔들어 봐도 문이 움직이지 않았다. 좋아, 이 정도면 됐어.

이즈쓰야의 하나밖에 없는 하녀로 일해 온 삼 년의 세월 동안 긴은 주인 내외가 내준 북쪽 다락방에서 지냈다. 긴은 나름대로 애착이 가는 그 방으로 천천히 올라갔다. 사다리는 늘 다섯 번째 발판에서 삐걱거려 그녀밖에 없는 집 안에 커다란 소리를 냈다.

주인 내외는 밤잠이 없고 둘 다 술을 좋아해서, 매일 밤 일이 끝난 뒤 그만 물러가도 좋다고 허락하는 시간은 심야라고 해도 좋은 때였다. 낮에 설사 주인 내외가 낮잠을 자고 있어도 자잘한 일에 쫓기느라 자기 방에 돌아가 쉬는 것은 생각할 수도 없었다. 그래서 긴은 하루에 정확히 두 번 사다리 삐걱거리는 소리를 들어 왔다. 아침에는 '자, 또 하루가 시작됐네', 밤에는 '어서 와, 이제 푹 자야지'라는 소리처럼 들렸다.

그 소리가 지금은 '긴, 이제 너도 하녀 일에서 헤어났구나'라는 소리처럼 들렸다.

아니, 아직은 아냐……. 다락방에 올라가 벽에 기대 주저앉은 긴은 높은 채광창으로 비껴드는 가느다란 햇살 속에서 자신을 타일렀다. 아직 한 가지 남았잖아.

퇴색한 줄무늬 기모노의 양 소맷자락은 주인 방에서 가지고 나온 물건으로 두툼해져 있었다. 이것을 깨끗하게 처분해야 한다. 긴은 가위를 꺼냈다.

이즈쓰야 건너편 그릇가게 주인은 이렇게 말한다.

"이즈쓰야에서 하녀로 일하는 아가씨라면 나도 잘은 몰라요. 얘기해 본 적이 거의 없으니까. 하지만 부지런한 아이처럼 보여서, 이즈쓰야 같은 야박한 가게가 괜찮은 하녀를 얻었네, 하며 조금 못마땅하긴 했지요. 그래요? 그 아가씨 이름이 긴이라고요? 허, 이름도 모르고 살았네."

가위질을 끝낸 물건으로 양 소맷자락을 다시 퉁퉁하게 채우고 다락방을 나왔다. 지붕에 올라가려면 일단 옆방으로 들어가 창문 난간을 타고 기어오르는 편이 제일 쉽다.

작년 '이백십일'^{'이백십일'은 입춘으로부터 이백십일째 날을 가리킨다. 대개 9월 1일이며, 태풍이 온다는 속설이 있어 농가에서 꺼리는 액일이었다}경 지붕의 노송나무 널이 태풍에 날아갔을 때 주인 내외는 무섭다고 뒷걸음질 치는 긴을 윽박질러 지붕에 오르게 한 뒤 수리 작업을 시켰다. 지붕 기술자나 목수를 부르면 돈이 들지만 긴에게 시키면 한 푼도 들지 않고, 혹시 긴이 떨어져 죽더라도 아쉬울 게 없었던 것이다.

덕분에 긴에게도 배짱이 생겼다. 언젠가 때가 되면 이 지붕 위에서 눈을 내리게 하자는 착상도 그때 떠올랐다. 생각만 해도 신이 나고 가슴이 설레었다.

창을 열었을 때부터 코끝을 시리게 하는 찬바람이 불었을 텐데 묘하게도 난간을 딛고 기어오를 때까지 느끼지 못했다. 지붕으로 몸을 올리려고 허리를 죽 펴자 발밑에서 불어 올라온 바람이 맨발과 복사뼈와 정강이를 차갑게 쓸며 지나갔고, 그제야 오오, 춥네, 하고 느꼈다.

가위를 다락방에 두고 와서 양손은 비어 있었다. 지붕에 오르는 데 어려움은 하나도 없었다. 길을 오가는 사람들에게 치마 속을 보이기는 싫어서 서둘러 오르기로 했다.

긴의 머리 위에는 구름 한 점 없는 파란 겨울 하늘이 펼쳐져 있었다.

그때 마침 그 앞을 지나갔던 채소 행상은 말한다.

"그런 곳에 기어올라 가는 젊은 여자를 보고 처음에는 새끼 고양이가 지붕에 올라갔다가 내려오지 못해서 그걸 구해 주려고 올라갔나 보다고 생각했죠. 엉거주춤 불안한 모습이었으니까요.

그런데 밑에서 '이봐요, 거기 무슨 일이오?' 하고 물어도 그 아가씨는 아래쪽을 내려다보려고 하지 않았어요. 밑을 보면 더 무섭기 때문이겠지, 라고 생각했는데, 나중에 알고 보니 그런 게 아니었더군요.

기를 쓰고 올라가는 것 같았어요. 치마 속이 슬쩍슬쩍 보여서 쑥스럽더라고요."

긴은 지붕 위에서 잠깐 쉬었다.

이마가와바시 다리가 보인다. 다리맡에서 처마를 나란히 한 그릇가게들 앞에 크고 작은 항아리들이 늘어서 있다. 오늘따라 인파가 많다. 하긴 섣달이니까. 날씨도 좋고.

긴은 머리 위를 올려다보고 아주 가까워 보이는 해님의 광채에 눈을 가늘게 떴다. 간다 운하와 그 주위에 펼쳐진 상가 건물 지붕들이 보여 주는 파도로 시선을 옮겼다.

어디 멀리서 낙엽을 태우고 있었다. 그 연기가 하늘로 올라 창공으로 뭉게뭉게 녹아드는 것이 보였다. 연기는 사라져도 냄새는 바람에 남는다. 초겨울 찬바람은 긴을 지붕에서 날려버릴 것처럼 강하게 불기도 하고 죽은 듯 잠잠할 때도 있었다.

바람이 강하지 않을 때가 좋다. 찬바람이 잦아들 때 눈을 내려야지. 긴은 소매 속에 손을 집어넣고 숨을 골랐다.

이즈쓰야에 드나들던 포목상 점원은 말한다.

"그날은 이즈쓰야에 볼일이 있었던 것은 아니고 마침 근처에 볼일이 있었습니다. 길 건너 그릇가게 주인이 제일 먼저 발견하고, 이봐, 저게 뭐지? 하며 가리켜서…….

네, 저는 그 하녀 이름을 알고 있었어요. 긴 씨죠. 생긴 것도 귀엽고 일도 열심이었습니다. 이렇게 된 마당에 험담하는 건 좀 그렇지만 이즈쓰야 안주인은 결코 친절한 사람이 아니었어요. 그래서 저 하녀도 용케 일하고 있구나, 하고 생각했습니다.

긴 씨와 직접 얘기해 본 적은 없습니다. 말을 걸어도 늘 곱게 웃기만 할 뿐 대답이 없었으니까.

그러니 긴 씨가 왜 그런 짓을 했는지 저는 통 짐작이 가지 않습니다. 보통 깊은 원한이 아니었나 봐요……."

소맷자락에서 나온 작은 종잇조각들은 긴의 손을 떠나는 순간 바람을 타고 춤추며 떨어진다. 종잇조각들은 소맷자락에서 쉬지 않고 나왔다.

눈이다. 이렇게 눈을 내리는 것이 내 꿈이었어. 마침내 꿈을 이루는구나.

눈 아래 거리를 향해 긴은 새하얀 종이 눈보라를 찬바람에 실어 계속 날렸다.

긴의 아버지는 십육 년 전 긴이 태어났을 때 니혼바시 혼코쿠 초에 있는 '사사야'라는 선술집의 지배인이었다. 아내 오이치와, 긴보다 두 살 많은 아들이 있었다. 그때는 넉넉하진 않았어도 행복했다는 어머니의 중얼거림을 긴은 또렷이 기억했다.

아버지가 병을 앓다 죽은 것은 긴이 세 살 때 일이었다. 악성 폐병으로 기침이 멎지 않아서 연줄을 통해 실력 좋다고 소문난 의원에게 진찰을 부탁했지만, 의원도 도저히 손을 쓸 수 없었다고 한다. 아버지가 일하던 사사야의 주인도 안타까워했지만 뾰족한 방법이 없기는 마찬가지였다. 아버지가 죽자 세 식구는 말 그

대로 세상에 내동댕이쳐졌다.

남편을 여읜 오이치는 여자 몸으로 혼자 자식을 키우려고 잠자는 시간까지 줄여 가며 일했다. 바느질 솜씨가 좋고 일감을 물어다 주는 사람도 있어서 비록 삯일일지라도 일을 하면 푼돈이나마 벌 수 있었다.

하지만 여자 혼자 몸으로는 한계가 있었다. 어린 자식을 돌보고 자기 먹을 것을 줄이며 쉬지 않고 계속 일을 하니 어디든 고장이 나게 마련이었다. 오이치에게는 그것이 눈병으로 나타났다.

기름을 아끼느라 등잔 심지를 잔뜩 줄여 놓고 한밤중까지 한 땀 한 땀 바느질한 대가를 고스란히 감당해야 했던 것이다. 처음에는 시야가 흐릿한 정도였지만 반년도 지나기 전에 거의 보이지 않을 만큼 악화되고 말았다.

그 전후 상황은 긴도 자세히 모른다. 가끔 어머니와 오빠가 손을 마주 잡고 울던 모습을 희미하게 기억할 뿐이다.

마침내 살림은 궁지에 몰렸고, 긴이 여섯 살 나던 해 겨울, 며칠 뒤면 그믐이 찾아오는 십이월, 새하얀 눈이 지붕에 쌓인 날, 오이치는 두 자식을 데리고 동반 자살을 꾀했다.

그래, 그날 눈이 내렸어—.

긴은 쉬지 않고 손을 치켜들어 창공 아래 새하얀 종이 눈보라를 흩뿌리며 생각했다.

어찌 잊을까. 엄마와 오빠가 죽던 그날 이렇게 새하얀 눈보라가 몰아쳤다. 그래서 언젠가는 나도 이렇게 이즈쓰야 지붕에서 그런 눈보라를 흩날리게 하겠다고 생각했다.

눈 아래 길을 오가던 사람들이 마침내 수런거리기 시작한다. 이쪽을 손가락으로 가리키며 와자하게 웃고 소리친다. 봐, 저 놀란 모습들. 보라고, 저 얼굴 얼굴들. 눈을 동그랗게 뜨고 입은 멍하니 벌리고.

다들 보세요, 이건 이즈쓰야의 눈이랍니다.

오이치는 음식에 쥐약을 타서 같이 죽으려고 했다. 쥐약은 혀에 썼고, 철없는 긴은 먹기를 거부했다. 그것이 목숨을 구했다. 각오를 굳힌 오이치와, 어린 나이에도 어머니 심정을 이해하던 오빠는 베개를 나란히 하고 저승으로 여행을 떠났다.

긴은 혼자 남겨졌다.

오이치의 동생, 그러니까 긴의 이모가, 어차피 우리도 가난뱅이고 자식들만 수북하니 한둘쯤 늘어나도 고생하기는 매한가지라며 흔쾌히 거두어 주지 않았으면 아마 긴도 엄마, 오빠를 뒤따라야 했을 것이다. 그해 겨울은 몹시 춥고 길어서 여섯 살 아이의 작은 발로는 갈 수 있는 곳이 없었다.

이모 집에서 지내면서 긴은 엄마가 자살로까지 몰린 이유를 이모 입을 통해 들었다. 단순히 살림이 어려웠던 정도가 아니라 빚에 시달렸고, 그 빚을 갚지 못하면 아이 둘을 남기고 매음굴로 팔려 갈 처지로 몰렸다는 사실을 알게 된 것이다.

이마가와바시 다리맡에 있는 고리대업 가게 이즈쓰야의 이름도 그때 처음 들었다.

"네 엄마는 말이다, 긴." 이모는 분노하며 말했다. "처음에 이즈쓰야에서 돈을 빌린 것도 네 아빠 병을 고치기 위해서였단다. 용한 의원에게 치료를 받아 보려고. 하지만 네 아빠는 그렇게 죽어 버렸지. 그래도 빌린 돈은 갚아야 했다. 못 갚으면 이자란 놈이 붙으니까. 그 빚이 점점 불어나 결국 네 엄마를 짓밟아 버린 거다."

두 자식까지 길동무하려고 한 까닭은 아마 남겨 두면 이즈쓰야가 빚값으로 둘 다 어딘가에 팔아 버릴 거라고 생각했기 때문일 거다―이모는 그렇게 말하며 눈물을 글썽였다.

"실은 너를 거둘 때도 그 이즈쓰야의 지독한 주인 놈이 어디에 하녀로 팔아서 그 급료로 빚을 갚으라고 닦달했단다. 어찌어찌해서 간신히 모면했지만 얼마나 집요했는지 모른다. 그 마귀 같은 놈, 언젠가 반드시 천벌을 받을 거다."

이모는 억척스러워도 마음은 따뜻한 사람이라, 긴을 지키기 위해 그런 이즈쓰야와 다투며 얼마나 고생했는지 들려주어 생색내려고 하지 않았다. 하지만 이모가 아무 말 하지 않아도 긴은 성장하면서 자기가 놓인 처지를 생각하게 되었다.

이모의 은혜만은 어떻게든 갚아야 한다. 우선은 그것이 중요했다. 긴은 열 살 때부터 남의 아기를 봐주는 일로 돈을 벌어 이모에게 주었다. 자신은 아무것도 갖고 싶지 않았다. 사는 목적은 오직 하나뿐이라고 생각했다.

'왜 나만 살아남았을까.'

엄마와 오빠의 한을 풀라는 것이 아닐까. 그 일을 하라고 신께서 나를 남겨 두신 거다. 긴은 그렇게 생각하며 세월을 보냈다.

원한을 풀려면 이즈쓰야에 접근할 수 있어야 한다. 결코 어려운 일은 아니다. 하녀로 들어가면 된다. 그 기회를 엿보며 기다리면 된다. 이즈쓰야는 어디로 도망가지 않는다.

하지만 그 전에 내가 할 수 있는 모든 일을 해서 은혜를 갚자. 긴은 그렇게 생각하며 계속 일했다. 그리하여 긴이 열세 살이었을 때 더없이 좋은 기회가 찾아왔다. 이즈쓰야가 입주해서 일할 하녀를 찾고 있다는 소문을 들은 것이다.

긴은 그즈음 일하던 생선가게를 그만두고 이모에게 짧은 편지를 썼다. 지금까지 보살펴 주셔서 고맙다고 쓴 뒤, 수중에 가진 돈과 급료를 함께 종이에 싸서 지인을 통해 전했다. 앞으로 어떻게 하겠다든가 이즈쓰야에 들어간다는 얘기 따위는 전혀 비치지 않았다. 알면 틀림없이 말릴 거라고 생각했기 때문이다. 게다가 이모에게 폐를 끼치고 싶지 않았다.

이모와 사촌들은 결코 긴을 따돌리거나 구박한 적이 없었다. 이대로 이모 집에 있으면 별 탈 없이 살아갈 수 있을 거라는 생각도 들었다.

하지만 동반 자살에서 홀로 살아남은 긴에게 그런 인생, 그런 생활은 이미 의미가 없어 보였다.

엄마는 나를 데려가고 싶어 했다. 하지만 나는 살아남고 말았다. 그러니 오로지 원수 갚을 기회를 부여받은 거라고 봐야 한다. 내 일생에는 그 이상의 목적이나 의미 같은 것은 있을 수 없다.

어서 원수를 갚고 아빠, 엄마, 오빠가 있는 곳에 가서 편안하게 사는 거다—긴은 그렇게 생각했다.

아무것도 모르는 이즈쓰야에게 긴은 바라지도 않던 훌륭한 하녀였을 것이다. 다른 처녀들이라면 거들떠보지도 않을 낮은 급료와 힘든 일들. 잔소리 심한 안주인. 사실 이즈쓰야에서는 하녀가 붙어 나질 못해 이미 많이들 거쳐 갔다고 한다. 불평 한마디 하지 않는 긴은 그 집에 잘 적응했다. 그리고 오늘 이 시간까지 부지런한 하녀로 지내 왔다.

이즈쓰야 내부로 들어간 긴은 어머니를 궁지로 몰아 죽인 고리대업이라는 장사의 실상을 눈앞에서 자세히 볼 수 있었다. 이즈쓰야는 담보 없이 돈을 빌려주는 사채업 가게이므로 당연히 금리가 높았다. 월 10부 이자를 받았다. 유흥에 쓸 돈을 오늘 빌려 내일 갚는 사람이나 행상을 위해 아침에 물건 값을 빌려서 저녁에 정산하는 사람도 있지만, 이즈쓰야가 우려내는 대상은 주로 장사 밑천이 없어서 남몰래 빌리러 오는 소상인이나 긴의 어머니처럼 궁지에 몰린 사람들이었다. 어떤 경우든 이즈쓰야라는 배로 갈아타는 순간 깊은 데로 끌려가 익사하게 되는 게 뻔했다.

긴은 왜 세상에 고리대라는 장사가 있을까, 하고 몇 번이나 진지하게 생각했다. 왜 신은 이런 장사를 내버려두시는 걸까.

눈길을 미처 구석구석까지 주지 못하시나 싶었다. 그래서 나처럼 죽음을 면한 자를 마련해서 그런 자들을 어떻게 하시려는 걸까.

한편 사람을 사람으로 대하지 않고 온갖 호사를 누리는 이즈쓰야 주인 내외 밑에서 하녀로 일하면서, 이런 자들에게도 뭔가 착한 구석이 있지는 않을까, 라는 생각도 하게 되었다. 뭔가 하나라도 이 사람들이 착한 일을 하는 것을 본다면 내 생각도 바뀔지 모른다고. 그것은 긴의 소망이기도 했다.

그래서 삼 년—그렇다, 적어도 삼 년은 미루기로 결심했던 것이다. 엄마도 아버지가 세상을 뜨자 빚에 시달리며 삼 년은 버텼다. 그러니 이즈쓰야 내외에게도 삼 년, 적어도 삼 년의 시간을 주고 그동안 그들에게도 뭔가 좋은 점이 있다는 것을 알게 되면, 그렇다면 나도 지붕에서 눈을 뿌리는 일은 하지 않겠다고.

하지만 안타깝게도 이번 섣달을 맞으며 그 기한이 지나 버렸다. 게다가 긴은 충분히 알고 있었다. 바로 그저께 일이다. 세상을 떠날 때의 어머니 또래로 보이는 부인이 이즈쓰야에서 울면서 나가는 모습. 모든 기력을 잃어버린 그 부인의 뒷모습을 긴은 똑똑히 보고 말았다.

부인은 빚을 갚기 위해 몸을 팔아야 할지도 모른다. 긴의 어머니처럼. 그리고 긴의 어머니처럼 그러느니 차라리 죽는 게 낫다고 작심할지도 모른다.

신령님, 저는 이미 충분히 기다렸습니다, 하고 긴은 생각했다.

저는 제 할 일을 다하고 가족이 있는 저세상에서 즐겁게 살고 싶습니다.

그래서 오늘 점심 식사가 끝나고 주인 내외가 평소 습관대로 낮잠을 자고 있을 때 그 방으로 들어갔던 것이다.

하녀로 올 때 가져온 어머니의 유품인 재봉 가위를 들고―.

어느새 이마가와바시 다리 위는 종이 눈보라를 뿌리는 긴을 지켜보는 구경꾼들로 가득했다. 처음에는 긴이 무엇을 뿌리는지 몰랐다. 하지만 팔랑팔랑 춤추며 하얗게 떨어지는 종잇조각을 주워 모은 사람들이 누가 먼저랄 것도 없이 알아차리고 말했다.

"이봐, 이거 차용증이잖아. 차용증을 잘게 잘라 뿌리고 있네."

긴은 창공 아래로 잘게 자른 차용증을 뿌리고 있다. 이제는 섣달 찬바람의 냉기도 느껴지지 않았다. 그녀의 눈 속에서는 엄마, 오빠가 죽은 날의 그 눈송이와 눈보라의 색이 또렷이 되살아나고 있었다. 그 눈보라를 되살리기 위해 더욱 힘차게 팔을 휘둘러 차용증 조각을 뿌리는 짓을 반복했다. 이즈쓰야 내외는 거의 저항하지 못했다. 설마 그 얌전한 하녀가 무려 삼 년 동안이나 언젠가는 자기들을 죽이겠다는 생각을 품고 일해 왔을 거라고는 짐작하지 못했으리라. 그렇게 생각하지 못한 것이 당연하다.

먼저 남자부터 찔렀다. 목을 노렸다. 그는 등이 굽어서 상대를 밑에서 노려보듯 쳐다보는 버릇이 있는 천박한 노인이었지만 몸이 의외로 단단해서 처음에 한 번 찔러서는 숨이 멎지 않았고 이상한 소리를 지르며 벌떡 일어나려고 했다. 긴은 재빨리 가슴을 찔렀다. 그제야 겨우 조용해졌나 싶었는데 소동을 알아차렸는지 안주인이 깨어나 고함을 지르려고 했다. 도망치려고 하는 안주인의 등을 찔렀다. 숨이 멎을 때까지,

"네가 왜 이런 짓을 하니"라는 말을 흐느껴 우는 목소리로 반복했다.

긴은 그 말에 대답하지 않았다. 그러는 당신들은 왜 고리대 같은 걸 하느냐고 속으로 되묻고 있었다.

차용증 두는 곳은 알고 있었고, 그것이 든 문갑을 여는 방법도 알고 있었다. 입주해서 일하는 하녀는 어지간한 것들을 다 알게 된다. 이제 남은 일은 차용증을 꺼내 잘게 자르는 일뿐이었다.

긴은 후회하지 않는다. 나는 이 일을 하려고 살아온 거라고 생각한다. 이제야 엄마와 식구들 곁으로 갈 수 있게 되었다고 생각한다.

길 건너 그릇가게 주인은 말한다.

"그 아가씨, 웃고 있더군요……."

긴의 손에서 눈이 날린다. 종잇조각이라면 아직 많다. 구경하는 사람들이 왁자하게 떠드는 것은 좋지만 아직은 지붕으로 올라오지 말았으면 하고 바랐다. 이것들을 전부 뿌리기 전에는.

하지만 지붕에 오르려고 해도 이즈쓰야 안으로 들어오기가 꽤 번거로울 것이다. 주인 내외는 점심을 먹고 낮잠을 잘 때면 늘 문단속을 단단히 하기 때문이다. 하물며 오늘은 긴이 통용문까지 닫아 버렸으므로 더욱 그렇다.

그러기를 잘했다. 원하는 것은 약간의 시간뿐. 눈을 다 뿌리고 나서 만족한 뒤라면, 언제 누가 들어와 베개를 나란히 한 채 사이좋게 피를 흘리고 있는 주인 내외를 발견하더라도 상관없다. 하지만 지금은 안 된다.

긴은 예전에 이모와 나눈 대화를 기억하고 있다. 엄마가 보고 싶어서 울자 이모는,

"네 엄마는 서방정토라는 곳에 있단다"라며 위로해 주었다.

"서방정토가 어디예요?" 하고 묻자,

"노을이 새빨갛게 보이잖니? 바로 그쪽이야. 그 석양 속에 있단다"라고 가르쳐 주었다.

그러니까 눈보라가 끝나면 석양을 기다릴 것이다. 이 지붕 위에서 석양이 하늘을 물들일 때까지 기다릴 것이다. 그러면 틀림없이 엄마와 가족이 있는 곳으로 갈 수 있다.

서방정토라는 곳으로.

"어이! 거기 아가씨!"

아래 길에서 마치야쿠닌으로 보이는 사람이 소리쳤다.

"거기서 뭐하는 거지? 이즈쓰야 주인은 어디 있어?"

긴은 대답하지 않고 쌩긋 웃는 얼굴만 보여 주었다. 손에서는

종이 눈보라가 날린다.

마침내 기울기 시작한 햇살이 긴의 눈가를, 수척한 뺨을, 행복하게 웃고 있는 그 얼굴을 희미한 붉은빛으로 물들이고 있었다.

—환색에도력

초판 2쇄 발행 2017년 08월 31일

지은이   미야베 미유키
옮긴이   이규원

발행편집인   김홍민 · 최내현
책임편집   유온누리
편집   안현아
마케팅   홍용준
표지디자인   이혜경디자인
용지   한승
인쇄   현문
출력   현문
제본   현문
독자교정   권지현, 김선아, 한보미, 허샘나

펴낸곳   도서출판 북스피어
출판등록   2005년 6월 18일 제105—90—91700호
주소   (03961) 서울특별시 마포구 방울내로 11길 43 101-902
전화   02) 518—0427
팩스   02) 701—0428
홈페이지   www.booksfear.com
전자우편   editor@booksfear.com

ISBN 978—89—98791—69—8 (04830)
        978—89—91931—29—9 (세트)